A SOMA DE
TODOS OS BEIJOS

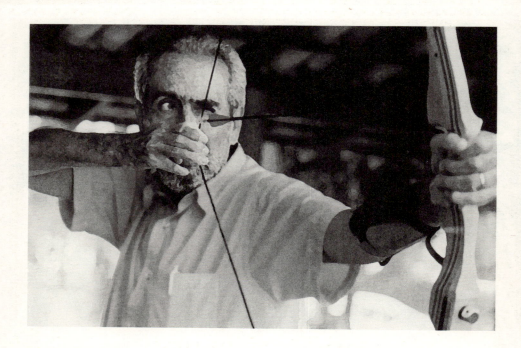

O Arqueiro

GERALDO JORDÃO PEREIRA (1938-2008) começou sua carreira aos 17 anos, quando foi trabalhar com seu pai, o célebre editor José Olympio, publicando obras marcantes como *O menino do dedo verde*, de Maurice Druon, e *Minha vida*, de Charles Chaplin.

Em 1976, fundou a Editora Salamandra com o propósito de formar uma nova geração de leitores e acabou criando um dos catálogos infantis mais premiados do Brasil. Em 1992, fugindo de sua linha editorial, lançou *Muitas vidas, muitos mestres*, de Brian Weiss, livro que deu origem à Editora Sextante.

Fã de histórias de suspense, Geraldo descobriu *O Código Da Vinci* antes mesmo de ele ser lançado nos Estados Unidos. A aposta em ficção, que não era o foco da Sextante, foi certeira: o título se transformou em um dos maiores fenômenos editoriais de todos os tempos.

Mas não foi só aos livros que se dedicou. Com seu desejo de ajudar o próximo, Geraldo desenvolveu diversos projetos sociais que se tornaram sua grande paixão.

Com a missão de publicar histórias empolgantes, tornar os livros cada vez mais acessíveis e despertar o amor pela leitura, a Editora Arqueiro é uma homenagem a esta figura extraordinária, capaz de enxergar mais além, mirar nas coisas verdadeiramente importantes e não perder o idealismo e a esperança diante dos desafios e contratempos da vida.

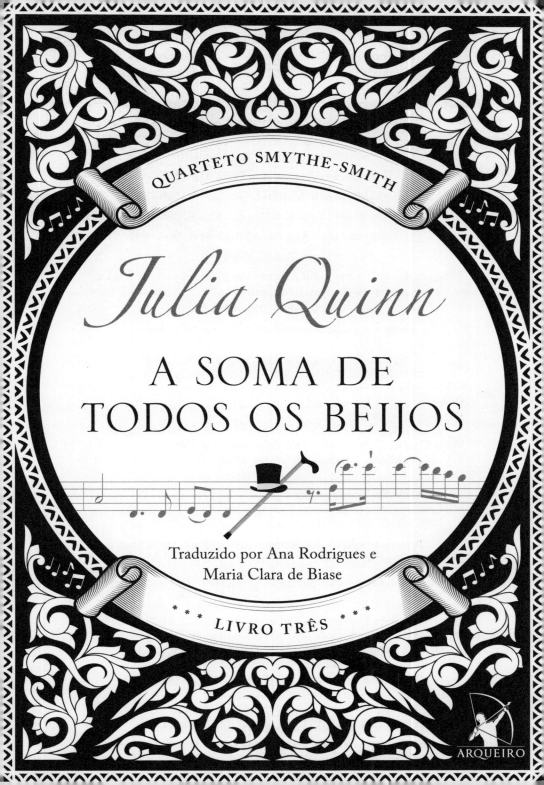

Título original: *The Sum of All Kisses*
Copyright © 2013 por Julie Cotler Pottinger
Copyright da tradução © 2017 por Editora Arqueiro Ltda.

Todos os direitos reservados. Nenhuma parte deste livro pode ser utilizada ou reproduzida sob quaisquer meios existentes sem autorização por escrito dos editores.

coordenação editorial: Taís Monteiro
produção editorial: Ana Sarah Maciel
preparo de originais: Melissa Lopes Leite e Sheila Til
revisão: Jean Marcel Montassier, Nina Lua, Renata Dib e Roberto Cortes de Lacerda
diagramação: Ana Paula Daudt Brandão
capa: Renata Vidal
imagens de capa: Alex_Bond / Shutterstock (ornamento de fundo); Alena Nv / Shutterstock (bengala); Microstocker.Pro / Shutterstock (cartola); Zaie / Shutterstock (notas musicais)
impressão e acabamento: Lis Gráfica e Editora Ltda.

CIP-BRASIL. CATALOGAÇÃO NA PUBLICAÇÃO
SINDICATO NACIONAL DOS EDITORES DE LIVROS, RJ

Q64s

    Quinn, Julia, 1970-
        A soma de todos os beijos / Julia Quinn ; tradução Ana Rodrigues, Maria Clara de Biase. - 1. ed. - São Paulo : Arqueiro, 2025.
        288 p. ; 23 cm.   (Quarteto Smythe-Smith ; 3)

    Tradução de: The sum of all kisses
    Sequência de: Uma noite como esta
    Continua com: Os mistérios de sir Richard
    ISBN 978-65-5565-836-1

    1. Romance americano. I. Rodrigues, Ana. II. Biase, Maria Clara de. III. Título. IV. Série.

25-96992.0
        CDD: 813
        CDU: 82-31(73)

Meri Gleice Rodrigues de Souza - Bibliotecária - CRB-7/6439

Todos os direitos reservados, no Brasil, por
Editora Arqueiro Ltda.
Rua Artur de Azevedo, 1.767 – Conj. 177 – Pinheiros
05404-014 – São Paulo – SP
Tel.: (11) 2894-4987
E-mail: atendimento@editoraarqueiro.com.br
www.editoraarqueiro.com.br

Este é para mim.

E também para Paul.

Mas principalmente para mim.

PRÓLOGO

Londres. Tarde da noite. Primavera de 1821.

— Quem tem boa memória sempre vence no *piquet* – disse o conde de Chatteris para ninguém em particular.

Lorde Hugh Prentice não o ouviu. Estava longe demais, à mesa perto da janela, e – o que era mais relevante – um pouco bêbado. Mas, se tivesse escutado o comentário de Chatteris – e se não estivesse embriagado –, ele teria pensado: "É por isso que eu jogo."

Não teria dito isso em voz alta. Hugh nunca fora dado a falar apenas para que sua voz fosse ouvida. Mas teria pensado isso. E sua expressão teria mudado. Um dos cantos de sua boca teria se curvado e a sobrancelha direita poderia ter se arqueado, apenas um pouco, mas o suficiente para um observador atento considerá-lo presunçoso.

No entanto, verdade seja dita, a sociedade londrina era bastante carente de observadores atentos.

Exceto por Hugh.

Hugh Prentice observava tudo. E também se lembrava de tudo. Se quisesse, podia recitar *Romeu e Julieta* inteiro, palavra por palavra. *Hamlet* também. *Júlio César* não, mas só porque nunca o lera.

Seu talento raro o levara a ser punido seis vezes em seus primeiros meses em Eton por suspeitas de ter trapaceado nas avaliações. Ele logo percebeu que sua vida seria infinitamente mais fácil se errasse uma ou duas questões de propósito nas provas. Não que ele ligasse para as acusações de trapaça – *sabia* que não havia trapaceado e pouco lhe importava alguém pensar o contrário –, mas era uma amolação ser convocado a ficar de pé diante de seus professores regurgitando informações até convencê-los de sua inocência.

Se havia uma área em que sua memória realmente vinha a calhar era nos jogos de cartas. Sendo o filho mais novo da marquesa de Ramsgate, Hugh sabia que não herdaria nada. Esperava-se que os filhos mais novos entrassem para o Exército, o clero ou se tornassem caçadores de fortuna. Como Hugh não levava jeito para nada disso, teria que encontrar outros meios de sustento. E apostar era ridiculamente fácil para quem tinha a capacidade de memorizar cada carta jogada – na ordem – durante toda uma noite.

O difícil era encontrar cavalheiros dispostos a jogar, já que a notável habilidade de Hugh no *piquet* se tornara lendária. Contudo, desde que houvesse jovens bêbados o bastante, sempre haveria alguém tentando uma rodada. Todos queriam vencer Hugh Prentice nas cartas.

O problema era que nesta noite Hugh também estava bêbado "o bastante". Isso não era comum; nunca lhe agradara a perda de controle que advinha de uma garrafa de vinho. Mas ele tinha ido com amigos a uma taberna em que as canecas eram grandes, a multidão era barulhenta e as mulheres eram excepcionalmente curvilíneas.

Quando eles chegaram ao clube e puseram as mãos em um baralho, Daniel Smythe-Smith, que recentemente obtivera seu título de conde de Winstead, já havia bebido muito. Estava fazendo descrições vívidas da mulher com quem acabara de ter relações enquanto Charles Dunwoody prometia voltar à taberna para superar o desempenho do amigo. E até mesmo Marcus Holroyd – o jovem conde de Chatteris, que sempre fora um pouco mais sério do que os outros – ria tanto que quase caiu da cadeira.

Hugh havia preferido a jovem que o servira à de Daniel – um pouco menos exuberante, um pouco mais ágil –, mas se limitou a sorrir quando lhe pediram que revelasse os detalhes. Lembrava-se de cada centímetro dela, é claro, mas nunca falava sobre intimidades sexuais.

– Desta vez vou vencer você, Prentice! – vangloriou-se Daniel.

Ele se encostou de forma relaxada na mesa, exibindo seu sorriso inconfundível, que praticamente cegava os outros. Sempre fora o mais encantador do grupo.

– Pelo amor de Deus, Daniel! – gemeu Marcus. – De novo, não!

– É sério, vou conseguir – garantiu Daniel, brandindo um dedo no ar e caindo na gargalhada quando o movimento o fez perder o equilíbrio. – Desta vez vou conseguir.

– Ele vai! – exclamou Charles Dunwoody. – Sei que vai!

Ninguém se deu ao trabalho de comentar nada. Mesmo sóbrio, Charles Dunwoody parecia saber muitas coisas que não eram verdade.

– Não, sério, vou mesmo – insistiu Daniel. – Porque você – ele apontou para Hugh – bebeu muito.

– Não tanto quanto você – salientou Marcus, mas deu um soluço ao dizer isso.

– Eu contei – disse Daniel, triunfante. – Ele bebeu mais.

– Eu bebi mais que todo mundo – gabou-se Dunwoody.

– Então decididamente *você* deveria jogar – disse Daniel.

A partida teve início, o vinho foi servido e todos estavam se divertindo muito até que...

Daniel ganhou.

Hugh pestanejou, olhando para as cartas na mesa.

– Ganhei – afirmou Daniel, com considerável assombro. – Estão vendo isso?

Hugh reviu mentalmente o baralho, ignorando o fato de que algumas das cartas estavam atipicamente indistintas.

– Ganhei – repetiu Daniel, desta vez para Marcus, seu amigo de longa data.

– Não – retrucou Hugh, principalmente para si mesmo.

Aquilo era impossível. Simplesmente impossível. Ele nunca perdia no baralho. À noite, antes de dormir, era capaz de se lembrar de cada carta que pusera na mesa ao longo do dia. Até mesmo da semana.

– Nem eu sei como consegui – disse Daniel. – Veio um rei, mas depois veio um sete e eu...

– Era um ás! – disparou Hugh.

Não queria ouvir nem mais um segundo que fosse daquela idiotice.

– Hummm. Talvez.

– Deus! – bradou Hugh. – Alguém o faça calar a boca.

Ele precisava de silêncio. Precisava se concentrar e recordar as cartas. Se conseguisse, a história terminaria. Como na vez em que havia voltado tarde para casa com Freddie e o pai os esperara com...

Não, não, não. Isso era diferente. Eram cartas. *Piquet.* Ele nunca perdia. Essa era a única, única, certeza que tinha na vida.

Dunwoody coçou a cabeça e olhou para as cartas, contando em voz alta.

– Acho que ele...

– Winstead, seu trapaceiro desgraçado! – gritou Hugh, as palavras saindo espontaneamente.

Ele não sabia de onde tinham vindo ou o que o levara a dizê-las, mas no momento em que foram pronunciadas elas encheram o ar, uma onda agressiva pairando acima da mesa.

Hugh começou a tremer.

– Não – disse Daniel.

Apenas isso. Apenas *não*, com uma das mãos trêmula e uma expressão confusa. Desconcertado, como...

Mas Hugh não queria saber. Não conseguia pensar, então se levantou de repente, derrubando a mesa enquanto se apegava à única coisa que sabia que era verdade: o fato de que *nunca* perdia um jogo de cartas.

– Não trapaceei – garantiu Daniel, piscando várias vezes.

Ele se virou para Marcus.

– Eu não trapaceio – assegurou.

Mas ele tinha que ter trapaceado. Hugh tentou mais uma vez relembrar as cartas do jogo, mas ignorou o fato de que, em sua mente, o valete de paus estava mesmo segurando um pedaço de pau e perseguia o dez, que bebia vinho de uma taça muito parecida com a que agora estava estilhaçada a seus pés...

Hugh começou a gritar. Não tinha a menor ideia do que estava dizendo, apenas que Daniel havia trapaceado, a rainha de copas tinha atrapalhado tudo e 306 vezes 42 sempre fora 12.852, não que soubesse o que isso tinha a ver com qualquer coisa. Mas agora havia vinho no chão, as cartas estavam por toda parte e Daniel estava balançando a cabeça e dizendo:

– Do que ele está falando?

– Não havia possibilidade de você ter aquele ás – sibilou Hugh. – O ás estava depois do valete, que estava perto do dez...

– Mas eu tinha – disse Daniel, encolhendo os ombros. E deu um arroto.

– Não podia – retrucou Hugh, tropeçando e tentando se equilibrar. – Sei onde está cada carta.

Daniel olhou para as cartas. Hugh olhou também, para a rainha de ouros com vinho madeira cobrindo o pescoço feito sangue.

– Incrível – murmurou Daniel. Ele olhou nos olhos de Hugh. – Eu ganhei. Imagine só!

Estaria Daniel Smythe-Smith, o venerável conde de Winstead, zombando dele?

– Vou vingar minha honra – rugiu Hugh.

Daniel ergueu a cabeça, surpreso.

– O quê?

– Escolha seu padrinho.

– Está me desafiando para um duelo?

Daniel olhou para Marcus, incrédulo.

– Acho que ele está me desafiando para um duelo.

– Daniel, cale a boca – grunhiu Marcus, subitamente parecendo muito mais sóbrio do que os demais.

Mas Daniel o dispensou com um gesto e disse:

– Hugh, não seja idiota.

Hugh não pensou. Lançou-se contra Daniel, que pulou para o lado, mas não rápido o suficiente. Os dois caíram. Hugh bateu com o quadril em uma das pernas da mesa, mas mal sentiu a pancada. Deu um, dois, três, quatro socos em Daniel, até que alguém o puxou, contendo-o com dificuldade enquanto ele dizia, com raiva:

– Você é um maldito trapaceiro!

Porque ele tinha certeza disso. E Winstead *zombara* dele.

– Você é um idiota! – respondeu Daniel, limpando sangue do rosto.

– Vou vingar minha honra!

– Ah, mas não vai mesmo – bradou Daniel. – *Eu* vingarei a minha honra.

– No Campo Verde? – indagou Hugh friamente.

– Ao amanhecer.

Houve um silêncio opressivo enquanto todos esperavam que um dos dois voltasse à razão.

Mas eles não voltaram. Claro que não.

Hugh sorriu. Não podia imaginar um motivo que fosse para sorrir, mas ainda assim sentiu o sorriso surgindo em seu rosto. E, quando olhou para Daniel Smythe-Smith, foi como se enxergasse outro homem.

– Que seja.

– Você não tem que fazer isso – disse Charles Dunwoody com uma careta, enquanto terminava a inspeção da arma de Hugh.

Hugh não se deu ao trabalho de responder. Sua cabeça doía demais.

– Quero dizer, acredito que ele estava trapaceando. Devia estar porque, bem, é você, e você sempre ganha. Não sei como consegue fazer isso, mas ganha.

Hugh mal moveu a cabeça, mas seus olhos descreveram lentamente um arco na direção do rosto de Dunwoody. Agora *ele* estava sendo acusado de trapaça?

– Acho que é a matemática – continuou Dunwoody, ignorando a expressão sarcástica de Hugh. – Você sempre foi excepcionalmente bom nisso...

Que agradável. É sempre muito bom ser chamado de excepcional.

– E eu *sei* que você nunca trapaceou em matemática. Deus sabe quanto o testamos na escola!

Dunwoody o encarou franzindo a testa.

– Como você faz isso?

Hugh o fitou.

– Está querendo que eu responda *agora*?

– Ah, não. Não, é claro que não.

Dunwoody pigarreou e deu um passo para trás. Marcus Holroyd seguia na direção deles, provavelmente para tentar evitar o duelo. Hugh observou as botas de Marcus pisando na grama úmida. Sua passada esquerda era mais longa que a direita, embora não muito. Provavelmente precisaria de mais quinze passos para alcançá-los, dezesseis se estivesse mal-humorado e quisesse invadir o espaço deles.

Mas aquele era Marcus. Pararia no décimo quinto passo.

Marcus e Dunwoody trocaram armas para inspeção. Hugh ficou perto do médico, que estava *cheio* de informações úteis.

– Aqui – disse o homem, batendo na parte superior da coxa dele. – Já vi isso acontecer. Artéria femoral. Você sangra feito um porco.

Hugh não disse nada. Não ia realmente *atirar* em Daniel. Tivera algumas horas para se acalmar e, embora ainda estivesse furioso, não via motivos para tentar matá-lo.

– Mas se só quiser algo que realmente doa – continuou o médico –, melhor é acertar a mão ou o pé. Os ossos são fáceis de quebrar e têm muitos nervos. Além do mais, não o matará. Não são coisas tão importantes assim.

Hugh era muito bom em ignorar pessoas, mas nem mesmo ele pôde deixar de se contrapor a isso.

– A mão não é importante?

O médico passou a língua pelos dentes e depois fez um som de sucção, na certa para desalojar algum pedaço rançoso de comida. O homem deu de ombros.

– Não é o coração – retrucou.

Ele não deixava de ter razão, o que era irritante. Hugh odiava quando pessoas irritantes tinham razão. Ainda assim, se tivesse juízo, o médico calaria a porcaria da boca.

– Só não mire na cabeça – disse o médico, com um estremecimento. – Ninguém quer isso. E não estou só falando do pobre coitado que será alvejado. Haverá miolos por toda parte, rosto dilacerado... Seria o fim do funeral.

– E foi esse o médico que você escolheu? – questionou Marcus.

Hugh virou a cabeça na direção de Charles Dunwoody e explicou:

– Quem o trouxe foi ele.

– Sou barbeiro – declarou o homem, na defensiva.

Marcus balançou a cabeça e caminhou de volta até Daniel.

– Cavalheiros, preparar!

Hugh não reconheceu quem dera a ordem. Devia ser alguém que ouvira falar do duelo e queria se gabar de tê-lo testemunhado. Não havia muitas frases mais chamativas em Londres do que "Vi com meus próprios olhos".

– Apontar!

Hugh ergueu o braço e apontou. Dez centímetros à direita do ombro de Daniel.

– Um!

Meu Deus, ele se esquecera da contagem.

– Dois!

Sentiu um aperto no peito. A contagem. A gritaria. Era o momento em que os números se tornavam o inimigo. A voz de seu pai, rouca de triunfo, e Hugh tentando não ouvir...

– Três!

Hugh recuou.

E puxou o gatilho.

– Ahhh!

Ele olhou para Daniel, surpreso.

– Maldição! Você atirou em mim! – gritou Daniel.

Ele apertava o ombro, a camisa branca amarrotada já ficando vermelha.

– O quê? – disse Hugh para si mesmo. – Não.

Ele havia mirado para o lado. Não muito para o lado, mas tinha uma boa pontaria, uma excelente pontaria.

– Ah, meu Deus! – murmurou o barbeiro, correndo pela lateral do campo.

– Você atirou nele – afirmou Charles Dunwoody, arfando. – Por que fez isso?

Hugh ficou sem palavras. Daniel estava ferido, talvez mortalmente, e ele fizera isso. *Ele* fizera isso. Ninguém o forçara. E mesmo agora, enquanto Daniel erguia seu braço ensanguentado...

Hugh gritou ao sentir a perna ser dilacerada.

Por que ele tinha pensado que ouviria o tiro antes de senti-lo? Sabia como isso funcionava. Se Isaac Newton estivesse certo, o som viajava a uma velocidade de 298 metros por segundo. Hugh estava a uns 18 metros de Daniel, o que significava que a bala teria que ter viajado a...

Ele pensou. E pensou.

Não conseguiu encontrar a resposta.

– Hugh! Hugh! – Era Dunwoody, aos brados. – Hugh, você está bem?

Hugh olhou para cima e viu o rosto de Charles Dunwoody em borrões. Se estava olhando para cima, devia estar no chão. Pestanejou, tentando pôr seu mundo novamente em foco. Ainda estava bêbado? Havia consumido uma quantidade descomunal de álcool na noite anterior, antes e depois da discussão com Daniel.

Não, não estava bêbado. Pelo menos não muito. Havia sido baleado. Ou pelo menos achava que sim. Tivera essa sensação, mas na verdade não doía mais. Ainda assim, isso explicava por que estava deitado no chão.

Engoliu em seco, tentando respirar. Por que isso era tão difícil? Não fora atingido na perna? Isso *se* tivesse sido atingido. Não estava certo do que acontecera.

– Ah, meu Deus – disse uma nova voz.

Era Marcus Holroyd, pálido e ofegante.

– Ponha pressão nisso! – vociferou o barbeiro. – E cuidado com esse osso!

Hugh tentou falar.

– Um torniquete – disse alguém. – Deveríamos aplicar um torniquete?

– Tragam minha maleta! – gritou o barbeiro.

Hugh novamente tentou falar.

– Não desperdice suas forças – disse Marcus, segurando a mão dele.

– Mas não durma! – acrescentou Dunwoody, desesperado. – Mantenha os olhos abertos.

– A coxa – resmungou Hugh.

– O quê?

– Diga ao médico...

Hugh fez uma pausa, tentando respirar.

– A coxa. Sangra feito um porco.

– Do que ele está falando? – perguntou Marcus.

– Eu... eu...

Dunwoody estava tentando dizer alguma coisa que ficou presa na garganta.

– O quê? – perguntou Marcus.

Hugh olhou para Dunwoody. Ele não parecia bem.

– Acho que ele está tentando ser engraçado – disse Dunwoody.

– Pelo amor de Deus! – vociferou Marcus, virando-se para Hugh com uma expressão que ele achou difícil de interpretar. – Seu idiota, em vez de... Uma piada. Você está fazendo piada.

– Não chore – disse Hugh, porque parecia que ele ia chorar.

– Aperte mais – ordenou alguém, e Hugh sentiu algo puxando sua perna e depois apertando-a com força.

Em seguida veio a voz de Marcus:

– É melhor você ficar deitadooooooo...

E isso foi tudo.

Quando Hugh abriu os olhos, estava escuro. E ele estava em uma cama. Tinha se passado um dia inteiro? Ou mais? O duelo fora ao amanhecer. O céu ainda estava rosado.

– Hugh?

Freddie? O que Freddie estava fazendo ali? Não se lembrava da última vez que o irmão pusera os pés na casa de seu pai. Hugh quis pronunciar o nome dele, dizer quanto estava feliz por vê-lo, mas sentiu a garganta inacreditavelmente seca.

– Não tente falar – pediu Freddie.

Ele se inclinou para a frente, sua cabeça loura familiar entrando na direção da luz da vela. Eles sempre haviam sido parecidos, mais do que a maioria dos irmãos. Freddie era um pouco mais baixo, um pouco mais magro e um pouco mais louro, mas eles tinham os mesmos olhos verdes no mesmo rosto anguloso. E o mesmo sorriso.

Quando sorriam.

– Vou lhe dar um pouco de água – disse Freddie.

Cuidadosamente, levou uma colher aos lábios de Hugh, despejando o líquido na boca do irmão.

– Mais – resmungou Hugh.

Não sobrara nada para engolir. Cada gota fora absorvida por sua língua ressecada.

Freddie lhe serviu mais algumas colheres cheias de água e depois disse:

– Vamos esperar um pouco. Não quero lhe dar muito de uma só vez.

Hugh concordou com a cabeça. Não soube por quê, mas concordou.

– Dói? – perguntou Freddie.

Doía, mas Hugh teve a estranha sensação de que não doera tanto até que o irmão perguntasse.

– Sabe, ainda está aí – informou Freddie, apontando na direção do pé da cama. – Sua perna.

Claro que ainda estava lá. Doía infernalmente. Onde mais estaria?

– Às vezes as pessoas sentem dor mesmo depois de perderem um membro – apressou-se a completar Freddie, nervoso. – Chamam de dor fantasma. Li sobre isso, não sei quando. Algum tempo atrás.

Então provavelmente era verdade. A memória de Freddie era quase tão boa quanto a de Hugh e ele sempre havia gostado de ciências biológicas. Quando eram crianças, Freddie vivia ao ar livre, cavando a terra e coletando espécimes. Algumas vezes Hugh ia com ele, mas ficava muito entediado.

Hugh logo descobriu que seu interesse por besouros não aumentaria à medida que encontrasse mais e mais deles. E que o mesmo valia em relação aos sapos.

– Nosso pai está lá embaixo – comentou Freddie.

Hugh fechou os olhos. Foi o gesto que conseguiu fazer para mostrar que assentia.

– Preciso ir buscá-lo – disse o irmão mais velho, sem convicção.

– Não.

Cerca de um minuto depois, Freddie continuou:

– Beba um pouco mais de água. Você perdeu muito sangue. É por isso que se sente tão fraco.

Hugh tomou mais algumas colheres. Doía engolir.

– E também está com a perna quebrada. O fêmur. O médico pôs a perna no lugar, mas disse que o osso foi estilhaçado. – Freddie pigarreou. – Acho que você vai ficar preso aqui por algum tempo. O fêmur é o maior osso do corpo humano. Levará meses para sarar.

Freddie estava mentindo. Hugh podia perceber isso na voz do irmão. O que significava que o osso demoraria mais do que meses para se consolidar. Ou talvez nem se consolidasse. Talvez ele ficasse aleijado.

Isso não seria divertido?

– Que dia é hoje? – perguntou Hugh com a voz rouca.

– Você ficou inconsciente por três dias – respondeu Freddie, interpretando corretamente a pergunta.

– Três dias – repetiu Hugh. – Meu Deus!

– Cheguei ontem. Corville me avisou.

Hugh assentiu com a cabeça. Não era nenhuma surpresa que seu mordomo tivesse avisado Freddie de que o irmão quase morrera.

– E Daniel? – perguntou Hugh.

– Lorde Winstead? – Freddie engoliu em seco. – Ele se foi.

Hugh arregalou os olhos.

– Não, ele não morreu – apressou-se a completar. – Está com o ombro ferido, mas ficará bem. Só deixou a Inglaterra. Nosso pai tentou fazer com que fosse preso, mas você ainda não estava morto…

Ainda. Engraçado.

–… e então, bem, não sei o que papai disse a ele. Winstead veio vê-lo um dia depois do ocorrido. Eu não estava aqui, mas Corville me disse que ele tentou se desculpar. O pai não foi… bem, você o conhece.

Freddie engoliu em seco e pigarreou.

– Acho que lorde Winstead foi para a França – concluiu.

– Ele deveria voltar – disse Hugh com dificuldade.

Não era culpa de Daniel. Não tinha sido ele quem exigira um duelo.

– Sim, bem, você pode resolver isso com o marquês – disse Freddie desconfortavelmente. – Ele tem falado em caçar Winstead.

– Na *França*?

– Não tentei discutir isso com ele.

– Não, claro que não.

Quem discutiria com um louco?

– Acharam que você poderia morrer – explicou Freddie.

– Eu sei.

E essa era a pior parte. Hugh realmente sabia.

O marquês de Ramsgate não podia escolher seu herdeiro: por ser o mais velho, Freddie obrigatoriamente receberia o título, as terras, a fortuna, tudo o que estivesse vinculado à sucessão legal. Mas, se lorde Ramsgate pudesse escolher, todos sabiam que sua opção seria Hugh.

Freddie tinha 27 anos e ainda era solteiro. Hugh tinha esperança de que ele se casasse, mas sabia que nenhuma mulher no mundo atrairia sua atenção. Aceitava isso em relação ao irmão. Não compreendia, mas aceitava. Só queria que Freddie entendesse que, mesmo assim, poderia se casar, cumprir seu dever e tirar toda aquela terrível pressão dos ombros do caçula. Muitas mulheres adorariam ver o marido fora de suas camas quando o quarto das crianças estivesse suficientemente povoado.

No entanto, o pai de Hugh ficara tão desgostoso que dissera a Freddie que não se desse ao trabalho de arranjar uma noiva. O título poderia lhe pertencer durante alguns anos, mas, segundo os planos de lorde Ramsgate, logo passaria para Hugh ou os filhos dele.

Não que o pai já tivesse demonstrado ter muita afeição por Hugh também.

Lorde Ramsgate não era o único nobre que não via nenhum motivo para tratar os filhos com igualdade. Hugh seria melhor para Ramsgate, portanto Hugh era melhor. Ponto final.

Porque todos sabiam que o marquês amava seu título de nobreza, Hugh e Freddie exatamente nessa ordem.

E provavelmente não restava nenhum amor para Freddie.

– Gostaria de láudano? – perguntou Freddie abruptamente. – O médico disse que eu poderia lhe dar um pouco se você acordasse.

Se. Mais engraçado do que *ainda*.

Hugh fez um gesto afirmativo com a cabeça e deixou o irmão mais velho ajudá-lo a ficar em uma posição mais ereta.

– Meu Deus, é horrível! – disse Hugh, devolvendo a xícara para Freddie depois de esvaziar seu conteúdo.

Freddie cheirou os resíduos.

– Álcool – confirmou. – A morfina é dissolvida nele.

– Exatamente o que me faltava – murmurou Hugh. – Mais álcool.
– O que disse?
Hugh apenas balançou a cabeça.
– Estou feliz por você ter acordado – disse Freddie em um tom que forçou Hugh a notar que ele não voltara a se sentar depois de lhe dar o láudano. – Vou pedir a Corville que avise o nosso pai. Prefiro não fazer isso se não for indispensável...
– É claro – disse Hugh.
O mundo era um lugar melhor quando Freddie evitava o pai. Era um lugar melhor quando Hugh também o evitava, mas naquele momento alguém tinha que interagir com o velho canalha, e ambos sabiam que precisava ser o caçula. O fato de Freddie ter ido lá, ao seu antigo lar em St. James's, era uma prova de seu amor ao irmão.
– Vejo você amanhã – disse Freddie, parando na porta.
– Não é preciso – disse-lhe Hugh.
Freddie engoliu em seco e desviou o olhar.
– Então talvez depois de amanhã.
Ou depois de depois de amanhã. Hugh não o culparia se nunca voltasse.

Freddie provavelmente instruíra o mordomo a esperar para avisar o pai sobre a mudança no estado de Hugh, porque se passou quase um dia inteiro antes de lorde Ramsgate irromper no quarto.
– Está acordado – vociferou.
Era impressionante como isso soava como uma acusação.
– Seu idiota! – sibilou Ramsgate. – Quase se matou. E para quê? Para quê?
– Também estou feliz em vê-lo, pai – respondeu Hugh.
Ele agora estava sentado, sua perna imobilizada esticada para a frente como um tronco de árvore. Sabia bem que parecia melhor do que se sentia, mas com o marquês de Ramsgate nunca se devia demonstrar fraqueza.
Aprendera isso muito cedo.
O pai lhe lançou um olhar desgostoso, ignorando seu sarcasmo.
– Você podia ter morrido.
– Deu para notar.

– Acha isso engraçado? – disparou o marquês.

– Na verdade, não – respondeu Hugh.

– Você *sabe* o que teria acontecido se você morresse.

Hugh esboçou um sorriso.

– Tenho pensado sobre isso, mas alguém realmente sabe o que acontece depois que morremos?

Meu Deus, como era bom ver o rosto de seu pai inchar e ficar vermelho! Desde que ele não começasse a cuspir.

– Não leva nada a sério? – perguntou o marquês.

– Levo muitas coisas a sério, mas não isso.

Lorde Ramsgate prendeu a respiração, com todo o corpo tremendo de raiva.

– Nós dois sabemos que seu irmão nunca se casará.

– Ah, então é *disso* que se trata? – devolveu Hugh, fazendo o possível para fingir surpresa.

– Não vou deixar Ramsgate sair desta família!

Hugh observou essa explosão de raiva por um tempo estudado e depois alegou:

– Ora, vamos, o primo Robert não é tão ruim. Até o deixaram voltar para Oxford! Bem, da primeira vez.

– Então é assim? – cuspiu o marquês. – Está tentando se matar só para me irritar?

– Acho que poderia irritá-lo com muito menos esforço do que isso. E com um resultado muito mais agradável para mim.

– Se quiser se livrar de mim, sabe o que precisa fazer – declarou lorde Ramsgate.

– Matá-lo?

– Seu maldito…

– Se eu soubesse que seria tão fácil, realmente teria…

– Apenas se case com alguma garota idiota e me dê um herdeiro – rugiu o pai.

– Já que o resultado seria o mesmo, prefiro que ela não seja idiota.

O marquês apenas balançou a cabeça, furioso. Um minuto inteiro se passou antes que voltasse a falar:

– Preciso ter certeza de que Ramsgate permanecerá na família.

– Eu nunca disse que não me casaria – observou Hugh, embora não fizesse ideia do que o levara a dizer isso. – Mas não o farei de acordo com a sua programação. Além do mais, não sou seu herdeiro.

– Frederick...

– Ainda pode se casar – interrompeu-o Hugh, destacando cada sílaba.

Mas o pai apenas bufou e encaminhou-se para a porta.

– Ah, pai – chamou Hugh antes que ele saísse. – Quer fazer o favor de avisar à família de lorde Winstead que ele pode voltar em segurança para a Grã-Bretanha?

– É claro que não. Por mim ele pode apodrecer no inferno. Ou na França. – O marquês deu uma risadinha sinistra. – Na minha opinião, dá quase no mesmo.

– Não há nenhum motivo para que ele não volte – ressaltou Hugh, com mais paciência do que se julgava capaz de ter. – Como nós dois podemos notar, ele não me matou.

– Ele atirou em você.

– Eu atirei primeiro.

– No *ombro*.

Hugh cerrou os dentes. Argumentar com o pai sempre fora extenuante. Além disso, o láudano o deixara entorpecido.

– A culpa foi minha – afirmou.

– Não importa – respondeu o marquês. – Ele foi embora andando. E agora você é um aleijado que talvez nem possa gerar filhos.

Hugh arregalou os olhos, alarmado. Ele tinha levado um tiro na perna. Na *perna*.

– Não pensou nisso, não é? – provocou o pai. – Aquela bala atingiu uma artéria. É um milagre que você não tenha sangrado até a morte. O médico acha que sua perna conseguiu permanecer com sangue suficiente para sobreviver, mas só Deus sabe sobre o resto do seu corpo.

Ele abriu a porta e proferiu sua última frase por cima do ombro.

– Winstead arruinou minha vida. Posso muito bem arruinar a dele.

⁓

A extensão total das lesões de Hugh só se tornaria conhecida vários meses depois. O fêmur sarou. Um pouco.

Sua musculatura pouco a pouco se recuperou. O que sobrara dela.

O lado bom era que tudo indicava que ele ainda poderia gerar um filho.

Não que ele quisesse. Ou, mais exatamente, que tivesse tido oportunidade.

Mas quando seu pai pediu... ou, melhor, exigiu... ou, melhor ainda, arrancou-lhe as cobertas na presença de um médico alemão com o qual Hugh não teria gostado de deparar em um beco escuro...

Hugh puxou as cobertas de volta, fingiu um constrangimento mortal e deixou o pai pensar que estava irreparavelmente ferido.

E, durante toda a dolorosa recuperação, Hugh ficou confinado na casa do pai, preso à cama, forçado a aceitar a ajuda de uma enfermeira cujo modo especial de cuidar dele o lembrava de Átila, o Huno.

Ela também se parecia com ele. Ou pelo menos tinha um rosto que Hugh imaginou ser compatível com o de Átila. Na verdade, essa não era uma comparação muito lisonjeira.

Para com Átila.

Mas Átila, a Enfermeira, por mais rude e cruel que fosse, era preferível ao pai dele, que aparecia todos os dias às 16h com um conhaque na mão (apenas um, dele próprio) e as notícias mais recentes de sua caçada a Daniel Smythe-Smith.

E todos os dias, às 16h01, Hugh pedia que o pai parasse.

Apenas parasse.

Mas é claro que ele não parava. Lorde Ramsgate jurara caçar Daniel até um deles estar morto.

Finalmente Hugh ficou bem o suficiente para deixar a Casa Ramsgate. Ele não tinha muito dinheiro – apenas o que ganhara no tempo em que jogava –, mas possuía o bastante para contratar um criado pessoal e alugar um pequeno apartamento no Albany, um prédio de primeira classe para cavalheiros de linhagem impecável e fortuna inexpressiva.

Hugh aprendeu sozinho a andar de novo. Precisava de uma bengala para qualquer distância considerável, mas era capaz de atravessar um salão de baile com os próprios pés.

Não que ele frequentasse salões de baile.

Aprendeu a conviver com a dor constante de um osso mal consolidado e o latejar de um músculo distendido.

Ele se forçava a visitar o pai, tentar conversar racionalmente com ele, dizer-lhe que desse um fim à caçada por Daniel Smythe-Smith. Mas nada funcionava. Seu pai se agarrava à própria fúria. Agora nunca teria um neto, vociferava, e tudo por culpa do conde de Winstead.

Não deu atenção quando Hugh salientou que Freddie era saudável e ainda poderia surpreendê-los e se casar. Muitos homens que preferiam ficar solteiros acabavam arranjando esposas. O marquês se limitou a cuspir. Literalmente cuspiu no chão e disse que, mesmo que Freddie ficasse noivo, nunca conseguiria gerar um filho. E, se por algum milagre conseguisse, não seria uma criança digna do nome deles.

Não, a culpa era do conde de Winstead. Hugh deveria dar um herdeiro para Ramsgate, mas, agora, vejam só: era um aleijado inútil. Que provavelmente também não poderia gerar um filho.

Lorde Ramsgate nunca perdoaria Daniel Smythe-Smith, o antes elegante e popular conde de Winstead. Nunca.

E Hugh, cuja única constante na vida era sua capacidade de olhar para um problema de todos os ângulos e encontrar a solução mais lógica, não tinha ideia do que fazer. Mais de uma vez pensara em se casar, mas, apesar do fato de que ele *parecia* estar em boas condições, sempre havia a chance de a bala ter lhe provocado algum dano. Além disso, pensou, olhando para sua perna arruinada, que mulher o desposaria?

E então um dia se lembrou de algo – um momento fugaz daquela conversa com Freddie logo após o duelo.

Freddie dissera que não tentara discutir com o marquês, e Hugh havia pensado: quem discutiria com um louco?

Finalmente encontrara a resposta.

Apenas outro louco.

CAPÍTULO 1

Fensmore. Propriedade da Família Chatteris
Cambridgeshire
Outono de 1824

Lady Sarah Pleinsworth, veterana de três temporadas malsucedidas em Londres, olhou ao redor pela futura sala de estar de sua prima e anunciou:

– Estou sendo assolada por uma epidemia de casamentos.

Estava acompanhada pelas irmãs mais novas, Harriet, Elizabeth e Frances, que – com 16, 14 e 11 anos – não estavam em idade de se preocupar com perspectivas matrimoniais. Ainda assim, era de esperar que expressassem um pouco de solidariedade.

Isso se a pessoa não conhecesse as garotas Pleinsworths.

– Está sendo melodramática – falou Harriet, sentada à escrivaninha, olhando de relance para Sarah antes de mergulhar a caneta na tinta e voltar a suas anotações.

Sarah se virou lentamente em sua direção.

– Você está escrevendo uma peça sobre Henrique VIII e um unicórnio e *eu* é que sou melodramática?

– É uma sátira – rebateu Harriet.

– O que é uma sátira? – perguntou Frances. – É o mesmo que um sátiro?

Elizabeth arregalou os olhos com um prazer perverso.

– Sim! – exclamou.

– Elizabeth! – repreendeu-a Harriet.

Frances estreitou os olhos encarando Elizabeth.

– Não é, é?

– Deveria ser – retorquiu Elizabeth –, já que você a fez colocar um unicórnio maldito na história.

– Elizabeth! – repreendeu-a Sarah.

Não se importava com o fato de a irmã ter praguejado, mas, sendo a mais velha, sabia que *deveria* se importar. Ou pelo menos fingir.

– Eu não estava praguejando – protestou Elizabeth. – Estava apenas fantasiando.

A isso se seguiu um silêncio. Ninguém a compreendera.

– Se o unicórnio é amaldiçoado – explicou Elizabeth –, então a peça tem pelo menos alguma chance de ser interessante.

Frances suspirou.

– Ah, Harriet. Não vai ferir o unicórnio, vai?

Harriet cobriu seu texto com uma das mãos.

– Bem, não muito.

O suspiro de Frances se transformou em um arquejo de terror.

– Harriet!

– É mesmo *possível* haver uma epidemia de casamentos? – perguntou Harriet em voz alta, virando-se para Sarah. – E, nesse caso, *dois* seriam indício de epidemia?

– Sim – respondeu Sarah, mal-humorada. – Se ocorrerem em um intervalo de apenas uma semana *e* você for parente de uma das noivas e um dos noivos e, *principalmente*, se for forçada a ser dama de honra de um casamento em que...

– Você precisará ser dama de honra somente uma vez – interrompeu-a Elizabeth.

– Uma vez basta – murmurou Sarah.

Ninguém deveria andar pelo corredor de uma igreja com um buquê de flores a não ser que fosse a noiva, já tivesse sido a noiva ou fosse jovem demais para ser. Caso contrário, seria crueldade.

– Acho maravilhoso Honoria tê-la convidado para ser dama de honra! – exclamou Frances. – É tão romântico! Talvez você possa incluir uma cena como essa em sua peça, Harriet.

– Boa ideia – aplaudiu Harriet. – Eu poderia introduzir uma nova personagem. Será igualzinha a Sarah.

Sarah nem se deu ao trabalho de se virar para ela.

– Por favor, não faça isso.

– Ah, será muito divertido – insistiu Harriet. – Um trecho especial apenas para nós três.

– Somos quatro – observou Elizabeth.

– Ah, certo. Desculpe, acho que estava me esquecendo de Sarah.

Sarah não achou que isso merecia comentários, mas fez beicinho.

– Desse jeito – continuou Harriet – sempre nos lembraremos de que estávamos bem aqui, juntas, quando pensamos nisso.

– Você poderia fazê-la parecida comigo – disse Frances, esperançosa.

– Não, não – rejeitou Harriet, agitando a mão. – É tarde demais para mudar agora. Já está gravada na minha cabeça. A nova personagem deve ser parecida com Sarah. Deixem-me ver...

Ela começou a escrever freneticamente.

– Cabelos pretos com uma leve tendência a encaracolar.

– Olhos escuros insondáveis – acrescentou Frances, empolgada. – Devem ser insondáveis.

– Com um quê de loucura – disse Elizabeth.

Sarah se virou para encará-la.

– Só estou fazendo a minha parte – alegou Elizabeth. – E certamente vejo esse quê de loucura agora.

– Creio que sim – retorquiu Sarah.

– Nem muito alta nem muito baixa – disse Harriet, ainda escrevendo.

Elizabeth sorriu e se juntou à cantilena.

– Nem muito magra nem muito gorda.

– Ah, eu tenho uma! – exclamou Frances, praticamente pulando no sofá. – Nem muito rosa nem muito verde.

Isso fez a conversa parar.

– Como é que é? – finalmente conseguiu dizer Sarah.

– Você não fica constrangida com facilidade – explicou Frances –, por isso raramente cora. E só a vi vomitar uma vez, quando nós todas comemos aquele peixe horrível em Brighton.

– Por isso o verde – disse Harriet em tom de aprovação. – Muito bem, Frances. Isso foi muito inteligente. As pessoas realmente ficam verdes quando estão enjoadas. Eu gostaria de saber por quê.

– Bile – retrucou Elizabeth.

– Precisamos falar sobre isso? – perguntou Sarah.

– Não sei por que você está de mau humor – disse Harriet.

– Eu não estou de mau humor.

– Você não está de *bom* humor.

Sarah não se deu ao trabalho de contradizê-la.

– Se fosse você – disse Harriet –, eu estaria nas nuvens. Você vai andar pelo corredor central da igreja.

– Eu *sei*.

Sarah se deixou cair no sofá, o lamento de sua última sílaba parecendo forte demais para que ela permanecesse aprumada.

Frances se levantou e foi para o lado de Sarah, olhando-a por cima das costas do sofá.

– Você não quer andar pelo corredor? – perguntou.

Ela lembrava um pouco um pardal preocupado, inclinando a cabeça para um lado e depois para o outro em movimentos curtos.

– Não exatamente – respondeu Sarah.

Pelo menos não se não fosse em seu próprio casamento. Mas era difícil conversar com as irmãs sobre isso. Havia uma grande diferença de idade entre elas. E não podia compartilhar certas coisas com uma menina de 11 anos.

A mãe dela perdera três crianças entre Sarah e Harriet, duas em abortos espontâneos e um menino – o único filho de lorde e lady Pleinsworth –, que morrera no berço antes de completar 3 meses. Sarah não saberia dizer se os pais estavam desapontados por não terem um filho homem, mas eles nunca haviam se queixado. Quando mencionaram que o título iria para William, primo de Sarah, não se lamentaram. Apenas pareciam aceitar as coisas como eram. Houvera algumas conversas sobre Sarah se casar com William para manter tudo "claro, em ordem e em família" (como sua mãe dissera), mas o primo era três anos mais novo do que ela. Com 18 anos, acabara de entrar para Oxford e certamente não se casaria nos cinco anos seguintes.

E não havia a mínima chance de Sarah esperar cinco anos. A mínima. Nem uma fração da mínima...

– Sarah!

Ela ergueu os olhos. Bem na hora em que Elizabeth parecia estar prestes a atirar um livro de poesia em sua direção.

– Não faça isso! – alertou-a Sarah.

Elizabeth franziu as sobrancelhas, decepcionada, e abaixou o livro.

– Eu estava perguntando – repetiu (aparentemente) – se você sabe se todos os convidados já chegaram.

– Acho que sim – respondeu Sarah, embora na verdade não fizesse ideia. – Mas não tenho como saber dos que ficarão no vilarejo.

A prima delas, Honoria Smythe-Smith, se casaria com o conde de Chatteris na manhã seguinte. A cerimônia seria ali em Fensmore, a casa ancestral do nobre, no norte de Cambridgeshire. Mas nem mesmo a enorme residência poderia abrigar todos os convidados que estavam chegando de Londres; alguns tiveram que reservar quartos em hospedarias locais.

Por serem da família, os Pleinsworths foram os primeiros a ocupar quartos em Fensmore, e haviam chegado com quase uma semana de antecedência para ajudar nos preparativos. Ou, talvez mais exatamente, a mãe delas estava ajudando. Sarah fora incumbida de manter as irmãs longe de encrencas.

O que não era fácil.

Normalmente as garotas ficariam aos cuidados de sua governanta, o que permitiria a Sarah cumprir as tarefas de dama de honra de Honoria, mas Anne se casaria dali a duas semanas.

Com o irmão de Honoria.

O que significava que, ao fim dos festejos das núpcias de Honoria Smythe-Smith e do conde de Chatteris, Sarah (junto com metade de Londres, ao que parecia) pegaria a estrada de Fensmore para Whipple Hill, em Berkshire, para ir ao casamento de Daniel Smythe-Smith com a Srta. Anne Wynter. Como Daniel também era conde, seria um grande acontecimento.

Assim como o casamento de Honoria.

Dois grandes acontecimentos. Duas belas oportunidades para Sarah dançar, se divertir e se tornar dolorosamente consciente de que *não* era uma das noivas.

Ela só queria se casar. Isso era tão patético assim?

Não, pensou, endireitando a coluna (mas não a ponto de ficar totalmente reta), não era. Encontrar um marido e ser uma esposa era aquilo que fora educada para fazer, além de tocar piano no infame Quarteto Smythe-Smith.

O que, pensando bem, era parte do motivo de estar tão desesperada para se casar.

Todos os anos, religiosamente, as primas solteiras Smythe-Smith mais velhas eram forçadas a reunir seus talentos musicais inexistentes e tocar juntas, em quarteto.

E fazer uma apresentação.

Para pessoas de verdade. Que não eram surdas.

Um inferno. Sarah não conseguia pensar em um termo melhor para descrever isso. Estava bastante certa de que a palavra apropriada ainda não fora inventada.

O barulho que saía dos instrumentos das Smythe-Smiths também só poderia ser descrito com palavras ainda não inventadas. Mas, por algum motivo, todas as mães Smythe-Smiths (inclusive a mãe de Sarah, que agora era uma Pleinsworth) se sentavam na fileira da frente com sorrisos beatíficos no rosto, inabaláveis em sua ideia maluca de que as filhas eram prodígios musicais. E o restante do público...

Esse era o mistério.

Por que havia um "restante do público"? Sarah nunca conseguira descobrir. Certamente bastava alguém assistir uma única vez para perceber que nada de bom jamais sairia de uma apresentação musical das Smythe-Smiths. Mas ela examinara a lista de convidados e descobrira que algumas pessoas compareciam todos os anos. O que tinham na cabeça? Deveriam saber que seriam submetidas ao que só poderia ser descrito como tortura auditiva.

Bem, aparentemente já *fora* inventada uma expressão para aquilo, afinal.

O único meio de uma prima Smythe-Smith ser liberada do quarteto era o casamento. Bem, isso e fingir uma doença grave, mas Sarah já recorrera a essa estratégia uma vez e não achava que daria certo de novo.

Ou ter nascido menino. *Homens* não tinham que aprender a tocar instrumentos e sacrificar sua dignidade em um altar de humilhação pública.

Era realmente injusto.

Mas voltando ao casamento... Suas três temporadas em Londres não tinham sido fracassos completos. No verão anterior, por exemplo, dois cavalheiros haviam pedido sua mão em casamento. E, embora soubesse que provavelmente estaria se condenando a mais um ano no piano sacrificial, ela recusara ambos.

Não queria uma paixão arrebatadora. Era prática demais para acreditar que todos encontravam o verdadeiro amor – ou que sequer *existia* um verdadeiro amor. Mas uma dama de 21 anos não deveria ter que se casar com um homem de 63.

Quanto à outra proposta... Sarah suspirou. O cavalheiro era excepcionalmente cortês, mas, cada vez que contava até vinte (e parecia fazer isso com estranha frequência), pulava o número doze.

Sarah não precisava se casar com um gênio, mas seria demais esperar um marido que soubesse contar?

– Casamento – disse para si mesma.

– O quê? – perguntou Frances, ainda olhando-a por sobre as costas do sofá.

Harriet e Elizabeth estavam ocupadas com as próprias atividades, o que era bom, porque Sarah de fato não desejava nenhum público além de uma garota de 11 anos quando anunciou:

– Preciso me casar este ano, caso contrário acho que simplesmente vou morrer.

Hugh Prentice parou por um momento à entrada da sala de estar. Depois balançou a cabeça e seguiu em frente no corredor. Sarah Pleinsworth, se seus ouvidos não o estavam enganando, e em geral não o enganavam.

Outro motivo para não querer ir àquele casamento.

Hugh sempre fora uma alma solitária, e havia pouquíssimas pessoas cuja companhia procurava deliberadamente. Mas também havia poucas que evitava.

Como seu pai, é claro.

Assassinos condenados.

E lady Sarah Pleinsworth.

Mesmo que o primeiro encontro deles não tivesse sido um terrível desastre, nunca seriam amigos. Sarah Pleinsworth era uma daquelas mulheres dramáticas dadas a exageros e declarações grandiosas. Normalmente Hugh não estudava os padrões de fala dos outros, mas, quando lady Sarah falava, era difícil ignorá-la.

Ela usava muito advérbios. E pontos de exclamação.

Além disso, ela o desprezava. E isso não era mera suposição da parte dele. Ouvira-a murmurar essas palavras. Não que ele se incomodasse: também não se importava muito com ela. Só queria que aprendesse a ficar calada.

Como nesse momento. Ela ia morrer se não se casasse logo. Francamente!

Hugh balançou a cabeça. Pelo menos seria um casamento ao qual ele *não* teria que ir.

Quase escapara do matrimônio em questão também. Mas Daniel Smythe-Smith insistira em que ele fosse. Hugh salientara que nem mesmo era o casamento de Daniel, mas então o outro se reclinara em sua cadeira e dissera que, realmente, era o casamento da irmã dele, porém, se quisessem convencer a sociedade de que tinham deixado suas diferenças para trás, era melhor Hugh comparecer, e com um sorriso no rosto.

Não fora o mais gracioso dos convites. Hugh, porém, não se importava. Preferia que as pessoas fossem sinceras. Mas Daniel estava certo sobre uma coisa. Nesse caso, as aparências eram importantes.

O duelo entre os dois, três anos e meio antes, havia sido um escândalo de proporções inimagináveis. Daniel tinha sido forçado a fugir do país e Hugh passara um ano inteiro aprendendo a andar de novo. E mais um ano tentando convencer o pai a deixar Daniel em paz, e mais outro tentando *encontrar* Daniel depois de por fim descobrir como fazer o pai dispensar os espiões e assassinos e dar aquilo por encerrado.

Espiões e assassinos. Sua existência realmente se rebaixara a esse nível de melodrama?

Hugh deu um longo suspiro. Havia acalmado o pai, localizado Daniel Smythe-Smith e levado o amigo de volta à Inglaterra. Agora Daniel se casaria, viveria feliz para sempre e tudo seria como deveria ter sido.

Para todos, exceto Hugh.

Ele olhou para a própria perna. Era justo. Fora ele quem começara tudo, portanto era ele quem deveria arcar com as consequências permanentes.

Mas, maldição, estava doendo. Hugh havia passado onze horas em uma carruagem no dia anterior e ainda sentia os efeitos colaterais.

Realmente não entendia por que precisava comparecer *àquele* casamento. Certamente sua ida ao de Daniel, ainda naquele mês, seria o suficiente para convencer a sociedade de que o duelo entre eles era coisa do passado.

Hugh não era orgulhoso a ponto de não admitir que, nesse caso, se importava com o que a sociedade pensava. Não se incomodara quando as pessoas o rotularam de excêntrico e disseram que ele era melhor em lidar com cartas do que com pessoas. Ou quando ouvira uma dama da sociedade dizer a outra que o achava muito estranho e nunca permitiria que sua filha o considerasse um possível pretendente – isso se sua filha se interessasse por ele, o que nunca aconteceria, afirmara enfaticamente.

Hugh não se incomodara com isso, mas se lembrava de cada palavra.

O que o incomodava de verdade era ser considerado vilão. Era que alguém fosse capaz de imaginar que ele pretendera matar Daniel Smythe-

-Smith ou que ficara feliz quando ele fora forçado a deixar a Inglaterra. Isso Hugh não podia suportar. E se o único modo de resgatar sua reputação era fazer com que a sociedade percebesse que Daniel o perdoara, então compareceria a este casamento e ao que mais Daniel considerasse apropriado.

– Ah, lorde Hugh!

Hugh parou ao som de uma voz feminina familiar. Era lady Honoria Smythe-Smith, que em breve se tornaria lady Chatteris. Na verdade, dali a 23 horas, se a cerimônia começasse pontualmente, algo em que Hugh não acreditava muito. Ficou surpreso por ela estar ali. As noivas não deviam ficar rodeadas por suas amigas e familiares, preocupando-se com os detalhes de última hora?

– Lady Honoria – cumprimentou-a, mudando a posição da mão na bengala para poder lhe fazer uma mesura.

– Estou tão feliz por ter vindo ao casamento! – disse ela.

Hugh olhou para os olhos azul-claros de Honoria por um momento a mais do que outras pessoas poderiam achar necessário. Avaliou que ela estava sendo sincera.

– Obrigado – respondeu. Então mentiu: – Estou muito contente por estar aqui.

Ela deu um amplo sorriso que iluminou seu rosto de um modo que apenas a verdadeira felicidade poderia fazer. Hugh não se iludiu a ponto de achar que *ele* era responsável pela satisfação dela. Tudo o que havia feito era ser gentil para evitar que qualquer coisa estragasse a alegria do casamento.

Simples feito matemática.

– Gostou de seu café da manhã? – perguntou Honoria.

Hugh teve a sensação de que ela não o fizera parar apenas para perguntar sobre sua refeição matutina, mas, como devia ser óbvio que acabara de comer, respondeu:

– Muito. Lorde Chatteris e sua cozinha estão de parabéns.

– Muito obrigada. Este é o maior evento realizado em Fensmore em décadas e os criados estão muito agitados, apreensivos. E encantados.

Honoria contraiu os lábios timidamente.

– Mas principalmente apreensivos – ressaltou.

Hugh não tinha nada a acrescentar, por isso a deixou prosseguir.

Ela não o desapontou.

– Eu esperava poder lhe pedir um favor.

Ele não podia imaginar qual, mas Honoria era a noiva e, se ela lhe pedisse para ficar de cabeça para baixo, Hugh entendia que era obrigado a tentar.

– Meu primo Arthur ficou doente – disse ela – e deveria sentar-se à mesa principal no café da manhã do casamento.

Ah, não. Não, ela não estava pedindo...

– Precisamos de outro cavalheiro e...

Aparentemente estava.

– Esperava que pudesse ser o senhor. Isso ajudaria muito a deixar tudo bem...

Ela engoliu em seco e olhou por um momento para o teto, tentando encontrar as palavras certas.

– Ou pelo menos fazer parecer que está tudo bem.

Observou-a por um instante. Não que seu coração tivesse saltado para a garganta; corações não faziam isso. No máximo, produziam uma sensação de aperto quando em pânico, e a verdade era que nem isso o dele fazia. Não havia motivo para se preocupar em ser forçado a sentar-se à mesa principal, mas havia todos os motivos para ter horror disso.

– Não, não é *isso* – apressou-se a dizer Honoria. – No que me diz respeito, e à minha mãe também, posso afirmar com muita certeza que o temos em alta conta. Sabemos... Isto é, Daniel nos contou o que o senhor fez.

Ele a encarou com atenção. O que exatamente Daniel havia lhe contado?

– Sei que ele não estaria aqui na Inglaterra se não o tivesse procurado, e sou muito grata por isso.

Hugh achou de uma delicadeza incomum ela não haver salientado que ele era o motivo de seu irmão ter sido obrigado a deixar o país.

Honoria sorriu serenamente.

– Uma pessoa muito sábia certa vez me disse que não são os erros que cometemos que revelam nosso caráter, mas o que fazemos para corrigi-los.

– Uma pessoa muito sábia? – perguntou Hugh.

– Bem, foi minha mãe – confessou ela com um sorriso tímido. – E saiba que ela disse isso para Daniel muito mais do que para mim, mas acabei percebendo, e espero que ele também, que é verdade.

– Acredito que ele percebeu – disse Hugh baixinho.

– Então – continuou Honoria, mudando rapidamente de assunto e humor. – O que me diz? Vai se juntar a mim à mesa principal? Estará me fazendo um enorme favor.

– Eu ficaria honrado em ocupar o lugar de seu primo – declarou Hugh. Era a mais pura verdade.

Ele preferiria nadar na neve a sentar-se à mesa principal diante de todos os convidados para o casamento, mas, ainda assim, era uma honra.

O rosto de Honoria se iluminou de novo como se fosse um farol, e sua felicidade era evidente. Era isso que o casamento fazia com as pessoas?

– Muito obrigada – disse ela, com óbvio alívio. – Se tivesse recusado, eu teria que pedir ao meu outro primo, Rupert, e...

– Tem outro primo? Está me dando um lugar de mais destaque que a ele?

Hugh podia não se importar muito com as inúmeras regras e normas que regiam sua sociedade, mas isso não significava que as desconhecesse.

– Ele é um horror – confessou ela em um sussurro bastante alto. – Com toda a sinceridade, é simplesmente terrível e come cebolas demais.

– Bem, nesse caso... – murmurou Hugh.

– E... – continuou Honoria – ele e Sarah não se dão bem.

Hugh sempre media as palavras antes de falar, mas nem mesmo ele foi capaz de deixar escapar metade de "*Eu não me dou bem com lady Sarah...*" antes de fechar a boca.

– O que disse? – perguntou Honoria.

Ele se forçou a destravar o maxilar.

– Não vejo por que isso seria um problema – garantiu.

Deus, ele teria que se sentar ao lado de lady Sarah Pleinsworth. Como era possível Honoria Smythe-Smith não perceber que essa era uma péssima ideia?

– Ah, obrigada, lorde Hugh – agradeceu ela efusivamente. – Aprecio muito sua ajuda em relação a esse assunto. Se eu os colocasse juntos... e não haveria outro lugar onde sentá-lo à mesa principal, acredite em mim, eu procurei... só Deus sabe em que contendas poderiam entrar.

– Lady Sarah? – murmurou Hugh. – *Contendas?*

– Eu sei – concordou Honoria, interpretando de modo totalmente errado as palavras dele. – É difícil de imaginar. Nós nunca tivemos uma discussão. Ela tem um senso de humor maravilhoso.

Hugh não fez nenhum comentário.

Honoria lhe dirigiu um grande sorriso.

– Mais uma vez, obrigada. Está me fazendo um enorme favor.

– Como eu poderia recusar?

Ela comprimiu os olhos por uma fração de segundo, mas pareceu não detectar o sarcasmo. O que fazia sentido, porque o próprio Hugh não sabia se estava sendo sarcástico.

– Bem – disse Honoria –, muito obrigada. Vou contar imediatamente a Sarah.

– Ela está na sala de estar – disse Hugh.

Honoria olhou para ele com curiosidade, por isso Hugh acrescentou:

– Eu a ouvi falando quando passei por lá.

Honoria continuou a franzir a testa, então ele completou:

– A voz dela é muito fácil de distinguir.

– Eu não tinha notado – murmurou Honoria.

Hugh decidiu que essa seria uma ótima hora para calar a boca e ir embora. Mas a noiva tinha outros planos.

– Bem, se ela está lá, por que não vai comigo e lhe damos a boa notícia?

Era a última coisa que ele queria, mas Honoria lhe sorriu e ele se lembrou: *ela é a noiva.* Portanto, seguiu-a.

Nos romances fantasiosos – do tipo que Sarah lia às dezenas e pelos quais se recusava a desculpar-se –, as premissas gerais eram alardeadas, não sugeridas. A heroína levava as mãos à cabeça e dizia algo como: "Ah, se ao menos eu conseguisse encontrar um cavalheiro que pudesse ignorar que sou uma filha ilegítima e que tenho seis dedos!"

Muito bem, é preciso admitir que ela ainda não tinha encontrado um autor disposto a incluir um dedo extra em sua heroína. Mas isso certamente daria uma boa história. Não havia como negar.

Voltando às premissas. A heroína faria sua súplica apaixonada e então, como se evocado por um talismã antigo, um cavalheiro apareceria.

Ah, se ao menos eu conseguisse encontrar um cavalheiro! E lá estava ele.

Motivo pelo qual, depois de ter feito sua declaração (reconhecidamente ridícula) sobre morrer se não se casasse naquele ano, Sarah olhou para a porta. Afinal, não teria sido engraçado?

Como era de esperar, ninguém apareceu.

– Humpf – resmungou ela. – Até mesmo os deuses da literatura desistiram de mim.

– Disse alguma coisa? – perguntou Harriet.

– Ah, se ao menos eu conseguisse encontrar um cavalheiro! – murmurou para si mesma. – Um que me fizesse infeliz e me envergonhasse até o fim dos meus dias!

E então.

É claro.

Lorde Hugh Prentice.

Deus do céu, haveria um fim para sua angústia?

– Sarah! – disse Honoria alegremente, entrando pela porta ao lado dele. – Tenho uma boa notícia.

Sarah se levantou e olhou para a prima. Então olhou para Hugh Prentice, de quem, verdade fosse dita, *jamais* gostara. Depois olhou de novo para a prima. Honoria, sua melhor amiga no mundo inteiro. E compreendeu que Honoria (sua melhor amiga no mundo inteiro e quem realmente deveria conhecê-la melhor) *não* trazia uma boa notícia. Pelo menos não uma que Sarah considerasse boa.

Ou que Hugh Prentice considerasse, pelo que a expressão dele indicava.

Mas Honoria ainda irradiava um brilho de alegria, quase como uma daquelas lanternas usadas em casamentos. Seus pés estavam praticamente flutuando quando anunciou:

– Primo Arthur ficou doente.

Elizabeth ficou imediatamente atenta.

– Isso *é* uma boa notícia.

– Ora, vamos – disse Harriet. – Ele não é tão ruim quanto Rupert.

– Bem, essa parte não é a boa notícia – apressou-se a esclarecer Honoria, com um olhar nervoso para Hugh, para que ele não as considerasse totalmente cruéis. – A boa notícia é que Sarah teria que se sentar ao lado de Rupert amanhã, mas agora não terá mais.

Frances deu um gritinho e saltitou pela sala.

– Isso significa que eu poderia me sentar à mesa principal? Ah, por favor, diga que posso ocupar o lugar dele! Isso estaria acima de tudo para mim! Ainda mais porque você vai colocar um estrado, não é? Eu realmente *ficaria* acima de todas as coisas.

– Ah, Frances – disse Honoria, sorrindo-lhe com afeto. – Eu gostaria de poder fazer isso, mas você sabe que não deve haver crianças à mesa principal. Além do mais, precisamos de um cavalheiro.

– Então teremos lorde Hugh – completou Elizabeth.

– Ficarei feliz em ser útil – afirmou Hugh, embora estivesse claro para Sarah que não ficaria.

– Não consigo lhe dizer quanto estamos gratas – declarou Honoria. – Principalmente Sarah.

Hugh olhou para Sarah.

Sarah olhou para Hugh. E parecia determinada a deixar claro que, na verdade, não estava grata.

E então ele sorriu, aquele idiota. Aquilo não poderia ser considerado um sorriso no rosto de ninguém, mas Hugh era sempre tão sério que a menor curva nos cantos dos lábios equivalia a pulos de alegria de qualquer outra pessoa.

– Certamente ficarei contentíssima por me sentar ao seu lado e não com o primo Rupert – declarou Sarah.

Contentíssima era exagero, mas Rupert tinha um hálito horrível, e ela evitaria ao menos *isso* ao lado de lorde Hugh.

– Certamente – repetiu lorde Hugh, mantendo na voz a estranha mistura de monotonia e lentidão que fazia Sarah ter vontade de explodir.

Ele estava zombando dela? Ou apenas repetindo uma palavra para enfatizá-la? Não saberia dizer.

Mais uma característica que tornava lorde Hugh o homem mais irritante do reino. Se estivesse sendo ridicularizada, a pessoa não deveria ter o direito de *saber*?

– Não come cebolas cruas com seu chá, come? – perguntou Sarah friamente.

Ele sorriu. Ou talvez não.

– Não.

– Então está tudo certo – disse ela.

– Sarah? – indagou Honoria, hesitante.

Com um sorriso radiante, Sarah se virou para a prima. Nunca se esquecera do momento louco no ano anterior em que conhecera lorde Hugh. Ele havia passado de quente a frio em um piscar de olhos. E, maldição, se ele podia fazer isso, ela também podia.

– Seu casamento será perfeito – garantiu. – Tenho certeza de que lorde Hugh e eu vamos nos dar maravilhosamente bem.

Honoria não acreditou em Sarah nem por um segundo, não que Sarah achasse que acreditaria. A noiva olhou de Sarah para Hugh umas seis vezes no espaço de um segundo.

– Ahhhhh – disse, claramente confusa com o súbito embaraço. – Bem.

Sarah manteve o sorriso no rosto. Por Honoria, tentaria agir de maneira civilizada com Hugh Prentice. Por Honoria, até mesmo sorriria para ele e riria de suas piadas, presumindo que Hugh as fizesse. Mas, ainda assim, como era possível que Honoria não percebesse quanto ela o odiava? Ah, bem, não odiava. Reservaria o ódio para os verdadeiramente maus. Napoleão, por exemplo. Ou a vendedora de flores que tentara enganá-la na semana anterior.

Mas Hugh Prentice era mais do que uma amolação, mais do que irritante. Era a única pessoa (fora suas irmãs) que conseguira enfurecê-la tanto que ela precisara se conter para não agredi-lo.

Ela nunca havia ficado tão zangada quanto naquela noite...

CAPÍTULO 2

Como eles se conheceram
(do modo como *ela* se lembra)

Londres, baile comemorativo do noivado do Sr. Charles Dunwoody
com a Srta. Nerissa Berbrooke
Dezesseis meses antes

— Você acha o Sr. St. Clair bonito?

Sarah não se deu ao trabalho de se virar para Honoria ao fazer a pergunta. Estava ocupada demais observando o Sr. St. Clair e tentando decidir o que achava dele. Sempre preferira homens com cabelo castanho, mas não tinha tanta certeza de que gostava da cabeleira presa em um rabicho às costas. Isso o fazia lembrar um pirata ou alguém que estava *tentando* parecer um?

Havia uma enorme diferença.

– *Gareth* St. Clair? – perguntou Honoria. – O neto de lady Danbury?

Isso fez Sarah olhar imediatamente para ela.

– Não pode ser! – disse com um suspiro.

– Ah, é. Tenho certeza.

– Bem, isso o tira da minha lista – observou Sarah sem hesitar.

– Sabe, eu admiro lady Danbury – declarou Honoria. – Ela diz exatamente o que pensa.

– Motivo pelo qual nenhuma mulher em seu juízo perfeito desejaria se casar com um membro da família dela. Meu Deus, Honoria, imagine ter que conviver com lady Danbury!

– Você também é conhecida por ser um pouco direta – salientou Honoria.

– Seja como for – disse Sarah –, não sou páreo para lady Danbury.

Ela olhou novamente para o Sr. St. Clair. Pirata ou aspirante a pirata? Achou que isso não importava, agora que sabia do parentesco dele com lady Danbury.

Honoria deu um tapinha no braço de Sarah.

– Dê tempo ao tempo.

Sarah se virou para a prima com um olhar sarcástico.

– Quanto mais? Ela deve ter pelo menos 80 anos.

– Todos nós precisamos de algo a que aspirar – retrucou Honoria.

Sarah não pôde deixar de revirar os olhos.

– Minha vida se tornou tão patética que minhas aspirações devem ser medidas em décadas, em vez de anos?

– Não, é claro que não, mas...

– Mas o quê? – perguntou Sarah, desconfiada, quando a prima não completou o pensamento.

Honoria suspirou.

– Acha que encontraremos um marido este ano?

Sarah não conseguiu formular uma resposta, só exibir um olhar triste.

Honoria assumiu a mesma expressão de tristeza e elas suspiraram em uníssono. Cansadas, esgotadas e pensando em quando aquilo chegaria ao fim.

– Nós somos patéticas – disse Sarah.

– Somos – concordou Honoria.

Elas observaram o salão de baile por mais alguns instantes e então Sarah disse:

– Mas esta noite não estou me importando com isso.

– Com ser patética?

Sarah olhou para a prima com um sorriso descarado.

– Esta noite tenho você.

– E a tristeza adora companhia?

– Engraçado você dizer isso – declarou Sarah, franzindo a testa. – Porque esta noite nem estou triste.

– Nossa, Sarah Pleinsworth – disse Honoria, mal contendo o deboche –, isso pode ser a coisa mais agradável que você já me disse.

Sarah deu uma risadinha, mas ainda assim perguntou:

– Será que seremos solteironas para sempre e vamos tocar na apresentação das Smythe-Smith todos os anos, até quando formos velhas e decrépitas?

Honoria estremeceu.

– Tenho certeza de que essa *não* é a coisa mais agradável que você já me disse. Eu adoro aquela apresentação, mas...

– Não adora nada!

Foi por pouco que Sarah conteve o impulso de cobrir as orelhas com as mãos. Não era possível que alguém adorasse aquilo.

– Eu disse que adorava a apresentação – esclareceu Honoria. – Não a música.

– Por favor, me diga: qual é a diferença? Achei que fosse *morrer*...

– Ah, Sarah – repreendeu-a Honoria. – Não exagere.

– Eu bem que gostaria que fosse exagero.

– Achei muito divertido ensaiar com você, Viola e Marigold. E no ano que vem será ainda melhor. Iris estará conosco tocando violoncelo. Tia Maria me disse que o Sr. Wedgecombe pedirá Marigold em casamento daqui a apenas algumas semanas.

Honoria franziu a testa, pensativa.

– Embora eu não imagine como ela saberia disso – completou.

– Essa não é a questão – disse Sarah com muita seriedade. – E, mesmo que fosse, não vale a humilhação pública. Se você quer passar um tempo com suas primas, convide todas nós para um piquenique. Ou para uma partida de *pall mall*.

– Não é a mesma coisa.

– Graças a Deus.

Sarah estremeceu, tentando não se lembrar de cada momento de sua estreia no Quarteto Smythe-Smith. Ainda era difícil para ela. Os acordes horríveis, cada um dos olhares de pena...

Era por isso que precisava pensar em *todo* cavalheiro como possível cônjuge. Se tivesse que se apresentar com as primas desafinadas mais uma vez, ela *morreria*.

E isso não era exagero.

– Muito bem – disse Sarah bruscamente, endireitando os ombros para enfatizar o tom. Estava na hora de voltar ao assunto. – O Sr. St. Clair está fora da minha lista. Quem mais está aqui esta noite?

– Ninguém – disse Honoria, melancólica.

– Ninguém? Como isso é possível? E o Sr. Travers? Achava que você e ele... ah.

Sarah engoliu em seco ao ver a expressão desolada no rosto de Honoria.

– Sinto muito. O que aconteceu?

– Não sei. Achava que tudo estava indo bem. E depois... nada.

– Isso é muito estranho – disse Sarah.

O Sr. Travers não teria sido sua primeira escolha para marido, mas ele parecia bastante decidido. Certamente não era do tipo que deixava uma dama sem nenhuma explicação.

– Tem certeza?

– Na *soirée* da Sra. Wemberley, na semana passada, eu sorri para ele e ele fugiu da sala.

– Ah, mas você certamente está imaginando coisas...

– Ele tropeçou em uma mesa ao sair.

– Ah.

Sarah fez uma careta. Não havia como contestar aquilo.

– Sinto muito – disse em solidariedade, e foi sincera.

Por mais que fosse reconfortante ter Honoria ao seu lado como companheira de fracasso no mercado matrimonial, queria muito que a prima fosse feliz.

– Provavelmente foi melhor assim – disse Honoria, sempre otimista. – Temos poucos interesses em comum. Ele de fato é muito musical, e não sei como ele algum dia... Ah!

– O que foi? – perguntou Sarah.

Se elas estivessem mais perto do candelabro, o arquejo de Honoria teria apagado a chama.

– Por que ele está aqui? – sussurrou Honoria.

– Quem? – perguntou Sarah, varrendo o cômodo com os olhos. – O Sr. Travers?

– Não. *Hugh Prentice.*

O corpo de Sarah enrijeceu de raiva.

– Como ele ousa dar as caras? – sibilou ela. – Com certeza sabia que estaríamos presentes.

Mas Honoria estava balançando a cabeça.

– Ele tem todo o direito de estar aqui...

– Não, não tem – interrompeu-a Sarah.

Honoria tendia a ser gentil e indulgente com quem não merecia.

– O que lorde Hugh Prentice precisa é de chibatadas públicas.

– Sarah!

– Caridade cristã tem hora e lugar, e não seria nem aqui nem agora que lorde Hugh Prentice deveria ter a oportunidade de recebê-la.

Os olhos de Sarah se estreitaram, ameaçadores, enquanto a jovem observava o cavalheiro que ela deduzira ser lorde Hugh. Os dois nunca haviam sido formalmente apresentados; o duelo ocorrera antes de Sarah debutar na sociedade e, claro, ninguém ousara apresentá-los depois disso. Ainda assim, ela sabia como ele era.

Incumbira-se de saber.

Só podia ver as costas dele, mas os cabelos eram da cor certa – castanho-claros. Ou talvez louro-escuros, dependendo da disposição do observador. Não dava para ver se estava de bengala. Estaria andando melhor? Na última vez que Sarah o espionara, vários meses antes, ele mancava bastante.

– Ele é amigo do Sr. Dunwoody – disse Honoria, a voz ainda baixa e fraca. – Ia querer vir cumprimentá-lo.

– Não me importa se ele quiser dar ao feliz casal sua própria ilha particular na Índia – disse Sarah com desprezo. – *Vocês* também são amigos do Sr. Dunwoody. Conhecem-no há anos. Certamente lorde Hugh sabe disso.

– Sim, mas…

– Não arranje desculpas para ele. Não ligo para o que lorde Hugh pensa de Daniel…

– Bem, eu ligo. Ligo para o que todos pensam de Daniel.

– A questão não é essa – resmungou Sarah. – *Vocês* são inocentes de qualquer delito e *foram* injustiçados além da conta. Se lorde Hugh tivesse um pingo de decência, ficaria fora de qualquer evento em que houvesse ao menos uma chance de vocês estarem presentes.

– Tem razão – disse Honoria e fechou os olhos por um instante, parecendo insuportavelmente cansada. – Mas neste momento não ligo. Só quero ir embora. Vou para casa.

Sarah continuou encarando o sujeito, ou pelo menos as costas dele.

– Ele não deveria estar aqui – disse ela, mais para si mesma. E então deu um passo para a frente. – Eu vou…

– Não ouse – alertou Honoria, trazendo-a de volta com um rápido puxão no braço. – Se fizer uma cena…

– Eu nunca faria uma cena.

Mas claro que ambas sabiam que ela faria. Por Hugh Prentice, ou melhor, *por causa* de Hugh Prentice, Sarah faria uma cena que se tornaria lendária.

Dois anos antes, Hugh Prentice destroçara sua família. A ausência de Daniel ainda era um vazio nas reuniões familiares. Não se podia nem mesmo mencionar seu nome na frente da mãe dele. Tia Virginia simplesmente fingia que não o ouvira e, depois (segundo Honoria), se trancava no quarto e chorava.

O resto da família também não ficara incólume. O escândalo que se seguira ao duelo fora tão grande que tanto Honoria quanto Sarah se viram forçadas a renunciar ao que teria sido sua primeira temporada em Londres. Não escapou a Sarah (ou a Honoria, porque Sarah o salientou, repetiu, enfureceu-se e depois desabou na cama, desesperada) que a temporada de 1821 fora excepcionalmente produtiva para as mães casamenteiras de Londres. Quatorze bons partidos ficaram noivos naquela temporada. Quatorze! E isso sem contar os que eram mais velhos, estranhos ou gostavam muito de beber.

Quem sabia o que poderia ter acontecido se Sarah e Honoria tivessem circulado pela cidade durante aquela temporada de casamentos espetacular? Podiam chamá-la de superficial, mas, no entendimento de Sarah, Hugh Prentice era o responsável direto por elas estarem se tornando tão rapidamente candidatas a solteironas.

Sarah nunca fora apresentada a lorde Hugh, mas o odiava.

– Sinto muito – disse Honoria abruptamente. Sua voz ficou presa na garganta, e ela pareceu estar contendo um soluço. – Tenho que ir embora. Agora. E precisamos encontrar minha mãe. Se ela o vir...

Tia Virginia. O coração de Sarah deu um pulo. Ela ficaria arrasada. A mãe de Honoria nunca havia se recuperado da desgraça de seu único filho. Ficar cara a cara com o homem que causara aquilo tudo...

Sarah agarrou a mão da prima.

– Venha comigo – encorajou-a. – Vou ajudá-la a encontrar sua mãe.

Honoria assentiu levemente com a cabeça, deixando-se conduzir por Sarah. Elas serpentearam pela multidão, tentando ao mesmo tempo ser velozes e discretas. Sarah não queria que a prima se visse forçada a falar com Hugh Prentice, mas preferia morrer a permitir que alguém pensasse que estavam fugindo da presença dele.

Isso significava que *ela* teria que ficar. Talvez até mesmo falar com ele. Salvar as aparências em prol de toda a família.

– Lá está ela – disse Honoria quando as duas se aproximaram das portas do salão de baile. Lady Winstead estava em pé com um pequeno grupo de matronas, conversando amigavelmente com a Sra. Dunwoody, a anfitriã.

– Ela não deve tê-lo visto – sussurrou Sarah.

Caso contrário não estaria sorrindo.

– O que devo fingir? – perguntou Honoria.

– Fadiga – disse Sarah imediatamente.

Ninguém duvidaria disso. Honoria havia empalidecido ao avistar Hugh Prentice, o que lhe ressaltara as manchas cinzentas sob os olhos.

Honoria fez um rápido aceno com a cabeça e seguiu até a mãe, puxando--a educadamente para o lado antes de lhe sussurrar algumas palavras ao ouvido. Sarah as viu pedir licença e deslizar na direção da porta, para a fila de espera de carruagens.

Sarah deixou escapar um suspiro contido, aliviada por sua tia e sua prima não terem que entrar em contato com lorde Hugh. Mas parecia que todo arco-íris tinha um lado obscuro, e a partida de Honoria significava que Sarah ficaria presa ali por pelo menos uma hora. Não demoraria muito para os fofoqueiros perceberem que lorde Hugh Prentice estava no mesmo salão que uma Smythe-Smith. Primeiro haveria olhares, depois sussurros e, então, todos ficariam observando para ver se eles cruzariam caminhos, se trocariam alguma palavra e, até mesmo se não o fizessem, qual dos dois iria embora da festa primeiro.

Sarah julgou que precisava permanecer no salão de baile de Dunwoody por pelo menos uma hora, até que não importasse mais quem iria embora primeiro. Mas antes tinha que ser vista divertindo-se muito, o que significava que não poderia ficar sozinha no canto do salão. Precisava encontrar uma amiga com quem conversar, alguém com quem dançar e sorrir como se não tivesse nenhuma preocupação no mundo.

E tinha que fazer tudo isso deixando bem claro que sabia que lorde Hugh Prentice havia chegado e que o ignorava totalmente.

Manter as aparências podia ser exaustivo.

Felizmente, segundos após voltar ao salão, ela avistou seu primo Arthur. Ele era bastante enfadonho, mas muito bonito e sempre parecia atrair atenção. O mais importante era que, se Sarah o puxasse pela manga e dissesse que precisava que dançasse com ela imediatamente, Arthur o faria sem perguntas.

Quando terminou de dançar com Arthur, ela o guiou na direção de um dos amigos dele, que não teve opção além de pedir que Sarah o acompanhasse no minueto seguinte. Antes que percebesse, ela havia dançado quatro vezes em rápida sucessão, três delas com homens do tipo que fazia uma jovem parecer muito popular. O quarto foi sir Felix Farnsworth, que infelizmente não atendia a esse requisito.

Mas àquela altura Sarah estava se tornando o tipo de jovem dama que fazia um *cavalheiro* parecer popular, e ela ficou feliz em emprestar certo brilho a sir Felix, de quem sempre gostara, apesar do lastimável interesse dele por taxidermia.

Sarah não viu lorde Hugh, mas tinha certeza de que ele não teria deixado de *vê-la*. Quando terminou de beber um copo de limonada com sir Felix, decidiu que já havia se mostrado o suficiente, embora não se tivesse passado nem uma hora desde que Honoria saíra.

Vejamos, se cada dança durou uns cinco minutos, com um pouco de tempo de intervalo, mais a breve conversa com Arthur e dois copos de limonada...

Certamente isso equivalia a um nome de família protegido. Pelo menos por uma noite.

– Mais uma vez, obrigada pela dança adorável, sir Felix – disse Sarah. – Desejo-lhe muita sorte com aquele abutre.

– Sim, é muito divertido empalhá-los – respondeu ele, assentindo animadamente com a cabeça. – Tudo tem a ver com o bico, sabe?

– O bico – repetiu ela. – Entendi.

– Então está indo embora? – perguntou ele. – Eu esperava lhe falar sobre meu novo projeto. A víbora.

Sarah sentiu seus lábios se moverem em uma tentativa de formar uma frase. Contudo, quando falou, tudo o que saiu foi:

– Minha mãe.

– Sua mãe é uma víbora?

– Não! Quero dizer, não em geral.

Ah, céus, ainda bem que sir Felix não era fofoqueiro, porque se aquilo chegasse aos ouvidos de sua mãe...

– O que eu quis dizer é que ela não é uma víbora. Nunca. Mas preciso encontrá-la. Ela me disse que queria ir embora antes... de... bem... agora.

– São quase onze – ajudou-a sir Felix.

Ela concordou enfaticamente com a cabeça.

– Isso mesmo.

Sarah se despediu, deixando sir Felix com o primo Arthur, que, se não estava interessado em víboras, pelo menos fingiu estar. Então a jovem saiu em busca da mãe para avisá-la de que queria ir embora antes do planejado. Sua família não morava longe dos Dunwoodys; se lady Pleinsworth não estivesse pronta para ir, não seria difícil a carruagem da família levar Sarah para casa e depois voltar para pegar sua mãe.

No entanto, cinco minutos de busca não revelaram o paradeiro de lady Pleinsworth, e logo Sarah estava resmungando para si mesma enquanto seguia pelo corredor até onde achava que os Dunwoodys tinham uma sala de jogos:

– Se mamãe estiver jogando cartas...

Não que lady Pleinsworth não pudesse se dar ao luxo de perder 1 ou 2 guinéus em qualquer que fosse o jogo de que as matronas gostavam, mas ainda assim parecia injusto ela estar jogando enquanto Sarah tentava salvar a família do constrangimento.

Causado por seu primo, quando *ele* estivera jogando.

– Ah, ironia – murmurou Sarah. – Teu nome é...

Teu nome era...

Teu nome podia ser...

Sarah parou de falar, franzindo a testa. Aparentemente o nome da ironia era uma palavra em que não conseguia pensar.

– Eu *sou* patética – disse em voz baixa, retomando sua busca.

Ela só queria ir para casa. Onde diabos estava sua mãe?

Uma luz suave saía por uma porta entreaberta apenas alguns metros à frente. O local estava bastante silencioso para um jogo de cartas, mas, por outro lado, a porta entreaberta parecia indicar que não seria *tão* inadequado ela entrar.

– Mãe – disse Sarah, entrando na sala.

Mas não era sua mãe.

Pelo visto o novo nome da ironia era Hugh Prentice.

Sarah ficou paralisada na porta, incapaz de fazer outra coisa além de olhar para o homem sentado perto da janela. Mais tarde, ao se lembrar de cada terrível momento daquele encontro, ocorreria a ela que poderia ter ido embora. Ele não estava de frente, não a vira; não a veria a menos que ela falasse de novo.

O que, é claro, ela fez.

– Espero que esteja satisfeito – disse Sarah friamente.

Lorde Hugh se levantou ao ouvir a voz dela. Seus movimentos eram rígidos, e ele se apoiou pesadamente no braço da cadeira ao se erguer.

– Perdão? – disse educadamente, lançando-lhe um olhar sem emoção.

Ele nem mesmo tinha a decência de parecer desconfortável na presença dela? Sarah sentiu os punhos se cerrarem.

– Não tem vergonha?

Isso provocou um piscar de olhos, mas nada além disso.

– Na verdade, depende da situação – murmurou ele finalmente.

Sarah procurou exclamações adequadas de indignação feminina em seu repertório, até que por fim observou:

– O senhor não é um cavalheiro.

Isso a fez obter toda a atenção de Hugh. Os olhos verdes dele encontraram os dela, estreitando-se levemente enquanto ele refletia, e foi então que Sarah percebeu...

Ele não sabia quem ela era.

Sarah ficou boquiaberta.

– E então...? – murmurou Hugh.

Ele não sabia quem ela era. Tinha arruinado a vida dela e nem sabia quem ela era?

Ironia, teu nome estava prestes a ser amaldiçoado.

CAPÍTULO 3

Como eles se conheceram
(do modo como *ele* se lembra)

Pensando naquele dia, Hugh imaginou que deveria ter percebido que a jovem em pé na sua frente estava perturbada quando disse que ele não era um cavalheiro. Não que isso não fosse verdade; por mais que tentasse se comportar como um adulto civilizado, Hugh sabia que sua alma era maculada havia anos.

Mas "O senhor não é um cavalheiro" dito depois de "Espero que esteja satisfeito" e "Não tem vergonha?"...

Certamente nenhum adulto de razoável inteligência e sanidade seria tão redundante. Para não dizer banal. Ou a pobre mulher passara tempo demais no teatro ou estava convencida de que era alguma personagem daqueles melodramas horríveis que todos andavam lendo.

Hugh teve vontade de dar meia-volta e partir, mas, a julgar pelo olhar furioso da jovem, ela provavelmente o seguiria, e ele não era a mais rápida raposa em fuga nos últimos tempos. Era melhor lidar com o problema de frente, por assim dizer.

– Está se sentindo mal? – perguntou com cautela. – Gostaria que eu fosse buscar alguém?

Ela gaguejou, irada. Suas bochechas foram ficando tão vermelhas que ele pôde ver a cor se intensificando mesmo à luz fraca dos candelabros.

– Seu, seu...

Ele deu um passo discreto para trás. Não achou que ela estivesse literalmente cuspindo as palavras, mas, do modo como a jovem contraía os lábios, todo cuidado era pouco.

– Talvez deva se sentar – sugeriu Hugh.

Apontou para um canapé próximo, torcendo para que ela não esperasse a ajuda dele para chegar lá. Seu equilíbrio não era o mesmo de antes.

– Quatorze homens – sibilou ela.

Hugh não tinha a menor ideia de sobre o que ela estava falando.

– Sabia disso? – perguntou Sarah, e ele percebeu que a jovem estava tremendo. – Quatorze.

Hugh pigarreou.

– E apenas um de mim – acrescentou ele.

Houve um momento de silêncio. De abençoado silêncio. Então Sarah indagou:

– Não sabe quem eu sou, sabe?

Hugh a encarou com mais atenção. Ela parecia um tanto familiar, embora isso não significasse nada. Ele não se socializava com muita frequência, mas não havia tantas pessoas na alta sociedade e, no fim, elas não eram tão diferentes.

Se ele tivesse permanecido no baile por mais do que alguns instantes, poderia ter deduzido quem ela era, mas saíra do salão quase tão rápido quanto chegara. Charles Dunwoody tinha empalidecido quando Hugh o felicitara, fazendo com que este último se perguntasse se perdera seu último amigo em Londres. Depois, porém, Charles o puxara para um canto e lhe informara que a mãe e a irmã de Daniel Smythe-Smith estavam presentes.

Charles não lhe pedira para sair, mas ambos sabiam que não seria preciso. Hugh imediatamente havia feito uma mesura e se retirado. Já causara dor suficiente àquelas duas mulheres. Permanecer no baile teria sido nada menos que maldoso.

Sobretudo porque ele não poderia dançar bem.

Mas sua perna doera e ele não estava disposto a passar pela fila de carruagens lá fora para conseguir uma de aluguel, pelo menos não naquele momento. Então tinha ido para uma sala tranquila, onde esperara se sentar e descansar na solidão.

Ou não.

A mulher que invadira seu refúgio ainda estava em pé do lado da porta com uma fúria tão palpável que Hugh quase se preparou para reexaminar suas crenças sobre a possibilidade de combustão espontânea de uma pessoa.

– O senhor arruinou a minha vida – sibilou ela.

Isso ele sabia que não era verdade. Tinha arruinado a vida de Daniel Smythe-Smith e, por extensão, possivelmente a da irmã mais nova dele, que ainda era solteira, mas a morena na sua frente não era Honoria Smythe-

-Smith. Lady Honoria tinha cabelos muito mais claros e um rosto nem de longe tão expressivo, embora a emoção profunda na mulher diante dele pudesse facilmente ser causada por insanidade. Ou, agora que pensava melhor no assunto, bebida.

Sim, isso era muito mais provável. Hugh não sabia quantas taças de licor seriam necessárias para uma mulher de cerca de 60 quilos se embebedar, mas era óbvio que a jovem tinha conseguido tomá-las.

– Lamento tê-la perturbado – disse –, mas acho que me confundiu com outra pessoa. – Então acrescentou, não porque quisesse, mas porque foi obrigado, já que a mulher bloqueava o corredor e claramente precisava ser persuadida a liberar a passagem: – Se eu puder ajudá-la em mais alguma coisa...

– Pode, sim. Desaparecendo de Londres – disparou ela.

Ele tentou não gemer. Aquilo estava ficando tedioso.

– Ou do mundo – disse ela venenosamente.

– Ah, pelo amor de Deus – protestou ele.

Fosse quem fosse, aquela mulher já tinha sacrificado seu direito de obrigá-lo a falar como um cavalheiro.

– *Por favor* – ele fez uma mesura, com habilidade e sarcasmo –, permita que eu me mate, atendendo ao seu afável pedido, ó mulher sem nome cuja vida eu arruinei.

Sarah ficou boquiaberta. Ótimo. Estava sem fala.

Finalmente.

– Eu ficarei feliz em atender ao seu pedido – continuou Hugh –, quando sair do meu CAMINHO.

A voz dele se tornou um rugido, ou melhor, a versão de Hugh de um rugido, que era mais como um rosnado malévolo. Então ele brandiu a bengala no espaço vazio à esquerda de Sarah, esperando que isso fosse suficiente para convencê-la a dar um passo para o lado.

Ela arquejou, mas se manteve boquiaberta, como se estivesse assistindo a uma peça chocante em Drury Lane.

– Está me atacando?

– Ainda não – murmurou ele.

– Porque eu não ficaria surpresa se tentasse – rosnou Sarah.

– Nem eu.

Ela arquejou de novo, desta vez com mais suavidade, tentando manter seu papel de dama ofendida.

– O senhor não é um cavalheiro.

– Disso já sabemos – retrucou Hugh. – E agora estou com fome, cansado e quero ir para casa. No entanto, a senhorita está bloqueando minha única saída.

Ela cruzou os braços e fechou ainda mais a passagem.

Hugh inclinou a cabeça e pensou na situação.

– Parece que temos duas escolhas – disse finalmente. – A senhorita pode se mover ou posso empurrá-la para fora do caminho.

A cabeça dela pendeu para o lado no que só poderia ser descrito como uma provocação.

– Gostaria de vê-lo tentar.

– Lembre-se de que não sou um cavalheiro.

Ela abriu um sorriso afetado.

– Mas eu tenho duas pernas boas.

Ele deu um tapinha na bengala com certa afeição.

– Eu tenho uma arma.

– Que eu sou rápida o suficiente para evitar.

Ele sorriu entediado.

– Ah, mas quando se mover não haverá mais nenhuma obstrução – observou, então girou no ar a mão livre. – Aí poderei seguir meu caminho e, se há um Deus no céu, nunca mais voltarei a vê-la.

Sarah não saiu exatamente do caminho, mas pareceu se inclinar um pouco para o lado. Hugh aproveitou a oportunidade para usar a bengala como barreira e passar pela mulher. Ele saiu e deveria ter continuado a andar, mas então ela gritou:

– Sei exatamente quem o senhor é, lorde Hugh Prentice.

Ele parou. Expirou lentamente. Mas não se virou.

– Sou lady Sarah Pleinsworth – anunciou ela, e não pela primeira vez Hugh desejou saber interpretar melhor vozes femininas.

Havia algo no tom dela que ele não entendeu muito bem, uma pequena pausa, como se a garganta tivesse se fechado por apenas um milésimo de segundo.

Hugh não sabia o que isso significava.

Mas sabia – e certamente não precisava ver o rosto da mulher para saber – que ela esperava que ele reconhecesse o nome. E, por mais que não quisesse, ele reconheceu.

Lady Sarah Pleinsworth, prima em primeiro grau de Daniel Smythe-
-Smith. De acordo com Charles Dunwoody, ela verbalizara muito bem sua
fúria pelo resultado do duelo. Mais do que a mãe e a irmã de Daniel, que, na
opinião de Hugh, tinham um motivo muito maior para sentir raiva.

Hugh se virou. Lady Sarah estava em pé a apenas alguns metros de distância, com uma postura rígida e furiosa. Estava com as mãos fechadas ao
lado do corpo e o queixo projetado para a frente, de um modo que lembrava uma criança zangada teimando em um argumento absurdo e determinada a defendê-lo.

– Lady Sarah – disse ele com toda a devida cortesia.

Ela era prima de Daniel e, apesar do que acontecera nos últimos minutos, Hugh estava decidido a tratá-la com respeito.

– Não fomos formalmente apresentados.

– Não precisamos...

– Mas, ainda assim – interrompeu ele antes de ela fazer outra proclama-
ção melodramática –, sei quem a senhorita é.

– Não é o que parece – murmurou ela.

– É prima de lorde Winstead – afirmou ele. – Conheço seu nome, se não
seu rosto.

Sarah assentiu, seu primeiro gesto que indicava civilidade. A voz também estava levemente mais calma quando ela falou de novo. Mas apenas
levemente.

– O senhor não deveria ter vindo esta noite.

Hugh demorou alguns instantes para voltar a falar.

– Conheço Charles Dunwoody há mais de uma década. Queria felicitá-
-lo por seu noivado – explicou-se.

Isso não pareceu impressioná-la.

– Sua presença foi muito aflitiva para minha tia e minha prima.

– Sinto muito.

Realmente sentia e estava fazendo tudo ao seu alcance para consertar as coisas. Mas não podia contar isso para os Smythe-Smiths enquanto não tivesse sucesso. Seria cruel alimentar as esperanças da família de
Daniel. E, mais precisamente, imaginava que não seria recebido se lhes
fizesse uma visita.

– O senhor sente muito? – disse Sarah de um jeito irônico. – Acho difícil
acreditar nisso.

Mais uma vez ele não respondeu de imediato. Não gostava de reagir a provocações com uma explosão. Nunca havia gostado, o que tornava seu comportamento com Daniel mais incômodo. Se não tivesse bebido, teria se portado de maneira racional e nada daquilo teria acontecido. Decerto não estaria ali, em um canto escuro da casa dos pais de Charles Dunwoody, na companhia de uma mulher que obviamente o procurara com o único objetivo de insultá-lo.

– Acredite no que quiser – disse por fim.

Não devia explicações a ela.

Por um momento nenhum dos dois falou, e então lady Sarah informou:

– Caso queira saber, elas foram embora.

Ele inclinou a cabeça, sem entender.

– Tia Virginia e Honoria. Foram embora assim que souberam que o senhor estava aqui.

Hugh não compreendeu qual a intenção dela ao fazer aquela revelação. Era para que ele se sentisse culpado? Elas queriam ter continuado na festa? Ou isso era mais um insulto? Talvez lady Sarah estivesse tentando lhe dizer que ele era tão asqueroso que elas não podiam tolerar sua presença.

Na dúvida, não disse nada. Não queria dar uma resposta errada, mas então algo surgiu em sua mente. Uma espécie de quebra-cabeça. Nada mais do que uma pergunta não respondida, mas tão estranho e sem propósito que ele tinha que saber a resposta. Por isso perguntou:

– O que quis dizer antes, com quatorze homens?

Os lábios de lady Sarah se estreitaram em uma linha raivosa. Bem, mais raivosa, se isso era possível.

– Quando me viu – lembrou-a Hugh, embora ele achasse que ela sabia exatamente do que estava falando –, disse algo sobre quatorze homens.

– Não foi nada – respondeu Sarah com desdém, mas seus olhos se moveram um pouquinho para a direita.

Estava mentindo. Ou envergonhada. Provavelmente, ambos.

– Quatorze não é nada.

Hugh sabia que estava sendo pedante, mas ela já havia testado sua paciência de todos os modos, *exceto* o matemático. Ora, $14 \neq 0$, porém, mais exatamente, por que as pessoas mencionavam coisas se não queriam falar sobre elas? Se ela não quisesse explicar o comentário, poderia tê-lo guardado para si.

Sarah já não parecia querer mantê-lo ali.

– Por favor, vá – disse.

Hugh não se moveu. Ela havia despertado sua curiosidade. E havia poucas pessoas no mundo mais tenazes do que Hugh Prentice diante de uma pergunta não respondida.

– O senhor passou a última hora ordenando que eu saísse do seu caminho – disse Sarah com irritação.

– Cinco minutos – corrigiu-a Hugh. – E, embora eu esteja ansiando pela paz do meu lar, estou curioso sobre seus quatorze homens.

– Não são *meus* quatorze homens – disparou Sarah.

– Espero que não – murmurou ele e acrescentou: – Não que eu fosse julgá-la.

Sarah ficou boquiaberta.

– Fale-me sobre os quatorze homens – encorajou-a Hugh.

– Já falei – insistiu ela, com as bochechas adquirindo um tom agradável de rosa. – Não foi nada.

– Mas estou curioso. Quatorze homens para o jantar? Para o chá? São muitos para um time de críquete, mas…

– Pare! – explodiu ela.

Ele parou. Até mesmo arqueou uma sobrancelha.

– Se quer saber – disse Sarah, a voz cheia de fúria –, quatorze homens ficaram noivos na temporada de 1821.

Houve uma pausa muito longa. Hugh não era burro, mas não tinha a menor ideia da relevância daquela informação.

– Todos os quatorze se casaram? – perguntou polidamente.

Sarah olhou para ele.

– A senhorita disse que quatorze ficaram noivos.

– Isso não importa.

– Imagino que importe para eles.

Hugh achava que o drama havia acabado, mas lady Sarah deixou escapar um gemido de frustração.

– O senhor não entende nada!

– Ah, pelo amor de…

– Não tem a menor ideia do que fez? – indagou ela. – Enquanto está sentado em sua confortável e aconchegante casa em Londres…

– Cale a boca – disse ele, sem perceber que falara em voz alta.

Só queria que ela parasse. Parasse de falar, parasse de discutir, parasse com tudo.

Mas, em vez disso, Sarah deu um passo para a frente e, com um olhar venenoso, perguntou:

– Sabe quantas vidas arruinou?

Hugh tomou fôlego. Ar, precisava de ar. Não queria ouvir aquilo. Não dela. Sabia muito bem quantas vidas arruinara, e a de Sarah não fora uma delas.

Mas ela não dava trégua.

– Não tem consciência? – sibilou.

E finalmente ele perdeu o controle. Sem pensar na sua perna, deu um passo adiante até ficarem juntos o suficiente para ela sentir o calor de sua respiração. Encostou-a na parede, prendendo-a com nada além de sua furiosa presença.

– Não me conhece – esbravejou. – Não sabe o que penso ou sinto, ou o inferno por que passo todos os dias da minha vida. E, da próxima vez que se sentir tão prejudicada, a senhorita, que nem mesmo carrega o sobrenome de lorde Winstead, deveria se lembrar de que uma das vidas que arruinei foi a minha própria.

E então se afastou.

– Boa noite – cumprimentou, animado como um dia de verão.

Por um momento achou que finalmente tinham acabado, mas então ela disse a única coisa que poderia redimi-la.

– Eles são minha família.

Hugh fechou os olhos.

– Eles são minha família – repetiu ela com a voz embargada. – E o senhor os levou ao desespero. Nunca irei perdoá-lo por isso.

– Eu… – murmurou ele, apenas para si mesmo – também não.

CAPÍTULO 4

De volta a Fensmore
Na sala de estar com Honoria, Sarah, Harriet, Elizabeth,
Frances e lorde Hugh
Bem onde paramos...

Haver um instante de silêncio quando as primas Smythe-Smiths estavam juntas era algo raro, mas foi exatamente o que aconteceu depois que lorde Hugh fez uma mesura e saiu da sala de estar.

As cinco – as quatro irmãs Pleinsworths mais Honoria – permaneceram mudas por alguns segundos, entreolhando-se, esperando decorrer um tempo adequado.

Quase era possível ouvi-las contando, pensou Sarah. E de fato, assim que contou mentalmente até dez, Elizabeth anunciou:

– Bem, *isso* não foi muito sutil.

Honoria se virou.

– O que quer dizer?

– Está tentando casar Sarah com lorde Hugh, não está?

– É claro que não! – exclamou Honoria, mas o uivo de negação de Sarah foi consideravelmente mais alto.

– Ah, mas deveria! – disse Frances, com um alegre bater de palmas. – Gosto muito de lorde Hugh. É verdade que ele pode ser um pouco excêntrico, mas é muito inteligente. E um ótimo atirador.

Todos os olhares se voltaram para ela.

– Ele atirou no ombro do primo Daniel – lembrou-lhe Sarah.

– Ele é um ótimo atirador quando está sóbrio – esclareceu Frances. – Daniel disse isso.

– Não posso imaginar a conversa que revelou esse fato – disse Honoria. – E nem quero, tão perto do casamento.

Ela se virou para Sarah.

– Tenho um pedido a lhe fazer – anunciou.

– Por favor, diga que não envolve Hugh Prentice.

– Envolve – afirmou Honoria. – Preciso da sua ajuda.

Sarah suspirou ostensivamente. Teria que fazer o que Honoria pedisse. Ambas sabiam disso. Contudo, mesmo sendo obrigada a se render sem lutar, Sarah não deixaria de se queixar.

– Fico muito preocupada com a hipótese de ele não se sentir bem-vindo em Fensmore – declarou Honoria.

Sarah não conseguiu achar nenhum problema nisso. Se Hugh Prentice não se sentia bem-vindo, isso não era problema seu e também não era nada além do que ele merecia. Mas ela era capaz de ser diplomática quando a ocasião o exigia, por isso observou apenas:

– Acho provável que ele se isole. Não é muito amigável.

– Acho mais provável que ele seja tímido – disse Honoria.

Harriet, ainda sentada à escrivaninha, suspirou de prazer.

– Um herói taciturno. O melhor tipo! Vou incluí-lo em minha peça!

– Aquela do unicórnio? – perguntou Frances.

– Não, aquela em que pensei hoje de manhã.

Harriet apontou a ponta da pena com que escrevia para Sarah.

– Da heroína que não é nem muito rosa nem muito verde – contou.

– Ele atirou no seu primo – disse Sarah, virando-se bruscamente para encarar a irmã mais nova. – *Ninguém* se lembra disso?

– Foi há muito tempo – observou Harriet.

– E acho que ele está arrependido – declarou Frances.

– Frances, você tem 11 anos – disse Sarah rispidamente. – Não é capaz de julgar o caráter de um homem.

Frances estreitou os olhos.

– Sou capaz de julgar o *seu*.

Sarah olhou para cada irmã e depois para Honoria. Ninguém percebia que pessoa horrível era lorde Hugh? Mesmo se esquecendo por um momento (como se isso fosse possível) de que lorde Hugh quase destruíra sua família, ele era repulsivo. Bastava falar com o sujeito por dois minutos para...

– Ele me parece desconfortável nos eventos sociais – ressaltou Honoria, interrompendo o monólogo interior de Sarah. – O que é mais um motivo para nos esforçarmos ao máximo para que se sinta bem-vindo. Eu...

Honoria parou, olhou ao redor da sala e viu Harriet, Elizabeth e Frances observando-a com grande e visível interesse.

– Por favor, me deem licença.

Ela pegou o braço de Sarah e a conduziu para fora do recinto, passando pelo corredor até outra sala de estar.

– Preciso ser babá de Hugh Prentice? – perguntou Sarah quando Honoria fechou a porta.

– É claro que não. Mas estou lhe pedindo para fazer com que ele se sinta parte das festividades. Talvez hoje à noite, na sala de estar, antes do jantar – sugeriu Honoria.

Sarah gemeu.

– É provável que ele fique em um canto, sozinho.

– Talvez ele goste disso – retrucou Sarah.

– Você é muito boa em conversar com as pessoas – disse Honoria. – Sempre sabe o que dizer.

– Não para ele.

– Você nem o conhece. Como isso poderia ser tão terrível?

– É claro que o conheço. Acho que não há ninguém em Londres que eu não conheça.

Sarah pensou a esse respeito e depois murmurou:

– Embora isso pareça patético.

– Eu não disse que você nunca esteve com ele, disse que não o *conhece* – corrigiu-a Honoria. – Há uma boa diferença.

– Muito bem – disse Sarah com certa relutância. – Se você quer discutir minúcias...

Honoria apenas inclinou a cabeça, forçando Sarah a continuar falando.

– Eu não o *conheço*, mas não gosto do que sei a respeito dele. Eu *tentei* ser amável nesses últimos meses.

Honoria a encarou com descrença.

– Tentei! – protestou Sarah. – Não diria que tentei muito, mas devo lhe dizer, Honoria, que o homem não é um interlocutor brilhante.

Honoria pareceu prestes a rir, o que aumentou a irritação de Sarah.

– Eu tentei conversar com ele – insistiu Sarah –, porque é isso que se espera que as pessoas façam em eventos sociais. Mas ele nunca responde como deveria.

– Como deveria? – repetiu Honoria.

– Ele me deixa desconfortável – disse Sarah, torcendo o nariz. – E estou convencida de que não gosta de mim.

– Não seja boba – rebateu Honoria. – Todos gostam de você.

– Não – contrapôs Sarah com muita franqueza –, todos gostam de *você*. Eu, por outro lado, não tenho seu coração bom e puro.

– Do que está falando?

– Só que, enquanto você procura o melhor em cada um, eu tenho uma visão mais cética do mundo. E... – Ela fez uma pausa. Como dizer aquilo? – Há pessoas que me acham muito irritante.

– Não é verdade – contestou Honoria.

Mas foi uma resposta automática. Sarah estava certa de que, se tivesse mais tempo para pensar, Honoria perceberia que aquilo era verdade.

De um jeito ou de outro, porém, ela iria dizer a mesma coisa. Honoria era maravilhosamente leal.

– Sim, é verdade – continuou Sarah –, mas isso não me incomoda. Bem, pelo menos não muito. Certamente não me incomoda em relação a lorde Hugh, porque meu sentimento é recíproco.

Honoria parou por um instante para assimilar aquelas palavras, depois revirou os olhos. Não muito, mas Sarah a conhecia bem demais para deixar de perceber o movimento. Era o mais perto que sua prima bondosa e gentil chegava de um ataque histérico.

– Acho que você deveria lhe dar uma chance – sugeriu Honoria. – Nunca teve uma conversa decente com ele.

Não houve nada de razoável naquela conversa, pensou Sarah sombriamente. Eles quase tinham se estapeado. E ela certamente não sabia o que dizer a ele. Sentia-se mal sempre que se lembrava do encontro deles na festa de noivado dos Dunwoodys. Ela não fizera nada além de proferir clichês. Só faltou ter batido com os pés. Ele provavelmente a considerava uma imbecil, e a verdade era que ela própria achava que agira como tal.

Não que se importasse com o que ele pensava a seu respeito. Isso seria dar valor demais à opinião dele. Mas, naquele terrível momento na biblioteca dos Dunwoodys – e nas breves palavras que eles tinham trocado desde então –, Hugh Prentice a reduzira a alguém que ela não apreciava muito.

E *isso* era imperdoável.

– Não cabe a mim dizer com quem você se relacionará bem – prosseguiu

Honoria, depois que ficou claro que Sarah não faria comentários. – Mas tenho certeza de que poderá encontrar forças para suportar a companhia de lorde Hugh por um dia.

– Você está sendo sarcástica – comentou Sarah, desconfiada. – Como foi que isso aconteceu?

Honoria sorriu.

– Eu sabia que podia contar com você.

– De fato.

– Ele não é tão terrível – disse Honoria, dando-lhe um tapinha no braço. – Acho que na verdade é muito bonito.

– Não importa que seja bonito.

Honoria não deixou isso escapar.

– Então *você* o acha bonito.

– Eu o acho muito estranho – retrucou Sarah. – E se você está tentando bancar a casamenteira...

– Não estou! – garantiu Honoria, erguendo os braços para fingir rendição. – Eu juro. Só estava fazendo uma observação. Acho os olhos dele muito bonitos.

– Eu gostaria mais dele se ele tivesse um sexto dedo – murmurou Sarah.

Talvez ela *devesse* escrever um livro.

– Um... *o quê*?

– Sim, ele tem olhos muito bonitos – emendou Sarah, com rapidez.

Isso era verdade, supôs. Ele tinha olhos lindos, verdes como a grama, penetrantes e inteligentes. Mas olhos bonitos não bastavam para que alguém fosse um bom marido. E não, ela não olhava para cada homem solteiro pensando em casamento – bem, não tanto, e certamente não para *ele* –, mas estava claro que, apesar dos protestos de Sarah, Honoria estava levando os pensamentos dela nessa direção.

– Vou fazer isso por você – prosseguiu Sarah –, porque sabe que eu faria qualquer coisa por você. O que significa que me atiraria na frente de uma carruagem em movimento se fosse preciso.

Ela fez uma pausa, dando tempo a Honoria para assimilar a declaração antes de continuar, com um amplo movimento de braço:

– E, se eu seria capaz de fazer isso, não há nenhum motivo para não concordar com uma atividade que não exige que eu tire minha vida.

Honoria a encarou sem entendê-la.

– Como me sentar ao lado de lorde Hugh Prentice no café da manhã do seu casamento.

Honoria demorou um segundo para absorver as palavras.

– Muito... muito lógico.

– E, a propósito, terei que suportar a companhia dele por dois dias, não um.

Ela torceu o nariz.

– Só para ficar claro.

Honoria sorriu graciosamente.

– Então vai entreter lorde Hugh esta noite, antes do jantar?

– Entreter – repetiu Sarah, com sarcasmo. – Devo dançar? Porque tocar piano você sabe que não vou.

Honoria riu enquanto se dirigia à porta.

– Apenas seja encantadora como sempre – disse ela, voltando o rosto para dentro da sala por um último segundo. – Ele vai amar você.

– Deus me livre.

– Deus trabalha de modos estranhos...

– Não tão estranhos.

– Quem desdenha...

– *Não* diga isso – interrompeu-a Sarah.

Honoria ergueu as sobrancelhas e Sarah atirou uma almofada nela.

Mas errou o alvo.

⁓

Mais tarde naquele dia

Chatteris havia programado uma competição de tiro ao alvo para aquela tarde. Como esse era um dos poucos esportes dos quais ainda podia participar, Hugh decidiu se dirigir ao gramado sul na hora marcada. Ou melhor, trinta minutos antes. Sua perna ainda estava irritantemente dolorida e, mesmo com a ajuda da bengala, ele andava devagar. Havia remédios para aliviar a dor, mas o unguento receitado por seu médico fedia a carniça e ele não queria usar láudano, pois sua mente ficava embotada.

Só restava o álcool. Uma ou duas taças de conhaque pareciam relaxar o músculo e suprimir a dor, mas ele raramente se permitia beber demais depois do que havia acontecido da última vez que se embebedara. Nas raras vezes em que cedera, passara semanas repreendendo a si mesmo.

Chegara a criar alguns métodos para medir a própria força de vontade. Tornara-se uma questão de honra resistir até o anoitecer usando apenas a inteligência para enfrentar a dor.

Escadas sempre eram o mais difícil, e ele parou no patamar para flexionar e esticar a perna. Talvez não devesse se dar ao trabalho. Não estava nem na metade do caminho para o gramado sul e já sentia um latejamento na coxa. Ninguém o julgaria se ele desse meia-volta e rumasse para o quarto.

Mas, maldição, ele *queria* atirar. Queria segurar uma arma e erguer o braço na posição correta. Queria apertar o gatilho e sentir o coice sacudindo-lhe o ombro. Acima de tudo, queria acertar a porcaria do alvo.

Sim, ele era competitivo. Era homem, era isso que se esperava dele.

Haveria sussurros e olhares furtivos, tinha certeza. Não passaria despercebido que Hugh Prentice estava segurando uma pistola perto de Daniel Smythe-Smith. Mas, um tanto perversamente, Hugh ansiava por isso. Daniel também. Ele o dissera quando haviam conversado no café da manhã.

– Aposto 10 libras que podemos fazer alguém desmaiar – declarara Daniel, logo após ter feito uma imitação bastante boa da voz em falsete de uma dama da alta sociedade, completando a cena com uma das mãos no coração e uma coleção estelar de praticamente todas as expressões femininas de ultraje que um homem conhecia.

– Dez libras? – murmurara Hugh, olhando para ele por cima de sua xícara de café. – Para mim ou para você?

– Para ambos – dissera Daniel com um sorriso insolente. – Marcus paga.

Marcus apenas olhara para o amigo e voltara a comer.

– A velhice está deixando Marcus conservador demais – comentara Daniel para Hugh.

Marcus só revirara os olhos.

Mas Hugh havia sorrido. E percebido que estava se divertindo mais do que em qualquer momento nos últimos tempos. Se os cavalheiros iam atirar, bem que poderia se juntar a eles.

No entanto, levou pelo menos cinco minutos para chegar ao andar térreo e, uma vez lá, decidiu que seria melhor cortar caminho por um dos muitos salões de Fensmore em vez de dar a longa volta para o gramado sul.

Nos últimos três anos e meio, tornara-se especialista em analisar todos os atalhos possíveis.

Terceira porta à direita, entrar, virar à esquerda, atravessar a sala e sair pelas portas francesas. Como benefício extra, poderia descansar um pouco em um dos sofás. A maioria das damas fora ao vilarejo, por isso era improvável que alguém estivesse lá. Pelos seus cálculos, tinha quinze minutos antes do início da competição.

A sala de estar não era muito grande, tendo apenas alguns conjuntos de sofás. De frente para Hugh havia uma poltrona azul que parecia confortável o suficiente. As costas do sofá impediam que ele enxergasse o lado oposto, mas provavelmente havia uma mesa baixa entre eles. Poderia erguer a perna por um momento sem que ninguém percebesse.

Ele se dirigiu para lá, mas não devia estar muito atento, porque sua bengala bateu na extremidade da mesa, o que fez sua canela bater também e, por sua vez, levou a uma criativa série de xingamentos enquanto ele se virava para sentar.

Foi quando viu Sarah Pleinsworth dormindo no sofá.

Ah, inferno!

Estava tendo um dia melhor do que de costume, apesar da dor na perna. A última coisa de que precisava era uma reunião particular com a dramática lady Sarah. Ela provavelmente o acusaria de algo nefasto, faria uma declaração banal de ódio e terminaria com algo como aqueles quatorze homens que ficaram noivos na temporada de 1821.

E ele ainda não sabia o que isso tinha a ver com o que quer que fosse.

Ou o motivo de ter se lembrado disso. Sempre tivera uma boa memória, mas por que seu cérebro não podia se esquecer de algo tão inútil?

Agora precisava atravessar o cômodo sem acordar lady Sarah. Não era fácil andar na ponta dos pés com uma bengala, mas, por Deus, faria o que fosse preciso para não ser notado.

Bem, lá se iam suas esperanças de descansar a perna. Muito cautelosamente, contornou a mesa baixa de madeira, tomando o cuidado de não tocar em nada além do tapete. Mas, como qualquer um que já andara ao ar livre sabia, o ar também se movimentava. E aparentemente Hugh estava respirando com muita força, porque, antes que ele passasse pelo sofá, lady Sarah acordou com um grito que o assustou tanto que ele caiu para trás contra uma poltrona, passando por cima do braço estofado e pousando, completamente sem jeito, no assento.

– Hã? O quê? O que está havendo?

Sarah pestanejou rapidamente antes de fuzilá-lo com os olhos.

– O *senhor*.

Era uma acusação. Sem dúvida.

– Ah, o senhor me deu um susto – disse ela, esfregando os olhos.

– Pelo visto, sim.

Ele praguejou ao tentar passar as pernas para a frente da cadeira.

– Ai!

– O que foi? – perguntou Sarah, impaciente.

– Chutei a mesa.

– Por quê?

Ele fez uma careta.

– Não foi de propósito.

Só então ela pareceu perceber que estava deitada muito à vontade no sofá. Apressou-se em sentar bem ereta, em uma posição mais adequada.

– Desculpe-me – disse, ainda aturdida.

Seus cabelos escuros estavam se soltando do penteado. Hugh achou melhor não avisá-la.

– Por favor, aceite minhas desculpas – disse ele, formalmente. – Não queria assustá-la.

– Eu estava lendo. Devo ter caído no sono. Eu... ah...

Ela pestanejou mais algumas vezes e então seus olhos finalmente pareceram se focar. Nele.

– Estava me espiando?

– *Não* – disse Hugh, talvez com mais rapidez e veemência do que seria educado.

Ele apontou para a porta que levava para fora.

– Só estava cortando caminho. Lorde Chatteris programou uma competição de tiro ao alvo.

– Ah.

Sarah pareceu desconfiada por mais um segundo e, depois, a desconfiança claramente deu lugar ao constrangimento.

– Claro. Não há nenhum motivo para ficar me espiando... quero dizer... – Ela pigarreou. – Bem.

– Bem.

Sarah esperou por um momento e então perguntou de forma incisiva:

– Não ia para o gramado?

Hugh a encarou.

– Para a competição – esclareceu ela.

– Ainda é cedo.

Sarah não pareceu se importar com essa resposta.

– Está bastante agradável lá fora.

Hugh olhou pela janela.

– Sim.

Sarah estava tentando se livrar dele, e Hugh avaliou que ela merecia certo respeito por não procurar esconder isso. Por outro lado, agora que ela acordara e ele estava sentado descansando a perna, parecia não haver motivo para ele se apressar a sair.

Poderia suportar qualquer coisa por dez minutos, até mesmo Sarah Pleinsworth.

– Planeja atirar? – perguntou ela.

– Sim.

– Com uma arma?

– É assim que se costuma fazer.

O rosto de Sarah se tornou tenso.

– E acha que isso é prudente?

– Quer dizer, porque seu primo estará lá? Eu lhe garanto que ele também terá uma arma – disse Hugh, sentindo os lábios se curvarem em um sorriso sem emoção antes de completar: – Será quase como um duelo.

– Por que brinca com essas coisas? – disparou Sarah.

Ele fixou os olhos intencionalmente nos dela.

– Quando a alternativa é desespero, geralmente prefiro o humor. Mesmo que precise fazer piada com algo trágico.

Um brilho surgiu nos olhos de Sarah. Um indício de compreensão, talvez, mas desapareceu rápido demais para ele ter certeza de que o vira. E então ela contraiu os lábios em uma expressão tão rígida que ficou claro que ele havia imaginado aquele breve momento de solidariedade.

– Quero que saiba que desaprovo isso – disse Sarah.

– Entendido.

– E... – Ela ergueu o queixo e virou ligeiramente o rosto. – Acho que é uma péssima ideia.

– No que isso é diferente de desaprovar?

Sarah se limitou a fazer uma careta.

Hugh teve uma ideia.

– Acha isso ruim o suficiente para desmaiar?

– Como é que é?

– Se desmaiar no gramado, Chatteris terá que pagar 10 libras para Daniel e 10 para mim.

Os lábios dela formaram um O e depois ficaram paralisados naquela posição.

Hugh se recostou e sorriu languidamente.

– Eu poderia lhe dar 20 por cento.

Alguns músculos do rosto de Sarah se moveram, mas ela permaneceu sem palavras. Era muito divertido atormentá-la.

– Não importa – disse Hugh. – Nunca conseguiríamos fazer isso.

Sarah finalmente fechou a boca. Depois a abriu de novo. Claro, ele deveria saber que seu silêncio seria passageiro.

– O senhor não gosta de mim.

– Não, de fato não.

Provavelmente ele deveria ter mentido, mas de algum modo pareceu que isso seria ainda mais ofensivo.

– E eu não gosto do senhor.

– Não – disse ele com calma. – Não achei que gostasse.

– Então por que está aqui?

– No casamento?

– Na *sala*. Nossa, como é obtuso!

A última parte disse para si mesma, mas ele sempre tivera uma ótima audição.

Hugh raramente usava sua lesão como trunfo, mas aquele parecia ser um bom momento para isso.

– Minha perna – disse com lenta deliberação. – Está doendo.

Houve um silêncio delicioso. Delicioso para ele. Para Sarah, ele imaginou ser terrível.

– Sinto muito – murmurou Sarah, olhando para baixo antes que ele pudesse ver a extensão do rubor dela. – Isso foi muito indelicado da minha parte.

– Não se preocupe. Já fez pior.

Os olhos dela chisparam.

Hugh juntou as pontas dos dedos, formando um triângulo com as mãos.

– Eu me lembro de nosso encontro anterior com desagradável exatidão.

Ela se inclinou para a frente, furiosa.

– O senhor expulsou minha prima e minha tia de uma festa.

– Elas *fugiram*. Eu nem sabia que estavam lá.

– Bem, deveria saber.

– Clarividência nunca foi um de meus talentos.

Ele percebeu que Sarah tentava conter a própria irritação. Quando ela falou, seu queixo mal se moveu:

– Sei que o senhor e o primo Daniel se acertaram, mas, sinto muito, não consigo perdoá-lo pelo que fez.

– Ainda que ele tenha me perdoado? – perguntou Hugh com suavidade.

Sarah pareceu desconfortável. Remexeu-se no lugar, sua boca assumindo várias expressões antes que ela por fim dissesse:

– Ele pode se dar ao luxo de ser caridoso. Teve sua vida e sua felicidade recuperadas.

– E a senhorita, não.

Não era uma pergunta. Era uma afirmação. E do tipo cruel.

Sarah ficou de boca fechada.

– Diga-me – perguntou Hugh, porque, pelos céus, estava na hora de chegarem ao fundo daquilo. – O que exatamente eu fiz contra a senhorita? Não contra seu primo, não contra sua prima, mas contra a senhorita, lady Sarah?

Ela o encarou com rebeldia e depois se levantou.

– Vou embora.

– Covarde – murmurou Hugh, mas também se levantou.

Até mesmo ela merecia o respeito de um cavalheiro.

– Muito bem – disse Sarah, a raiva incontida deixando suas bochechas vermelhas. – Era para eu ter debutado na sociedade em 1821.

– O ano em que os quatorze cavalheiros ficaram noivos.

Era verdade. Ele não se esquecia de quase nada.

Sarah o ignorou.

– Depois que começou a caçada a Daniel, minha família teve que se tornar reclusa.

– Foi meu pai – disse Hugh, categórico.

– O quê?

– Foi meu pai. Ele caçou lorde Winstead até fora do país. Mas não tive nada a ver com isso.

– Não importa.

Ele estreitou os olhos e disse sem pressa:

– Importa para mim.

Sarah engoliu em seco, todo o seu corpo retesando-se.

– Por causa do duelo – disse, de um modo que punha a culpa em Hugh –, ficamos um ano inteiro sem ir à cidade.

Hugh conteve uma risada, finalmente entendendo como a cabecinha dela funcionava. Sarah o culpava pela perda de sua temporada em Londres.

– E agora aqueles quatorze cavalheiros estão perdidos para sempre – resumiu ele.

– Não há nenhum motivo para ser tão insolente.

– A senhorita não tem como saber se algum deles a pediria em casamento – salientou.

Ele gostava de coisas lógicas, e aquilo... não era.

– Também não tenho como saber se não pediria – gritou Sarah.

Ela pôs a mão no peito e deu bruscamente um passo para trás, como se estivesse surpresa com a própria reação.

Mas Hugh não se compadeceu. E não pôde evitar a risada cruel que lhe saiu da garganta.

– A senhorita nunca para de me surpreender, lady Sarah. Durante todo esse tempo, *me* culpou por sua condição de solteira. Já lhe ocorreu procurar o culpado em algum lugar mais perto de casa?

Ela deixou escapar um som sufocado e levou a mão à boca, não tanto para cobri-la, e sim para conter algo.

– Desculpe-me – disse Hugh.

Mas ambos sabiam que o que ele dissera era imperdoável.

– Achei que não gostava do senhor pelo que fez contra a minha família – declarou Sarah, tão tensa que tremia. – Mas não era só por isso. O senhor é uma pessoa horrível.

Ele ficou imóvel, como lhe fora ensinado desde o nascimento. Um cavalheiro sempre mantinha o controle de seu corpo. Não gesticulava, não cuspia nem demonstrava nervosismo. Não lhe restara muito na vida, mas ainda tinha seu orgulho, sua boa criação.

– Tentarei não lhe impor minha presença – disse com formalidade.

– É tarde demais para isso – disparou Sarah.

– O que disse?

Ela o encarou.

– Se já se esqueceu, minha prima pediu que nós nos sentássemos lado a lado no café da manhã após o casamento.

Aparentemente ele se esquecia, sim, de algumas coisas. Maldição. Havia feito uma promessa a lady Honoria. Não havia como escapar daquilo.

– Poderei ter um comportamento civilizado, se a senhorita também puder – disse.

Então ela o surpreendeu ao estender a mão para selar o acordo. Ele a pegou e, naquele momento, com a mão dela na sua, teve um estranho desejo de lhe beijar os dedos.

– Então temos uma trégua? – disse Sarah.

Ele ergueu os olhos.

O que foi um erro.

Porque lady Sarah Pleinsworth o olhava com uma expressão de rara clareza e uma objetividade (ele estava bastante certo disso) atípica. O olhar dela, que sempre fora duro e irritado quando dirigido a ele, estava mais suave. Ele percebeu que os lábios de Sarah, agora que não lhe proferiam insultos, eram perfeitos, carnudos, rosados e com o tipo de curva certa. Pareciam dizer a um homem que ela sabia coisas, sabia rir, e, se ele desnudasse sua alma, ela poderia iluminar o mundo inteiro dele com um único sorriso.

Sarah Pleinsworth.

Santo Deus, ele havia perdido o juízo?

CAPÍTULO 5

Mais tarde, naquela mesma noite

Quando Sarah desceu para jantar, sentia-se um pouco melhor em relação a ter que passar a noite com Hugh Prentice. A briga que haviam tido naquela tarde fora horrorosa e ela não podia imaginar que algum dia pudessem se tornar amigos, mas pelo menos tinham posto as cartas na mesa. Já que seria forçada a permanecer ao lado de Hugh durante todo o casamento, pelo menos ele não pensaria que ela estava fazendo isso por querer a companhia dele.

E ele iria se comportar bem. Tinham feito um acordo e, independentemente dos defeitos de Hugh, ele não parecia ser do tipo que voltava atrás em sua palavra. Seria educado, deixaria Honoria e Marcus satisfeitos e, quando aquele mês ridículo de casamentos terminasse, Sarah nunca mais precisaria se dirigir a ele.

No entanto, depois de cinco minutos na sala de estar, ficou deliciosamente claro que lorde Hugh ainda não estava presente. Ninguém poderia acusá-la de fugir do dever.

Sarah jamais gostara de ficar sozinha em reuniões, por isso se juntou à mãe e às tias perto da lareira. Conforme o esperado, elas falavam sobre o casamento. Sarah ouviu sem prestar muita atenção. Depois de cinco dias em Fensmore, não podia imaginar nenhum detalhe de que ainda não soubesse sobre a cerimônia.

– É uma pena que não seja época de hortênsias – dizia tia Virginia. – As que cultivamos na colina Whipple são exatamente do tom de lavanda de que precisamos para a capela.

– É azul-lavanda – corrigiu-a tia Maria. – E você deve entender que hortênsias teriam sido um erro terrível.

– Um erro?

– As cores variam demais – continuou tia Maria –, mesmo em um arbusto cultivado. Nunca se poderia garantir o tom antes do tempo. E se não combinassem perfeitamente com o vestido de Honoria?

– Claro que ninguém esperaria perfeição – respondeu tia Virginia. – Não das flores.

Tia Maria torceu o nariz.

– Eu sempre espero perfeição.

– Principalmente das flores – disse Sarah, com uma risadinha.

Tia Maria pusera nas filhas nomes de flores em inglês: Rose, Lavender, Marigold, Iris e Daisy. O filho dela, que Sarah secretamente pensava ser a criança mais sortuda da Inglaterra, se chamava John.

Mas tia Maria, embora fosse uma pessoa bondosa, nunca tivera muito senso de humor. Ela piscou os olhos algumas vezes na direção de Sarah antes de dar um pequeno sorriso e dizer:

– Ah, sim, claro.

Sarah não podia garantir que a tia entendera a piada, mas achou melhor não insistir no assunto.

– Ah, olhem! Lá está Iris – disse, aliviada por ver a prima entrar na sala.

Sarah nunca havia sido tão próxima de Iris quanto de Honoria, mas as três tinham quase a mesma idade e Sarah sempre apreciara o humor mordaz de Iris. Imaginava que as duas passariam mais tempo juntas agora que Honoria se casaria, principalmente porque partilhavam uma aversão profunda pela apresentação musical da família.

– Vá – disse a mãe de Sarah, apontando com a cabeça para Iris. – Você não quer ficar aqui com as mais velhas.

Ela realmente não queria. Por isso, deu um sorriso de gratidão para a mãe e foi até Iris, que estava em pé perto da porta, obviamente procurando alguém.

– Você viu lady Edith? – perguntou Iris sem rodeios.

– Quem?

– Lady Edith Gilchrist – esclareceu Iris, referindo-se a uma jovem dama que nenhuma das duas conhecia muito bem.

– Não foi ela que recentemente ficou noiva do duque de Kinross?

Iris descartou isso com um gesto de mão, como se a recente baixa de um conde na lista de maridos em potencial não fosse importante.

– Daisy já desceu? – indagou Iris.

Sarah estranhou a súbita mudança de assunto.

– Não que eu tenha visto.

– Graças a Deus.

A facilidade com que Iris usou o nome de Deus fez Sarah arregalar os olhos, mas nunca a criticaria. Não em relação a Daisy.

Daisy era tolerável apenas em doses muito pequenas. Simplesmente não havia como negar isso.

– Se eu conseguir passar por todos esses casamentos sem matá-la, será um pequeno milagre – disse Iris sombriamente. – Ou um grande... Sei lá.

– Eu disse à tia Virginia para não pôr vocês duas no mesmo quarto – comentou Sarah.

Iris respondeu apenas com um gesto de cabeça enquanto continuava a olhar pela sala.

– Não havia nada a fazer a esse respeito. Irmãs ficam juntas. Precisavam economizar quartos. Estou acostumada com isso.

– Então o que há de errado?

Iris se virou para ela, seus grandes olhos azuis furiosos no rosto pálido. Sarah certa vez ouvira um cavalheiro se referir a ela como incolor: tinha olhos azul-claros, cabelos em um tom de louro acobreado e uma pele praticamente translúcida. Suas sobrancelhas eram claras, seus cílios eram pálidos, tudo nela era pálido – até a pessoa conhecê-la.

Iris estava furiosa.

– Ela quer *tocar* – respondeu, fervendo de raiva.

Por um momento Sarah não entendeu. Depois, sim, e entrou em pânico.

– Não!

– Trouxe o violino dela de Londres – confirmou Iris.

– Mas...

– E Honoria já trouxe o violino *dela* para Fensmore. *E claro que toda casa tem um piano.*

Iris cerrou os dentes. Obviamente aquelas tinham sido as palavras de Daisy.

– Mas seu violoncelo! – protestou Sarah.

– Pois é – disse Iris, irritadíssima. – Mas não, ela pensou em tudo. Lady Edith Gilchrist está aqui e trouxe o violoncelo *dela*. Daisy quer que eu o peça emprestado.

Instintivamente, Sarah virou a cabeça à procura de lady Edith.

– Ela ainda não está aqui – afirmou Iris, muito séria. – Mas preciso encontrá-la no momento em que chegar.

– Por que lady Edith traria um violoncelo?

– Bem, ela toca – respondeu Iris, como se Sarah não tivesse considerado essa possibilidade.

Sarah resistiu à vontade de revirar os olhos. Bem, quase.

– Mas por que o traria *para cá*?

– Pelo visto ela toca muito bem.

– O que isso tem a ver?

Iris deu de ombros.

– Acho que ela gosta de praticar todos os dias. Muitos grandes músicos fazem isso.

– Eu não saberia dizer – comentou Sarah.

Iris lhe ofereceu um olhar de compaixão.

– Preciso encontrá-la antes de Daisy – continuou Iris. – Ela não pode conseguir pegar o violoncelo emprestado para mim de jeito nenhum.

– Se lady Edith toca assim tão bem, provavelmente não vai querer emprestar. Pelo menos não para uma de nós.

Sarah fez uma careta. Lady Edith era relativamente nova em Londres, mas com certeza já ouvira falar na apresentação musical da família Smythe-Smith.

– Peço desculpas de antemão por abandoná-la – declarou Iris, mantendo os olhos na porta aberta. – Provavelmente sairei correndo no meio de uma frase no momento em que a vir.

– Talvez eu faça isso primeiro – respondeu Sarah. – Tenho deveres a cumprir esta noite.

Seu tom devia ter revelado seu desagrado, porque Iris se virou para ela com renovado interesse.

– Serei a babá de Hugh Prentice – informou Sarah, parecendo um tanto oprimida.

Mas isso era bom. Se era para ter uma noite terrível, pelo menos poderia se gabar disso antecipadamente.

– Babá de... Ah, meu Deus!

– Não ria – preveniu-a Sarah.

– Eu não ia rir.

Iris estava claramente mentindo.

– Honoria insistiu. Acha que ele não se sentirá bem-vindo se algum de nós não assegurar sua felicidade e participação em tudo.

– E lhe pediu para ser babá dele?

Iris lhe lançou um olhar de dúvida, o que sempre deixava seu interlocutor sem jeito. Havia algo nos olhos dela, com aquele azul pálido e os cílios tão finos que eram quase invisíveis. Ela podia ser um pouco desconcertante.

– Bem, não – admitiu Sarah. – Não com essas palavras.

Para ser sincera, com nenhuma palavra. Na verdade, Honoria havia *negado* aquele termo, mas a história ficaria melhor se ela se descrevesse como babá.

Em funções como aquelas, a pessoa tinha que ter algo bom de que reclamar. Era um pouco como os estudantes de Cambridge que ela havia conhecido na primavera anterior. Eles só pareciam felizes quando podiam se queixar da quantidade de trabalho que precisavam fazer.

– O que ela quer que você faça? – perguntou Iris.

– Ah, algumas coisas. Quer que eu me sente ao lado dele no café da manhã do casamento. Rupert ficou doente – acrescentou.

– Bem, pelo menos isso é bom – murmurou Iris.

Sarah concordou com um breve menear de cabeça e continuou:

– E me pediu especificamente para entreter lorde Hugh antes do jantar.

Iris olhou por cima do ombro.

– Ele já está aqui?

– Não – disse Sarah, com um suspiro de felicidade.

– Não fique feliz demais – preveniu-a Iris. – Lorde Hugh vai descer. Se Honoria lhe pediu que cuidasse dele, pedirá a ele que desça para o jantar.

Sarah olhou para Iris, horrorizada. Honoria *garantira* que não estava tentando juntar eles dois...

– Certamente não acha...

– Não, não – disse Iris com um risinho. – Ela não ousaria bancar a casamenteira. Não com você.

Sarah ia perguntar o que ela queria dizer com *aquilo*, mas, antes que pudesse emitir qualquer som, Iris acrescentou:

– Você conhece Honoria. Ela gosta que tudo esteja em perfeita ordem. Se quer que você cuide de lorde Hugh, se encarregará de fazê-lo estar aqui.

Sarah pensou nisso por um momento e depois concordou, balançando a cabeça. Honoria era mesmo assim.

– Bem – declarou, porque sempre gostara de usar essa palavra, "bem", em suas declarações –, serão dois dias desoladores, mas fiz uma promessa a Honoria e sempre cumpro o que prometo.

Se Iris estivesse tomando uma bebida, teria sujado a sala.

– *Você?*

– O que quer dizer com "você"?

Iris parecia prestes a explodir em uma gargalhada.

– Ah, por favor – disse Iris, naquele tom zombeteiro que uma pessoa só pode usar com a própria família se quiser que continuem lhe dirigindo a palavra. – Você é a última pessoa que pode dizer que cumpre o que promete.

Sarah recuou, profundamente ofendida.

– O que disse?

Se Iris percebeu sua aflição, não o demonstrou. Ou não se importou.

– Lembra-se de abril passado? – perguntou. – Para ser mais precisa, do dia 14 de abril?

A apresentação musical. Sarah não aparecera naquela tarde.

– Eu estava doente – protestou. – Não tinha como tocar.

Iris não disse nada. Não precisava dizer. Sarah estava mentindo e ambas sabiam disso.

– Muito bem, eu não estava – admitiu Sarah. – Pelo menos não muito.

– É gentil da sua parte finalmente admitir – disse Iris, em um irritante tom de superioridade.

Sarah mudou de posição, desconfortável. Naquela primavera, o quarteto seria formado por elas duas, além de Honoria e Daisy. Honoria ficava feliz em tocar quando estava com a família e Daisy estava convencida de que um dia seria considerada uma virtuose. Iris e Sarah, por outro lado, tinham conversado muitas vezes sobre as várias formas de se morrer por ação de um instrumento musical. Fazer piada da própria desgraça. Fora o único modo de conseguirem enfrentar aquele pavor.

– Eu fiz aquilo por você – disse ela a Iris por fim.

– Ah, com certeza!

– Achei que a apresentação seria cancelada.

Claramente Iris não estava convencida.

– Fiz, sim! – insistiu Sarah. – Quem teria imaginado que mamãe arrastaria a pobre Srta. Wynter para a apresentação? Embora isso tenha dado certo para ela, não é?

A Srta. Wynter – Anne Wynter, que se casaria com o primo Daniel dali a duas semanas e se tornaria a condessa de Winstead – cometera o erro de certa vez dizer para a mãe de Sarah que sabia tocar piano. Aparentemente lady Pleinsworth não se esquecera disso.

– Daniel teria se apaixonado pela Srta. Wynter de qualquer maneira – retorquiu Iris –, portanto não tente tranquilizar sua consciência com isso.

– Não estava tentando. Só estava salientando que eu nunca poderia prever...

Ela suspirou, impaciente. Nada daquilo lhe soava bem.

– Iris, você deve saber que eu estava tentando salvá-la.

– Estava tentando salvar a si mesma.

– Estava tentando salvar nós duas. Só que... as coisas não correram como eu havia planejado.

Iris a encarou com frieza. Sarah esperou que a prima respondesse, mas ela não disse nada. Apenas ficou em pé ali, prolongando o momento. Por fim Sarah não aguentou mais.

– Desembuche – pediu.

Iris ergueu uma sobrancelha.

– Desembuche seja o que for que está tão ansiosa para me falar. Obviamente quer me dizer algo.

Iris piscou repetidamente, como se estivesse ganhando tempo para escolher as palavras. Então disse:

– Você sabe que eu a amo.

Não era o que Sarah esperava. Infelizmente, o que veio depois também não era.

– Sempre a amarei – continuou Iris. – E você sabe que não posso dizer isso em relação à maior parte da minha família. Mas às vezes você é terrivelmente egoísta. E o pior é que nem percebe.

Sarah teve vontade de dizer alguma coisa. *Precisava* dizer alguma coisa, porque era isso que fazia quando deparava com algo de que não gostava. Iris não podia chamá-la de egoísta e esperar que ela apenas ficasse ali ouvindo.

Contudo, foi exatamente isso que fez.

Sarah engoliu em seco e umedeceu os lábios. Não conseguia formar palavras. Tudo o que podia fazer era pensar: *não*. Aquilo não era verdade. Ela amava sua família. Faria qualquer coisa por ela. Iris chamá-la de egoísta...

Doía muito.

Sarah estava observando o rosto da prima com tanta atenção que percebeu o exato momento em que o foco de Iris mudou, em que o fato de que acabara de chamar Sarah de egoísta deixou de ser a coisa mais importante do mundo.

Como se alguma coisa pudesse ser mais importante que isso.

– Lá está ela – apressou-se a dizer Iris. – Lady Edith. Preciso chegar até ela antes de Daisy.

Deu um passo à frente, mas depois se virou e disse:

– Podemos conversar sobre isso mais tarde. Se você quiser.

– Prefiro que não, obrigada – respondeu Sarah com firmeza, deixando sua personalidade ressurgir de onde quer que tivesse se metido.

Mas Iris não a ouviu. Já havia lhe dado as costas e ia na direção de lady Edith. Sarah ficou sozinha em um canto, abatida como uma noiva abandonada.

E foi então – claro – que Hugh Prentice chegou.

CAPÍTULO 6

O estranho foi que Sarah imaginou que estivesse com raiva.

Pensou que estava furiosa com Iris, que a prima deveria ser mais sensível aos sentimentos dos outros. Ainda que Iris houvesse sentido necessidade de chamá-la de egoísta, pelo menos podia tê-lo feito em um local mais reservado.

E sem abandoná-la depois! Sarah compreendia que Iris precisava falar com lady Edith antes de Daisy, mas, de qualquer forma, ela devia ter se desculpado.

Então, de pé em seu canto, imaginando por quanto tempo poderia continuar fingindo não ter notado a chegada de lorde Hugh, Sarah respirou fundo.

E precisou conter o choro.

Aparentemente sentia algo mais do que raiva e corria um grande risco de cair em pranto bem ali, na sala de estar lotada de Fensmore.

Virou-se rapidamente, determinada a examinar o grande e sombrio retrato que estivera lhe fazendo companhia. Se o conhecimento dela sobre moda estivesse certo, a obra mostrava um entediado cavalheiro de Flandres do século XVII. Ela nunca seria capaz de entender como o homem conseguia parecer tão orgulhoso com aquele colarinho pregueado, mas seu olhar de superioridade deixava claro para Sarah que nenhum dos primos *dele* ousaria chamá-lo de egoísta cara a cara. E, se chamasse, ele não choraria.

Sarah observou atentamente o homem. O fato de ele parecer retribuir seu olhar devia comprovar a habilidade do artista.

– O cavalheiro fez algo que a ofendesse?

Era Hugh Prentice. Àquela altura Sarah conhecia muito bem a voz dele. Honoria devia tê-lo enviado. Sarah não podia imaginar nenhum outro motivo para que ele buscasse sua companhia.

Eles haviam prometido ser civilizados, não entusiasmados.

Sarah se virou. Ele estava em pé a meio metro dela, impecavelmente vestido para o jantar. Exceto pela bengala, gasta e arranhada e com a madeira fosca pelo uso excessivo. Sarah não saberia dizer por que achou isso tão interessante. Certamente Hugh viajava com um criado pessoal. Estava com as botas lustradas e a gravata muito bem atada. Por que negar à bengala o mesmo tratamento cuidadoso?

– Lorde Hugh – disse ela, aliviada por sua voz soar quase normal enquanto fazia uma pequena reverência.

Ele não respondeu de imediato. Virou-se para o retrato, de queixo erguido enquanto o esquadrinhava. Sarah ficou feliz por ele não estar olhando do mesmo modo para ela. Não estava certa de que conseguiria suportar outra dissecação de seus defeitos tão pouco tempo após a primeira.

– Aquele colarinho parece muito desconfortável – comentou lorde Hugh.

– Foi a primeira coisa que pensei também – respondeu Sarah, antes de se lembrar de que não gostava dele e, pior ainda, de que teria que suportá-lo naquela noite.

– Acho que deveríamos ficar felizes por viver nos tempos atuais.

Sarah não falou nada. Não era o tipo de afirmação que exigisse resposta. Lorde Hugh continuou a examinar a pintura e, em determinado momento, se inclinou, presumivelmente para examinar as pinceladas. Talvez ele houvesse percebido que Sarah precisava de tempo para se recompor. Talvez não. Provavelmente não. Ele não parecia o tipo de homem que notaria essas coisas. De qualquer modo, ela ficou grata. Quando lorde Hugh se virou de frente para ela, a sensação de asfixia havia passado e Sarah não corria mais o risco de passar vergonha diante dos muitos convidados importantes da prima.

– Eu soube que o vinho desta noite é ótimo – comentou Sarah.

Foi um modo abrupto de puxar conversa, mas educado e inofensivo e, o que era ainda mais importante, a primeira coisa que lhe veio à cabeça.

– Soube? – repetiu lorde Hugh.

– Eu não bebi – explicou Sarah.

Houve uma pausa embaraçosa e então ela acrescentou:

– Na verdade, ninguém me disse. Mas lorde Chatteris é famoso por suas adegas. Não posso imaginar que o vinho seja menos do que ótimo.

Meu Deus, que conversa forçada! Mas não importava, ela iria em frente. Não fugiria de seus deveres esta noite. Se Honoria olhasse em sua direção, se *Iris* olhasse em sua direção...

Ninguém poderia dizer que ela não cumpria suas promessas.

– Eu tento não beber na companhia dos Smythe-Smiths – disse lorde Hugh, de maneira espontânea. – Isso raramente acaba bem para mim.

Sarah ficou boquiaberta.

– Estou brincando – disse ele.

– Claro – apressou-se a dizer ela, mortificada por se mostrar tão pouco sagaz.

Deveria ter entendido a piada. Teria entendido, se não estivesse tão perturbada por causa de Iris.

Meu Deus, disse para si mesma (e para Quem Mais pudesse estar ouvindo), *por favor, faça esta noite acabar com incrível rapidez.*

– Não é interessante que tudo isso seja forjado por convenção social? – perguntou lorde Hugh lentamente.

Sarah se virou para ele, embora soubesse que nunca conseguiria interpretar a expressão de Hugh. Ele inclinou a cabeça para o lado, o movimento reorganizando as sombras em seu rosto impassível.

Era bonito, percebeu Sarah de repente. Não era só a cor dos olhos. Era o modo como olhava para uma pessoa, de maneira inabalável e às vezes intimidante. Isso lhe dava uma intensidade difícil de ignorar. E a boca – ele raramente sorria, ou pelo menos raramente sorria para *ela* –, havia um quê de perversão nela. Sarah supôs que alguns poderiam não achar isso atraente, mas ela...

Achava.

Meu Deus, tentou de novo, *esqueça a rapidez incrível. Apenas uma rapidez sobrenatural seria suficiente.*

– Aqui estamos – continuou Hugh, apontando elegantemente para o resto dos convidados –, presos em uma sala com... diria quantas pessoas?

Sarah não tinha a menor ideia de aonde ele queria chegar, mas arriscou um palpite.

– Quarenta?

– Sim – respondeu Hugh, embora ela pudesse dizer, pela rapidez com que os olhos dele varreram a sala, que discordava de sua estimativa. – E a presença coletiva deles indica que a senhorita – ele se inclinou apenas um centímetro para a frente –, que já sabemos que me detesta, está sendo bastante educada.

– Não estou sendo educada porque há quarenta pessoas na sala – disse

Sarah, arqueando as sobrancelhas. – Estou sendo educada porque minha prima me pediu.

O canto da boca de Hugh se moveu. Talvez por divertimento.

– Ela sabia o desafio que isso poderia representar?

– Não – disse Sarah com firmeza.

Honoria sabia que Sarah não gostava da companhia de lorde Hugh, mas parecia desconhecer a extensão de seu desagrado.

– Então devo elogiá-la – disse ele, inclinando a cabeça de um modo zombeteiro – por guardar seus protestos para si mesma.

Algo adorável e familiar se encaixou de volta no lugar e Sarah finalmente começou a se sentir mais ela mesma. Orgulhosa, ergueu o queixo meio centímetro.

– Não guardei.

Para grande surpresa de Sarah, lorde Hugh emitiu um som que podia ter sido uma risada sufocada.

– E assim mesmo ela a atrelou a mim.

– Ela se preocupa com a possibilidade de o senhor não se sentir bem-vindo aqui em Fensmore – confessou Sarah, no tipo de tom que dizia que não compartilhava dessa preocupação.

Hugh ergueu as sobrancelhas e mais uma vez quase sorriu.

– E ela acha que *a senhorita* é a pessoa certa para fazer com que eu me sinta bem-vindo?

– Não contei a ela sobre nosso encontro anterior – admitiu Sarah.

– Ah.

Ele assentiu com a cabeça de maneira condescendente.

– Tudo começa a fazer sentido.

Sarah cerrou os dentes em uma fracassada tentativa de não bufar. Como *odiava* aquele tom de voz! Aquele tom de voz que significava "ah, estou vendo como sua linda e pequena mente feminina funciona". Hugh Prentice não era o único homem na Inglaterra a usá-lo, mas parecia ter adquirido o dom de torná-lo afiado como uma navalha. Sarah não conseguia imaginar como alguém podia tolerar a companhia dele por mais do que alguns minutos. Sim, ele era bastante agradável aos olhos e, sim, era (ela soubera) excepcionalmente inteligente, mas, por Deus, o homem era irritante como unhas arranhando a lousa.

Ela se inclinou para a frente.

– É uma prova do meu amor por minha prima o fato de eu ainda não ter encontrado um modo de envenenar seu dentifrício.

Foi a vez dele de se inclinar para a frente.

– O vinho poderia ser um substituto eficaz, se eu estivesse bebendo – disse. – Foi por isso que o sugeriu, não foi?

Ela se recusou a ceder terreno.

– O senhor está louco.

Hugh encolheu os ombros e recuou, como se o momento de tensão entre eles nunca tivesse ocorrido.

– Não fui eu quem falou em veneno.

Sarah ficou boquiaberta. O tom de voz dele era exatamente o que ela poderia usar para discutir o tempo.

– Zangada? – murmurou Hugh com educação.

Não tanto quanto aturdida.

– Está tornando muito difícil ser gentil com o senhor – disse ela.

Ele pestanejou.

– Eu deveria lhe oferecer meu dentifrício?

Deus do céu, que homem enervante! E o pior era que ela nem mesmo poderia afirmar que ele estivesse brincando. Apesar disso, pigarreou e disse:

– O senhor deveria tentar travar uma conversa normal.

– Não estou certo de que nós dois tenhamos conversas normais.

– Posso lhe garantir que *eu* tenho.

– Não comigo.

Desta vez ele realmente sorriu. Sarah teve certeza.

Ela endireitou os ombros. Certamente o mordomo logo os chamaria para o jantar. Talvez devesse começar a oferecer suas orações a *ele*, porque *Ele* não parecia estar ouvindo.

– Ora, vamos, lady Sarah – disse lorde Hugh. – Deve admitir que nosso primeiro encontro foi tudo menos normal.

Sarah contraiu os lábios. Detestava admitir que ele tinha certa razão (na verdade, qualquer razão que fosse), mas tinha.

– E desde então – acrescentou Hugh – nós nos encontramos algumas vezes, sempre de modo muito superficial.

– Eu não notei – garantiu Sarah.

– Que foi superficial?

– Que nos encontramos – mentiu ela.

– Seja como for – continuou Hugh –, essa deve ser apenas a segunda vez que trocamos mais do que duas frases. Na primeira creio que me instruiu a livrar o mundo da minha presença.

Sarah estremeceu. Aquele não fora seu melhor momento.

– E então hoje...

Ele moveu os lábios em um sorriso sedutor.

– Bem, a senhorita mencionou veneno.

Sarah o encarou.

– Deveria tomar cuidado com seu dentifrício.

Hugh riu e ela sentiu uma leve onda de eletricidade percorrer seu corpo. Podia não ter levado a melhor, mas definitivamente marcara um ponto. Verdade fosse dita, estava começando a se divertir. Ainda o detestava, em parte por princípio, mas tinha de admitir que pelo menos estava se distraindo um pouco.

Ele era um adversário à altura.

Ela nunca havia percebido que *queria* um adversário à altura.

O que não significava – meu Deus, se seus pensamentos a fizessem corar, ela se atiraria pela janela – que *o* queria. Qualquer adversário à altura serviria. Mesmo alguém com olhos menos bonitos.

– Há algo errado, lady Sarah? – perguntou lorde Hugh.

– Não – respondeu ela, rápido demais.

– Parece nervosa.

– Não estou.

– É claro – murmurou ele.

– Estou... – Ela se interrompeu e então disse, irritada: – Bem, agora estou.

– E eu nem estava me esforçando para isso – afirmou ele.

Sarah tinha todos os tipos de réplica para isso, mas nenhuma o deixaria sem um óbvio contragolpe. Talvez o que ela *realmente* quisesse fosse um adversário não tão à altura. Um com inteligência suficiente para manter a disputa interessante, mas não a ponto de Sarah nem sempre conseguir vencer.

Hugh Prentice nunca seria *aquele* homem.

Graças a Deus.

– Bem, essa é uma conversa estranha – disse uma nova voz.

Sarah virou a cabeça, não que precisasse disso para reconhecer a dona da voz. Era a condessa de Danbury, o mais velho e assustador dos dragões. Certa vez ela conseguira destruir um violino sem nada além de uma bengala (e, Sarah estava convencida, prestidigitação). Mas, como todos sabiam, a verdadeira arma da condessa era sua sagacidade devastadora.

– É, sim – disse lorde Hugh com uma mesura respeitosa. – Mas está se tornando menos a cada segundo, agora que está aqui.

– Que pena! – disse a idosa, apoiando-se na bengala. – Acho as conversas estranhas muito divertidas.

– Lady Danbury – disse Sarah, fazendo uma reverência. – Que bela surpresa vê-la esta noite.

– Do que está falando? – perguntou lady Danbury. – Isso não deveria ser nenhuma surpresa. Chatteris é meu bisneto. Onde mais eu estaria?

– É... – foi tudo o que Sarah conseguiu dizer antes de a condessa perguntar:

– Sabe por que atravessei a sala só para me juntar a vocês dois?

– Não posso imaginar – respondeu lorde Hugh.

Lady Danbury olhou de esguelha para Sarah, que se apressou a dizer:

– Nem eu.

– Descobri que as pessoas felizes são maçantes. Vocês dois, por outro lado, pareciam prestes a explodir. Então vim imediatamente.

Ela olhou de Hugh para Sarah e depois ordenou:

– Divirtam-me.

Houve um silêncio de espanto. Sarah olhou de relance para lorde Hugh e ficou aliviada ao ver que a costumeira expressão de tédio dele dera lugar a uma de surpresa.

Lady Danbury se inclinou para a frente e sussurrou:

– Decidi apreciá-la, lady Sarah.

Sarah não sabia se isso era bom.

– Decidiu?

– Sim. E por isso lhe darei alguns conselhos.

Ela apontou a cabeça na direção de Sarah como se estivesse concedendo uma audiência a um servo.

– Pode se sentir livre para partilhá-los à vontade.

Sarah olhou rapidamente para lorde Hugh, embora não houvesse motivo para crer que ele iria em seu socorro.

– Independentemente de nossa conversa atual – continuou lady Danbury imperiosamente –, tenho notado que você é uma jovem de razoável inteligência.

Razoável? Sarah sentiu o próprio nariz se franzir enquanto tentava assimilar *aquilo*.

– Obrigada?

– Foi um elogio – confirmou lady Danbury.

– Até mesmo a parte razoável?

Lady Danbury bufou.

– Não a conheço assim *tão* bem.

– Bem, então obrigada – disse Sarah, concluindo que esse era um ótimo momento para ser educada ou, no mínimo, sonsa. Olhou para lorde Hugh, que parecia começar a se divertir, e depois de volta para lady Danbury, que a fitava como se esperasse que ela dissesse algo mais.

Sarah pigarreou.

– É... existe algum motivo para querer me dizer isso?

– O quê? Ah, sim.

Lady Danbury bateu com a bengala no chão.

– Apesar da minha idade avançada, não me esqueço de nada – disse e fez uma pausa antes de emendar: – Exceto, ocasionalmente, do que acabei de falar.

Sarah manteve a expressão do rosto, com um sorriso insondável e um persistente sentimento de pavor.

Lady Danbury deu um suspiro dramático.

– Suponho que não se pode chegar à idade de 70 anos sem fazer algumas concessões a isso.

Sarah calculou que ela havia ultrapassado a marca dos 70 havia pelo menos uma década, mas de modo algum expressaria essa opinião.

– O que eu *ia* dizer – continuou lady Danbury em um tom sofredor de alguém que fora interrompido infinitas vezes (embora tivesse sido a única a falar) – é que, quando você demonstrou surpresa com minha presença, o que ambas sabemos que foi apenas uma débil tentativa de puxar conversa, e eu disse "Onde mais eu estaria?", *você* deveria ter dito: "Aparentemente a senhora não acha conversas educadas muito divertidas."

Sarah ficou boquiaberta por dois segundos antes de dizer:

– Creio que não esteja conseguindo acompanhá-la.

Lady Danbury lhe lançou um olhar vagamente irritado.

– Eu lhe disse que achava as conversas estranhas muito divertidas e *você* disse aquela bobagem de estar surpresa em me ver, e então *eu* imediatamente a chamei de tola.

– Não creio que a chamou de tola – murmurou lorde Hugh.

– Não chamei? Bem, pensei que houvesse chamado.

Lady Danbury bateu com a bengala no tapete e se virou para Sarah.

– Seja como for, eu só estava tentando ajudar. Nunca foi de nenhuma valia proferir chavões inúteis. Isso faz a pessoa parecer um poste de madeira, e não é o que você quer, é?

– Depende da localização do poste – respondeu Sarah, imaginando quantos postes de madeira poderiam ser encontrados em, digamos, Bombaim.

– Muito bem, lady Sarah! – aplaudiu-a lady Danbury. – Mantenha essa língua afiada. Espero que deseje exercitar sua sagacidade esta noite.

– Em geral desejo exercitá-la todas as noites.

Lady Danbury assentiu em aprovação.

– E o senhor...

Para deleite de Sarah, ela se virou para lorde Hugh.

– Não pense que eu o esqueci.

– Creio que disse que não se esquecia de nada – observou ele.

– Sim – respondeu lady Danbury. – Acho que em relação a isso sou um pouco parecida com seu pai.

Sarah ficou perplexa. Isso era audacioso, até mesmo para lady Danbury.

Mas lorde Hugh provou estar mais do que à altura dela. Sua expressão não mudou nem um pouco quando disse:

– Ah, mas não é. A memória de meu pai é implacavelmente seletiva.

– Mas tenaz.

– Também implacável.

– Bem – observou lady Danbury, batendo com a bengala no tapete mais uma vez. – Acho que está na hora de isso mudar.

– Tenho muito pouco controle sobre meu pai, lady Danbury.

– Nenhum homem é totalmente desprovido de recursos.

Ele inclinou a cabeça em um pequeno cumprimento.

– Eu não disse que era.

Sarah estava olhando de um para o outro tão rápido que começou a ficar tonta.

– Essa bobagem foi longe demais – anunciou lady Danbury.

– Nisso estamos de acordo – respondeu Hugh, mas para Sarah eles ainda estavam discutindo.

– É bom vê-lo neste casamento – disse a condessa idosa. – Espero que isso seja um prenúncio de tempos de paz.

– Como lorde Chatteris não é meu bisneto, só posso presumir que fui convidado por amizade.

– Ou para ficarem de olho no senhor.

– Ah – fez lorde Hugh, erguendo um dos cantos da boca em uma curva irônica –, mas isso não seria produtivo. Seria de supor que meu único ato infame que poderia exigir monitoramento envolveria lorde Winstead, que, como ambos sabemos, está aqui para o casamento.

Hugh voltou a usar sua máscara inescrutável e olhou para lady Danbury sem pestanejar até ela dizer:

– Acho que essa foi a frase mais longa que já o ouvi pronunciar.

– Já o ouviu pronunciar frases? – perguntou Sarah.

Lady Danbury se virou para ela com o olhar de um falcão.

– Tinha me esquecido de que está aí.

– Estou atipicamente quieta.

– O que me leva ao ponto inicial – declarou lady Danbury.

– De que somos estranhos? – murmurou lorde Hugh.

– Sim!

Como era de esperar, seguiu-se uma pausa incômoda.

– O senhor, lorde Hugh – continuou lady Danbury –, é anormalmente taciturno desde o dia em que nasceu.

– Estava lá? – perguntou ele.

Lady Danbury fez uma careta, mas era óbvio que apreciava uma excelente réplica, mesmo quando dirigida a ela.

– Como o suporta? – perguntou para Sarah.

– Raramente tenho que fazê-lo – respondeu Sarah, dando de ombros.

– Humpf.

– Ela foi incumbida de me acompanhar – explicou lorde Hugh.

Lady Danbury estreitou os olhos.

– Para alguém tão pouco comunicativo, está bastante expressivo esta noite.

– Deve ser a companhia.

– Tendo a trazer à tona o melhor das pessoas – comentou a senhora.

Lady Danbury deu um sorriso malicioso e se virou para Sarah.

– O que acha? – perguntou.

– Sem dúvida trouxe à tona o melhor de mim – proclamou Sarah.

Sempre soube quando falar o que alguém queria ouvir.

– Devo dizer que estou achando esta conversa divertida – proferiu lorde Hugh em tom seco.

– Bem, não é de admirar – retorquiu lady Danbury. – Não precisa sobrecarregar o cérebro para me acompanhar.

Sarah sentiu seus lábios se afastarem de novo enquanto tentava assimilar aquilo. Lady Danbury acabara de dizer que ele era inteligente? Ou o estava insultando ao afirmar que ele não acrescentava nada de interessante à conversa?

E isso significava que *Sarah* tinha que sobrecarregar seu cérebro para acompanhá-la?

– Parece perplexa, lady Sarah – comentou lady Danbury.

– Espero ansiosamente que logo nos chamem para o jantar – admitiu Sarah.

Lady Danbury riu, divertida.

Encorajada, Sarah disse para lorde Hugh:

– Até comecei a rezar para o mordomo.

– Se algum pedido seu for atendido, certamente será o que fez para ele – foi a resposta.

– Agora melhorou – anunciou lady Danbury. – Olhem para vocês dois. Decididamente, estão gracejando.

– Gracejando – repetiu lorde Hugh, como se não conseguisse entender bem a palavra.

– Isso não é tão divertido para *mim* quanto uma conversa estranha, mas imagino que vocês o prefiram.

Lady Danbury correu os olhos pela sala.

– Acho que agora terei que encontrar outra pessoa para me entreter. Sabem, há um equilíbrio delicado entre estranheza e estupidez.

Ela bateu com a bengala no tapete, bufou e partiu.

Sarah se virou para lorde Hugh.

– Ela é louca.

– Eu poderia salientar que você disse o mesmo a meu respeito.

Sarah estava certa de que havia milhares de respostas diferentes para isso, mas não conseguiu pensar em nenhuma antes que Iris aparecesse de repente. Sarah cerrou os dentes. Continuava muito irritada com a prima.

– Eu a encontrei – anunciou Iris, o rosto ainda sério e determinado. – Estamos salvas.

Sarah não foi capaz de encontrar benevolência suficiente dentro de si mesma para dizer algo brilhante e elogioso. Mas conseguiu anuir com a cabeça.

Iris lhe lançou um olhar estranho, pontuado com um leve encolher de ombros.

– Lorde Hugh – disse Sarah, talvez com um pouco mais de ênfase do que era necessário. – Posso lhe apresentar minha prima, a Srta. Smythe-Smith? Anteriormente Srta. Iris Smythe-Smith – acrescentou, por nenhum outro motivo além de sua própria irritação. – A irmã mais velha dela se casou há pouco tempo.

Iris tomou um susto, só agora percebendo que ele estava em pé perto de sua prima. Isso não surpreendeu Sarah. Quando se concentrara em alguma coisa, Iris raramente percebia algo que considerava irrelevante.

– Lorde Hugh – disse Iris, recuperando-se rapidamente.

– Fico muito aliviado em saber que estão salvas – disse lorde Hugh.

Sarah obteve certa satisfação com o fato de a prima parecer não saber como responder.

– Da praga? – perguntou lorde Hugh. – Da peste?

Sarah só conseguia olhar para ele.

– Ah, já sei – disse lorde Hugh, no tom mais jovial que Sarah já ouvira dele. – Dos gafanhotos. Não há nada como uma boa infestação de gafanhotos.

Iris pestanejou várias vezes e depois ergueu um dedo, como se tivesse acabado de pensar em algo.

– Vou deixá-los então.

– Claro – murmurou Sarah.

Iris lhe deu um sorrisinho afetado quase imperceptível e se afastou, serpenteando pela multidão.

– Devo confessar minha curiosidade – disse lorde Hugh quando Iris desapareceu de vista.

Sarah apenas olhou para a frente. Ele não era do tipo de deixar que o silêncio dela o detivesse, por isso não parecia haver muita necessidade de responder.

– De que terrível destino sua prima a salvou?

– Aparentemente, não do senhor – murmurou Sarah antes que pudesse evitar.

Ele riu e Sarah chegou à conclusão de que não havia motivo para lhe negar a verdade.

– Minha prima Daisy, a irmã mais nova de Iris, estava tentando organizar uma apresentação especial do Quarteto Smythe-Smith.

– Por que isso seria um problema?

Sarah demorou um instante para formular o que dizer.

– Então ainda não assistiu a nenhuma de nossas apresentações?

– Não tive o prazer.

– Prazer – repetiu Sarah, abaixando o queixo na direção do pescoço como se tentasse engolir a própria incredulidade.

– Há algo de errado? – perguntou lorde Hugh.

Ela abriu a boca para explicar, mas naquele exato momento o mordomo apareceu para chamá-los para o jantar.

– Suas preces foram atendidas – disse lorde Hugh, zombeteiro.

– Nem todas – murmurou Sarah.

Ele lhe ofereceu o braço.

– Sim, ainda está atrelada a mim, não é?

De fato.

CAPÍTULO 7

Na tarde seguinte

E então o conde de Chatteris e lady Honoria Smythe-Smith se uniram no sagrado matrimônio. O sol brilhava, o vinho fluía e, a julgar pelos sorrisos e pelas risadas no café da manhã do casamento (que havia muito se transformara em um almoço), todos estavam se divertindo.

Até mesmo lady Sarah Pleinsworth.

De onde Hugh a observava, sentado à mesa principal (sozinho, porque todos tinham se levantado para dançar), ela era a própria personificação da graciosa feminilidade inglesa. Conversava facilmente com os outros convidados, ria com frequência (mas nunca alto demais) e, quando dançava, irradiava tamanha felicidade que quase iluminava a sala.

Houvera um tempo em que Hugh gostava de dançar.

E fazia isso muito bem. Música não era algo muito diferente de matemática. Era apenas uma questão de padrões e sequências. A única diferença era que pairava no ar, em vez de em uma folha de papel.

Dançar era uma grande equação. Um lado era som; o outro, movimento. O trabalho do dançarino era torná-los iguais.

Hugh podia não *sentir* a música, como o maestro do coral de Eton insistira em que deveria, mas certamente a entendia.

– Olá, lorde Hugh. Gostaria de um pouco de bolo?

Hugh ergueu os olhos e sorriu. Era a pequena lady Frances Pleinsworth, segurando dois pratos. Um continha uma gigantesca fatia de bolo e o outro, uma fatia apenas enorme. Ambas cobertas por uma generosa camada de glacê cor de lavanda e pequenas violetas de açúcar. Hugh vira o bolo em toda a sua glória antes de ser cortado e imediatamente começara a se perguntar quantos ovos a obra teria exigido. Quando isso se revelara um cálculo impossível, começara a pensar em quanto tempo teria levado para ser confeccionado. E então havia passado para...

– Lorde Hugh? – chamou lady Frances, interrompendo-lhes os pensamentos.

Ela ergueu um dos pratos alguns centímetros no ar, fazendo-o lembrar-se de por que se aproximara.

– Realmente gosto de bolo – disse Hugh.

Ela se sentou perto dele, pondo os pratos na mesa.

– Parecia solitário.

Hugh sorriu de novo. Esse era o tipo de coisa que um adulto nunca diria em voz alta. Exatamente o motivo de ele preferir conversar com ela a fazê-lo com qualquer outra pessoa ali.

– Eu estava sozinho, não solitário.

Frances franziu a testa, pensando nisso. Hugh estava prestes a explicar a diferença quando ela ergueu a cabeça e perguntou:

– Tem certeza?

– Sozinho é uma condição passageira – explicou ele –, enquanto solitário...

– Eu sei – interrompeu-o Frances.

Ele a encarou.

– Então acho que não entendi sua pergunta.

Ela inclinou a cabeça para o lado.

– Só estava me perguntando se uma pessoa sempre sabe quando está solitária.

Ela era uma pequena filósofa.

– Quantos anos tem? – perguntou Hugh, concluindo que não ficaria surpreso se ela abrisse a boca e dissesse que tinha 42.

– Onze – revelou, espetando o garfo no bolo e recolhendo habilmente o glacê entre as camadas. – Mas sou muito precoce.

– Percebe-se.

Frances não disse nada, mas ele a viu sorrir enquanto dava uma mordida.

– Gosta de bolo? – perguntou ela, limpando delicadamente o canto da boca com um guardanapo.

– Quem não gosta? – murmurou Hugh, sem salientar que já dissera que gostava.

Frances olhou para o prato intocado dele.

– Então por que não comeu nada?

93

– Estou pensando – respondeu ele, os olhos varrendo a sala e se fixando na sorridente irmã mais velha dela.

– Não consegue comer e pensar ao mesmo tempo? – indagou Frances.

Era um desafio, por isso Hugh se concentrou na fatia de bolo à sua frente, deu uma grande mordida, mastigou, engoliu e disse:

– 541 vezes 87 é igual a 47.067.

– Está inventando isso – contrapôs Frances imediatamente.

Hugh deu de ombros.

– Sinta-se à vontade para conferir a resposta.

– Não posso fazer isso *aqui*.

– Então terá que acreditar na minha palavra, não é?

– Desde que saiba que eu *poderia* conferir sua resposta se tivesse os meios adequados – declarou Frances de forma atrevida. A menina franziu a testa, mantendo os olhos nele.

– Fez esse cálculo de cabeça?

– Sim – confirmou Hugh.

Ele comeu outro pedaço do bolo. Realmente estava saboroso. O glacê parecia ter sido aromatizado com lavanda. Marcus sempre gostara de doces, lembrou-se.

– Isso é *brilhante*. Eu queria saber fazer isso.

– Às vezes vem a calhar.

Ele comeu mais bolo.

– E às vezes não – emendou.

– Sou muito boa em matemática – disse Frances sem rodeios –, mas não em fazer cálculos de cabeça. Preciso escrever tudo.

– Não há nada de errado com isso.

– Não, claro que não. Sou muito melhor do que Elizabeth – contou a menina, com um grande sorriso. – Ela detesta que eu seja, mas sabe que isso é verdade.

– Qual delas é Elizabeth?

Hugh provavelmente sabia quem era ela, mas sua memória, que gravava cada palavra de uma página, nem sempre era confiável com nomes e rostos.

– A que é só um pouco mais velha do que eu. De vez em quando ela é desagradável, mas na maioria das vezes nos damos bem.

– Todos são desagradáveis de vez em quando – ressaltou Hugh.

Isso a fez parar.

– Até mesmo o senhor?

– Ah, principalmente eu.

Frances pestanejou algumas vezes. E provavelmente decidiu que preferia o rumo anterior da conversa, porque quando abriu a boca de novo foi para perguntar:

– Tem irmãos ou irmãs?

– Tenho um irmão.

– Qual é o nome dele?

– Frederick. Eu o chamo de Freddie.

– Gosta dele?

Hugh sorriu.

– Muito. Mas não o vejo com frequência.

– Por que não?

Hugh não queria pensar em todos os motivos para isso, então se concentrou no único que era adequado para os ouvidos dela.

– Ele não mora em Londres. E eu, sim.

– Isso é péssimo.

Frances espetou o garfo no bolo, espalhando distraidamente o glacê.

– Talvez possa vê-lo no Natal.

– Talvez – mentiu Hugh.

– Ah, eu me esqueci de perguntar – disse ela. – É melhor em aritmética do que ele?

– Sou, sim – confirmou Hugh. – Mas ele não liga.

– Harriet também não. Ela é cinco anos mais velha do que eu e ainda sou melhor do que ela.

Sem ter nenhuma resposta para dar, Hugh só mexeu a cabeça.

– Ela gosta de escrever peças de teatro – continuou Frances. – Não se interessa por números.

– Deveria se interessar – disse Hugh, relanceando os olhos novamente para a celebração do casamento.

Lady Sarah estava dançando com um dos irmãos Bridgertons. O ângulo não permitia que Hugh soubesse exatamente qual. Ele se lembrou de que três dos irmãos eram casados, mas um, não.

– Ela é muito boa nisso – comentou Frances.

De fato, pensou Hugh, ainda observando Sarah. Ela dançava linda-

95

mente. Quase a ponto de fazer com que a pessoa se esquecesse de sua língua ferina.

– Ela vai pôr um unicórnio na próxima.

Um uni…

– O quê?

Hugh se virou de novo para Frances, piscando repetidamente.

– Um unicórnio – repetiu a menina, encarando-o de forma assustadoramente firme. – Já ouviu falar, não é?

Meu Deus, ela estava zombando dele? Teria ficado impressionado se isso não fosse tão ridículo.

– É claro – respondeu.

– Sou louca por unicórnios – disse Frances com um sorriso extasiado. – Eu os acho brilhantes.

– Inexistentemente brilhantes.

– É o que *pensamos* – respondeu ela com adequada dramaticidade.

– Lady Frances – disse Hugh com sua voz mais didática –, deve saber que os unicórnios são criaturas míticas.

– Os mitos têm que vir de algum lugar.

– Eles *vieram* da imaginação dos bardos.

Ela encolheu os ombros e comeu um pedaço de bolo.

Hugh ficou atônito. Estava mesmo debatendo a existência de unicórnios com uma garota de 11 anos?

Ele tentou encerrar o assunto. E descobriu que não conseguia. Aparentemente *estava* debatendo a existência de unicórnios com uma garota de 11 anos.

– Nunca houve um registro de avistamento de unicórnio – disse ele.

Nesse momento, para sua grande irritação, percebeu que parecia tão rígido e formal quanto Sarah parecera ao se irritar com seus planos de praticar tiro ao alvo com o primo dela.

Frances ergueu o queixo.

– Nunca vi um leão, mas isso não quer dizer que os leões não existam.

– Pode nunca ter visto um leão, mas centenas de pessoas os viram.

– Não se pode provar que algo *não* existe – contrapôs Frances.

Hugh parou. Ela o pegara.

– Pois então – disse Frances com orgulho, percebendo que ele fora forçado a recuar.

– Muito bem – disse Hugh, balançando a cabeça em aprovação. – Não posso provar que os unicórnios não existem, mas você *também* não pode provar que eles existem.

– É verdade – reconheceu Frances com delicadeza. – Gosto do senhor, lorde Hugh.

Por um segundo ela soou exatamente como lady Danbury. Hugh se perguntou se deveria ter medo.

– Não fala comigo como se eu fosse uma criança – disse Frances.

– Você *é* uma criança – salientou ele.

– Bem, sim, mas não fala comigo como se eu fosse uma idiota.

– Não é uma idiota.

– Eu *sei*.

Ela começava a parecer um pouco exasperada. Hugh a encarou por um momento.

– Então o que quer dizer?

– Só isso... Ah, olá, Sarah.

– Frances. – Ele ouviu a voz agora familiar de lady Sarah Pleinsworth. – Lorde Hugh.

Hugh se levantou, apesar de isso ter sido difícil por causa da perna.

– Ah, não precisa... – começou Sarah.

– Preciso – interrompeu-a bruscamente o cavalheiro.

No dia em que não pudesse mais se levantar na presença de uma dama... Bem, sinceramente ele não queria pensar nisso.

Ela deu um sorriso tenso (e possivelmente constrangido) e então o contornou para sentar-se na cadeira do outro lado de Frances.

– Do que estavam falando?

– De unicórnios – respondeu a menina de pronto.

Sarah contraiu os lábios no que pareceu uma tentativa de manter o rosto sério.

– É mesmo?

– É – respondeu Hugh.

Ela pigarreou.

– Chegaram a alguma conclusão?

– Só que concordamos em discordar – disse Hugh, dando um plácido sorriso. – Como acontece tantas vezes na vida.

Sarah estreitou os olhos.

– Sarah também não acredita em unicórnios – disse Frances. – Nenhuma das minhas irmãs acredita – falou ela, soltando um triste e pequeno suspiro antes de concluir, tristonha: – Estou sozinha em minhas esperanças e meus sonhos.

Hugh viu Sarah revirar os olhos e então disse:

– Tenho a sensação, lady Frances, de que a única coisa em que está sozinha é na enxurrada de amor e devoção que recebe de sua família.

– Ah, não estou sozinha nisso – disse Frances com alegria. – Embora, por ser a filha mais nova, eu desfrute mesmo de certos benefícios.

Sarah bufou.

– Então é verdade? – murmurou Hugh, olhando para ela.

– Ela seria terrível se não fosse tão naturalmente maravilhosa – disse Sarah, sorrindo para a irmã com óbvia afeição. – Meu pai a mima de uma forma abominável.

– É verdade – confirmou Frances.

– Seu pai está aqui? – perguntou Hugh com curiosidade.

Não achava que já houvesse conhecido lorde Pleinsworth.

– Não – respondeu Sarah. – Ele achou que a viagem de Devon para cá seria muito longa. Raramente sai de casa.

– Ele não gosta de viajar – acrescentou Frances.

Sarah concordou com a cabeça.

– Mas ele comparecerá ao casamento de Daniel.

– Ele vai trazer os cães? – perguntou Frances.

– Não sei – respondeu Sarah.

– Mamãe vai...

–... matá-lo, eu sei, mas...

– Cães? – interrompeu Hugh, porque aquilo realmente tinha que ser perguntado.

As duas irmãs Pleinsworths olharam para Hugh como se tivessem se esquecido de que ele estava ali.

– Cães? – repetiu Hugh.

– Meu pai – disse Sarah, escolhendo delicadamente as palavras – aprecia muito seus cães de caça.

Hugh olhou para Frances, que confirmou com a cabeça.

– Quantos? – indagou.

Parecia uma pergunta lógica.

Lady Sarah pareceu relutante em chegar a um número, mas sua irmã mais nova não tinha tantos escrúpulos.

– Cinquenta e três, na última contagem – respondeu Frances. – Mas provavelmente são mais agora. Estão sempre tendo filhotes.

Hugh não conseguiu encontrar uma resposta adequada.

– É claro que não é possível pôr todos em uma carruagem – acrescentou Frances.

– Não – conseguiu responder Hugh. – Não imagino que seja.

– Ele frequentemente diz que prefere a companhia dos animais à dos humanos – disse Sarah.

– Não posso dizer que discorde disso – observou Hugh.

Ele viu Frances abrir a boca para falar, mas rapidamente a silenciou apontando-lhe um dedo.

– Unicórnios *não* contam.

– Eu *ia* falar – disse ela com fingida indignação – que gostaria que ele *trouxesse* os cães.

– Está louca? – perguntou Sarah, enquanto Hugh murmurava:

– Todos os 53?

– Ele provavelmente não traria todos – disse Frances para Hugh, virando-se então para Sarah: – E não, não estou louca. Se ele trouxesse os cães, eu teria com quem brincar. Não há outras crianças aqui.

– A senhorita tem a mim – disse Hugh num impulso.

As duas irmãs Pleinsworths ficaram mudas. Hugh teve a impressão de que isso não era uma ocorrência comum.

– Acho que seria difícil me recrutar para brincar de cabo de guerra – concedeu ele, encolhendo os ombros –, mas ficaria feliz em fazer algo que não exija tanto da minha perna.

– Ah – disse Frances, pestanejando algumas vezes. – Obrigada.

– Essa foi a conversa mais divertida que já tive em Fensmore – disse lorde Hugh à menina.

– É mesmo? – perguntou Frances. – Mas Sarah não ficou incumbida de lhe fazer companhia?

Houve um desconfortável silêncio.

Hugh pigarreou, mas Sarah falou primeiro.

– Obrigada, Frances – agradeceu ela com grande dignidade. – Obrigada por ter ocupado meu lugar à mesa enquanto eu dançava.

– Ele parecia solitário – disse Frances.

Hugh tossiu. Não porque estivesse constrangido, mas porque estava... Maldição, não sabia o que estava sentindo naquele momento. Era muito desconcertante.

– Não que ele *estivesse* – apressou-se a dizer Frances, lançando-lhe um olhar conspirador. – Mas parecia estar.

Ela ficou olhando da irmã para Hugh e dele para a irmã, só então percebendo que talvez tivesse se metido em uma situação delicada.

– E ele precisava de bolo.

– Bem, todos precisamos de bolo – interpôs Hugh.

Não se importava com a possibilidade de lady Sarah sentir-se constrangida, mas não havia nenhuma necessidade de que lady Frances também se sentisse.

– Eu preciso de bolo – anunciou Sarah.

Foi a coisa certa para mudar de assunto.

– Ainda não comeu? – perguntou Frances, surpresa. – Ah, mas devia. Está uma maravilha. O criado me deu um pedaço com flores extras.

Hugh sorriu para si mesmo. Flores extras, de fato. Elas tinham deixado a língua de lady Frances roxa.

– Eu estava dançando – lembrou-lhe Sarah.

– Ah, sim, claro.

Frances fez uma careta e se virou para Hugh.

– Essa é outra grande desvantagem de ser a única criança em um casamento. Ninguém dança comigo.

– Eu lhe asseguro que dançaria – disse ele muito sério. – Mas...

Ele apontou para a bengala.

Frances assentiu em solidariedade.

– Bem, então estou muito feliz por ter vindo conversar com o senhor. Não é nada divertido ficar sentada sozinha quando todos estão dançando.

Ela se levantou e perguntou à irmã:

– Quer que eu lhe traga um pouco de bolo?

– Não, obrigada.

– Mas você acabou de dizer que queria.

– Ela disse que *precisava* – observou Hugh.

Sarah o encarou como se tentáculos houvessem acabado de brotar nele.

– Eu me lembro das coisas – disse Hugh apenas.

– Vou buscar seu bolo – decidiu Frances, afastando-se.

Hugh se entreteve contando quanto tempo lady Sarah levaria para romper o silêncio e falar com ele depois da partida da irmã. Quando chegou a 43 segundos (aproximadamente, porque não tinha um relógio para uma contagem exata), percebeu que teria que ser o adulto da dupla e disse:

– A senhorita gosta de dançar.

Sarah se sobressaltou e, quando se virou para ele, Hugh percebeu em sua expressão que, enquanto ele contava o tempo da pausa na conversa, ela apenas ficara sentada num silêncio perfeitamente possível a um evento social.

Achou isso estranho. Talvez até perturbador.

– Gosto – disse ela, ainda pestanejando de surpresa. – A música é ótima. Realmente faz as pessoas se levantarem e… desculpe-me.

Ela corou, como todos faziam quando diziam algo que poderia se referir à perna dele.

– Eu gostava de dançar – disse Hugh, mais para ser do contra.

– Eu… ah…

Ela pigarreou.

– Agora é difícil, claro.

Os olhos de Sarah assumiram uma vaga expressão de preocupação, por isso ele sorriu e tomou um gole de vinho.

– Achei que não bebesse na presença dos Smythe-Smiths – ressaltou ela.

Ele tomou outro gole – o vinho era mesmo muito bom, como Sarah dissera na noite anterior – e se virou para ela na intenção de responder com sarcasmo, mas, ao vê-la sentada ali com a pele ainda rosada e úmida pelos esforços recentes, algo mudou dentro dele e o pequeno nó de raiva que ele se esforçava tanto para manter enterrado se desfez, surgiu à tona e começou a sangrar.

Nunca voltaria a dançar.

Nunca voltaria a cavalgar, subir em árvores ou andar a passos largos por um salão impressionando uma dama. Havia mil coisas que nunca voltaria a fazer, e, quando achava que seria um homem quem o lembraria disso – um capaz de caçar, boxear e fazer todas aquelas malditas coisas masculinas –, era *ela*, lady Sarah Pleinsworth, com seus belos olhos, pés ágeis e todos os sorrisos que dera aos seus parceiros de dança naquela manhã, quem o fizera.

Não gostava dela. Realmente não gostava, mas, por Deus, teria vendido uma parte de sua alma naquele instante para dançar com ela.

– Lorde Hugh?

A voz dela foi baixa, mas com um pequeno traço de impaciência, apenas o suficiente para alertá-lo de que ele havia ficado calado por tempo de mais.

Tomou outro gole de vinho – um maior desta vez – e disse:

– Minha perna está doendo.

Não estava. Pelo menos não muito, mas bem que poderia estar. Sua perna parecia ser a única razão para tudo em sua vida, e certamente uma taça de vinho não era uma exceção.

– Ah – disse ela, desconfortável, mudando de posição na cadeira. – Sinto muito.

– Não sinta – respondeu ele, talvez mais bruscamente do que pretendera. – Não é culpa sua.

– Sei disso. Mas ainda assim sinto muito por estar doendo.

Ele provavelmente lhe lançou um olhar de descrença, porque ela recuou e disse:

– Não sou desumana.

Hugh a observou atentamente, e de algum modo seu olhar desceu pelo pescoço de Sarah até os contornos delicados da clavícula. Dava para notar cada movimento da respiração, cada diminuta variação na pele dela. Ele pigarreou. Ela sem dúvida era humana.

– Perdoe-me – disse Hugh. – Eu achava que a senhorita considerava meu sofrimento mais do que merecido.

Sarah entreabriu os lábios e ele quase pôde ver sua frase lhe atravessar a mente. O desconforto dela era palpável. Por fim, Sarah encontrou algumas palavras e disse:

– Talvez eu tenha me sentido assim, e não posso me imaginar algum dia sendo benevolente com o senhor, mas estou tentando ser um pouco menos...

Ela se interrompeu e se moveu desconfortavelmente enquanto procurava palavras.

– Estou tentando ser uma pessoa melhor – disse enfim. – E não desejo que sinta dor.

Hugh ergueu as sobrancelhas. Essa não era a Sarah Pleinsworth que ele conhecia.

– Mas não gosto do senhor – completou Sarah de súbito.

Ah. Lá estava ela. Hugh obteve algum conforto em sua rudeza. Estava se sentindo inexplicavelmente cansado e não tinha energia para desvendar aquela Sarah Pleinsworth mais profunda e cheia de nuances.

Podia não gostar da jovem dramática que fazia pronunciamentos grandiosos a plenos pulmões, mas naquele momento... a preferia.

CAPÍTULO 8

$\mathbf{D}$a mesa principal, Sarah podia ver todo o cômodo. Isso lhe possibilitava fitar a recém-casada sem a menor dificuldade. Lá estava a noiva feliz, usando seu vestido de seda em um tom claro de lavanda e tendo um sorriso radiante no rosto. Dali, alguém poderia até fulminar a noiva feliz com os olhos (não querendo, claro, que ela percebesse). Mas, afinal, era por culpa de Honoria que Sarah estava presa ali, sentada perto de lorde Hugh Prentice, que, após uma adorável conversa com a irmã mais nova dela, havia se tornado desagradável e carrancudo.

– Eu devo mesmo trazer à tona o melhor do senhor, não? – murmurou Sarah sem olhar para ele.

– Disse alguma coisa? – perguntou Hugh, também sem olhar para ela.

– Não – mentiu.

Ele se mexeu na cadeira e Sarah olhou para baixo por tempo suficiente para perceber que Hugh estava mudando a posição da perna. Parecia muito confortável com ela esticada à sua frente; Sarah havia notado isso no jantar da noite anterior. Mas, se a mesa da véspera estava repleta de convidados, a de agora estava vazia, exceto por eles dois, e havia bastante espaço para...

– Não está doendo – disse Hugh, sem se virar nem um centímetro na direção dela.

– O que disse? – perguntou Sarah, já que *não* estivera olhando para a perna dele.

De fato, depois de ter notado que ele a estava mantendo bem reta, concentrara-se de propósito em pelo menos meia dúzia de outras coisas.

– A perna – disse Hugh. – Não está doendo agora.

– Ah.

Sarah estava com a resposta na ponta da língua sobre não haver perguntado sobre a perna, mas até mesmo ela sabia quando as boas maneiras exigiam moderação.

– O vinho, imagino – comentou por fim.

Ele não havia bebido muito, mas, se dissera que ajudava a combater a dor, quem era ela para duvidar?

– É difícil dobrar – comentou Hugh, olhando direto para ela. – No caso de estar curiosa.

– É claro que não – apressou-se a dizer Sarah.

– Mentirosa.

Ela ficou boquiaberta. É claro que havia mentido, mas fora por *cortesia*. Chamá-la de mentirosa, por sua vez, não tinha sido nem um pouco cortês da parte dele.

– Se quer saber – continuou Hugh, cortando um pequeno pedaço de bolo com o garfo – é só perguntar.

– Muito bem – retrucou Sarah rispidamente. – Chegou a perder grandes pedaços de carne?

Ele engasgou com o bolo. Isso a deixou muito satisfeita.

– Sim – respondeu.

– De que tamanho?

Hugh pareceu prestes a sorrir de novo, e fazê-lo sorrir não fora a intenção dela. Ele olhou para a perna.

– Eu diria que de uns 15 centímetros cúbicos.

Sarah cerrou os dentes. Que tipo de pessoa respondia em centímetros cúbicos?

– Mais ou menos o tamanho de uma laranja pequena – acrescentou ele, de modo bastante condescendente. – Ou um morango bem grande.

– Eu sei o que é centímetro cúbico.

– É claro que sabe.

E o bizarro foi que ele não pareceu nem um pouco condescendente quando disse *isso*.

– Seu joelho foi ferido? – perguntou Sarah, porque, com os diabos, agora estava curiosa. – É por isso que não consegue dobrá-lo?

– Eu consigo dobrá-lo. Só que não muito bem. E não, meu joelho não foi ferido.

Sarah esperou vários segundos e indagou, praticamente por entre os dentes:

– Então por que não consegue dobrá-lo bem?

– Por causa do músculo – retrucou Hugh, erguendo e abaixando um dos ombros. – Acho que não se estica como deveria por causa dos 15 centímetros cúbicos de... do que mesmo chamou? – Sua voz se tornou desagradavelmente cômica. – Ah, sim, pedaços de carne.

– O senhor me disse para perguntar – rebateu ela, irritada.

– Sim.

Sarah sentiu a própria mandíbula travar. Ele estava tentando fazê-la sentir-se mal? Se existiam regras sociais oficiais que ditavam o comportamento de uma dama diante de um homem parcialmente deficiente, Sarah não as conhecia. No entanto, estava bastante certa de que deveria fingir que não notava a debilidade dele.

A menos que lorde Hugh precisasse de ajuda, caso em que ela *deveria* notar a deficiência, porque seria uma imperdoável falta de sensibilidade ficar parada vendo-o tropeçar. Mas, de qualquer maneira, provavelmente não deveria fazer perguntas.

Não deveria indagar por que ele não conseguia dobrar a perna.

Mas, afinal, não era dever dele, um cavalheiro, não fazê-la sentir-se mal por seu erro?

Honoria lhe devia uma por isso. Provavelmente lhe devia três.

Não sabia três do quê, mas seria de algo importante. Muito importante.

Ficaram quietos, sentados ali, por mais cerca de um minuto, e então Hugh disse:

– Não acho que sua irmã vá voltar com o bolo.

Ele apontou muito discretamente com a cabeça. Frances valsava com Daniel. A expressão no rosto da menina era de puro deleite.

– Ele sempre foi o primo favorito dela – observou Sarah.

Ainda não estava olhando diretamente para Hugh, mas o sentiu concordar com a cabeça.

– Ele tem jeito com as pessoas – disse Hugh.

– É um talento.

– De fato.

Hugh tomou um gole de vinho.

– Um que deduzo que a senhorita também possua.

– Não com todo mundo.

Ele sorriu de forma zombeteira.

– Presumo que esteja se referindo a mim.

Ela estava prestes a dizer "É claro que não", mas ele era inteligente demais para essa resposta. Em vez disso, Sarah ficou em silêncio, sentindo-se uma tola. Uma tola rude.

Ele riu.

– Não deve se criticar por seu fracasso. Sou um desafio até mesmo para a mais afável das pessoas.

Sarah se virou, olhando para o rosto dele totalmente confusa. E incrédula. Que tipo de homem dizia uma coisa dessas?

– O senhor parece se dar bem com Daniel – rebateu, por fim.

Hugh ergueu uma sobrancelha, quase como em desafio.

– E ainda assim – disse, inclinando-se ligeiramente para Sarah – atirei nele.

– Para ser justa, estavam duelando.

Ele quase sorriu.

– Está me defendendo?

– Não – retrucou ela.

Estava? Não, estava apenas puxando conversa. Um talento que, segundo o próprio lorde Hugh, ela devia possuir.

– Diga-me. Teve a intenção de atingi-lo?

Hugh ficou paralisado e por um instante ela achou que fora longe demais. Quando ele falou, foi com calma e perplexidade.

– É a primeira pessoa que me pergunta isso.

– Não é possível.

– Acho que só agora me dei conta disso, mas não, ninguém nunca pensou em me perguntar se tive a intenção de atingi-lo.

Sarah segurou sua língua por alguns segundos. Não mais do que isso.

– Bem, teve?

– Quer dizer, de atingi-lo? Não. É claro que não.

– Deveria dizer isso a ele.

– Daniel sabe.

– Mas...

– Eu disse que ninguém nunca me perguntou – interrompeu-a ele. – Não que nunca dei essa informação.

– Imagino que o tiro dele também tenha sido acidental.

– Nenhum de nós estava em seu juízo perfeito naquela manhã – declarou Hugh, num tom totalmente inexpressivo.

Sarah assentiu. Não soube por quê; não estava concordando com nada, só sentiu que devia responder. Que ele merecia uma resposta.

– No entanto – disse lorde Hugh, olhando diretamente para a frente –, fui eu quem o desafiou para o duelo e quem atirou primeiro.

Ela olhou para a mesa. Não sabia o que dizer.

Hugh se pronunciou de novo, em voz baixa, mas com inconfundível convicção.

– Nunca culpei seu primo por minha lesão.

E então, antes que ela pudesse ao menos pensar em como responder, lorde Hugh se levantou tão abruptamente que bateu com a perna machucada na mesa, derrubando um pouco de vinho de uma taça esquecida por alguém. Quando Sarah ergueu os olhos, viu-o fazer cara de dor.

– O senhor está bem? – perguntou por educação.

– Estou.

– É claro que está – murmurou Sarah.

Os homens sempre estão "bem".

– O que quer dizer com isso? – disparou Hugh.

– Nada – mentiu ela, levantando-se. – Precisa de ajuda?

Os olhos de Hugh brilharam de raiva por ela ter feito aquela pergunta. Mas, quando ele ia dizer que não precisava, a bengala caiu no chão com um estrondo.

– Deixe-me pegá-la.

– Eu posso...

– Já *peguei* – disse Sarah, irritada.

Meu Deus, o homem quase a impedia de ser atenciosa.

Hugh suspirou e então disse, com certa relutância:

– Obrigado.

Ela lhe estendeu a bengala e indagou, com muita cautela:

– Posso acompanhá-lo até a porta?

– Isso não é necessário – respondeu ele bruscamente.

– Talvez não para o senhor – replicou ela.

Isso pareceu despertar a curiosidade de Hugh.

– Creio que está ciente de que fui encarregada do seu bem-estar.

– Deveria parar de me bajular, lady Sarah. Isso vai me subir à cabeça.

– Não fugirei ao meu dever.

Ele a encarou por um longo momento e, depois, fixou o olhar nos cerca de vinte convidados que estavam dançando.

Sarah respirou fundo, tentando não morder a isca. Provavelmente não deveria tê-lo deixado sozinho à mesa, mas tinha se sentido feliz e gostava de dançar. Honoria na certa não esperava que ela ficasse ao lado dele o tempo todo. Além disso, havia várias outras pessoas à mesa quando ela se levantara. E voltara ao perceber que ele estava apenas na companhia de Frances.

Embora, verdade fosse dita, ele parecesse preferir Frances.

– É estranho – murmurou Hugh – ser o dever de uma jovem dama. Não posso dizer que já tive esse prazer.

– Fiz uma promessa para minha prima – rebateu Sarah com voz firme. Para não mencionar o julgamento que Iris fizera dela. – Sendo um cavalheiro, o senhor deveria me permitir ao menos tentar cumprir essa promessa.

– Muito bem – disse Hugh, não com uma voz zangada.

Tampouco foi uma voz resignada, divertida ou algo que ela pudesse discernir.

Ele lhe estendeu o braço como qualquer cavalheiro faria, mas ela hesitou. Deveria aceitar? Isso o faria perder o equilíbrio?

– Não vou cair – disse Hugh.

Ela aceitou.

Hugh inclinou a cabeça na direção dela.

– A menos, é claro, que me empurre.

Ela se sentiu corar.

– Ora, vamos, lady Sarah. Certamente sabe apreciar uma piada. Ainda mais se for a meu respeito.

Sarah se forçou a dar um sorriso, que saiu tenso.

Lorde Hugh riu e eles se dirigiram à porta, andando mais rápido do que ela esperava. Ele mancava bastante, mas parecia ter descoberto o melhor modo de compensar isso. Provavelmente precisara reaprender a andar, percebeu Sarah com espanto. Devia ter demorado meses, talvez anos.

E provavelmente fora doloroso.

Algo parecido com admiração começou a vibrar dentro dela. Lorde Hugh continuava rude e irritante, e ela não gostava da companhia dele, mas pela primeira vez desde aquele fatídico duelo, três anos e meio antes, Sarah percebeu que o admirava. Ele era forte. Não do tipo que se gabaria dizendo: "Olhe só a facilidade com que ponho uma jovem dama em cima de um cavalo!", embora pelo visto pudesse fazer isso também. Estavam de braços dados e não havia nada de fraco nele.

Hugh Prentice era forte por dentro, onde realmente importava. Tinha que ser, para se recuperar daquela lesão.

Sarah engoliu em seco, seus olhos tentando focar em qualquer outra coisa enquanto continuava a andar ao lado dele. Sentia-se instável, como se o chão tivesse de repente se inclinado um pouco ou o ar houvesse se tornado rarefeito. Passara os anos anteriores detestando aquele homem e, embora não a tivesse consumido, essa raiva de algum modo a definira.

Lorde Hugh Prentice fora sua desculpa. Sua constante. Quando o mundo mudava ao redor dela, ele continuava a ser seu objeto de repulsa. Era frio, um homem sem coração e sem consciência. Havia arruinado a vida de seu primo e nunca se desculpara por isso. Ele era horrível de um modo que significava que nada na vida poderia ser *tão ruim*.

E agora Sarah havia encontrado algo nele para admirar. Isso não era típico dela. Era Honoria quem via o lado bom das pessoas; Sarah guardava rancor.

E não mudava de ideia.

Exceto às vezes, ao que tudo indicava.

– Quando eu for embora, vai dançar para alegrar seu coração? – perguntou subitamente lorde Hugh.

Sarah se sobressaltou, tão perdida em seus pensamentos que a voz dele soou alta demais.

– Sinceramente, não pensei nisso – respondeu.

– Deveria ter pensado – declarou Hugh em voz baixa. – Dança muitíssimo bem.

Ela entreabriu os lábios, surpresa.

– Sim, lady Sarah. Isso foi um elogio.

– Não sei o que fazer com ele.

– Eu recomendaria que o aceitasse de bom grado.

– Baseado em sua experiência pessoal?

– Certamente não. Quase nunca aceito elogios de bom grado.

Sarah o observou esperando encontrar um olhar astuto, talvez até mesmo travesso, mas seu rosto continuava impassível como sempre. Ele nem sequer estava olhando para ela.

– O senhor é um homem muito estranho, lorde Hugh Prentice – declarou Sarah em voz baixa.

– Eu sei – concordou ele.

Eles passaram pelo corpulento tio-avô de Sarah (e pela notavelmente alta esposa dele) para chegar à porta do salão de baile. Porém, antes de poderem concluir a fuga, foram interceptados por Honoria, que ainda irradiava tanta felicidade que Sarah achou que ela devia estar com as bochechas doendo de tanto sorrir. Frances estava ao seu lado, segurando-lhe a mão e se esbaldando no brilho da noiva.

– Não podem ir embora tão cedo! – exclamou Honoria.

E então, apenas para provar a Sarah e Hugh que era impossível sair de um salão cheio de Smythe-Smiths sem serem notados, Iris subitamente se materializou do outro lado de Honoria, corada e ofegante da dança escocesa que acabara de terminar.

– Sarah – disse Iris, rindo e ligeiramente embriagada. – E lorde Hugh. Juntos. De novo.

– Ainda – corrigiu-a Hugh, para grande mortificação de Sarah.

Ele fez uma gentil mesura para Iris e depois se virou para Honoria, dizendo:

– O casamento está lindo, lady Chatteris, mas devo me recolher ao meu quarto para descansar.

– E eu devo acompanhá-lo – anunciou Sarah.

Iris deu uma risada.

– Não até o quarto dele – emendou Sarah às pressas.

Deus do céu.

– Apenas até a escada. Ou talvez... – continuou ela.

Ele precisava de ajuda na escada? Deveria oferecê-la?

– É... até o alto da escada, se quiser...

– Até onde quiser me levar – disse Hugh, num tom que era ao mesmo tempo benevolente e provocador.

Sarah apertou os dedos no braço dele, esperando que isso doesse.

– Mas eu não quero que vocês vão embora – reclamou Honoria.

– Eles formam mesmo um belo par – comentou Iris com um sorriso.

– Você é muito gentil, Iris – grunhiu Sarah.

– Foi ótimo vê-lo, lorde Hugh – disse Iris com uma reverência um pouco rápida demais. – Receio que tenham que me dar licença. Prometi a Honoria que encontraria o primo Rupert e dançaria com ele. Sabem como é, devo cumprir meus deveres!

Ela se despediu com um aceno alegre e se afastou.

– Graças a Deus temos Iris – disse Honoria. – Não sei o que Rupert comeu esta manhã, mas ninguém quer ficar perto dele. É tão bom saber que posso contar com minhas primas!

E o punhal que Iris acabara de cravar no coração de Sarah se torceu um pouco. Se achava que logo se livraria de lorde Hugh, estava redondamente enganada.

– Deveria agradecer a ela depois – continuou Honoria, dirigindo-se diretamente a Sarah. – Sei quanto você e o primo Rupert não... ah...

A voz da noiva foi sumindo quando ela se lembrou de que lorde Hugh estava em pé na sua frente. Nunca era educado expor diferenças familiares em público, ainda que já tivesse feito exatamente isso na véspera.

– Bem – declarou, após pigarrear –, agora não precisa dançar com ele.

– Porque Iris vai dançar – completou Frances, prestativa, como se Sarah não tivesse entendido isso.

– Realmente temos que ir – disse Sarah.

– Não, não, não podem – protestou Honoria, segurando as mãos de Sarah. – Quero que você fique aqui. É minha prima mais querida.

– Mas só porque eu sou nova demais – sussurrou Frances para Hugh.

– Por favor, Sarah – disse Honoria e depois virou o rosto na direção de Hugh. – E o senhor também, lorde Hugh. Isso significaria muito para mim.

Sarah cerrou os dentes. Se aquilo tivesse partido de qualquer outra pessoa, ela teria lhe virado as costas e saído a passos largos. Mas Honoria não estava tentando bancar a casamenteira. Não era ardilosa e, mesmo que fosse, nunca agiria de forma tão óbvia. Na verdade, a questão era que sua felicidade era tanta que ela queria que todos se sentissem como ela e simplesmente não conseguia imaginar que alguém pudesse ficar mais feliz em outro lugar que não fosse aquele salão.

– Sinto muito, lady Chatteris – murmurou lorde Hugh –, mas creio que devo descansar a perna.

– Ah, mas então deve ir para a sala de estar – respondeu Honoria de pronto. – Estamos servindo bolo lá para os convidados que não querem dançar.

– Sarah não comeu bolo! – exclamou Frances. – Era para eu ter levado um pedaço para ela.

– Tudo bem, Frances – assegurou-lhe Sarah. – Eu...

– Ah, você tem que comer o bolo – disse Honoria. – A Sra. Wetherby trabalhou com a cozinheira durante semanas para acertar a receita.

112

Sarah não duvidava disso. Honoria era louca por doces; sempre fora.

– Vou com você – disse Frances.

– Seria ótimo, mas...

– E lorde Hugh também pode vir!

Ao ouvir isso, Sarah se virou para a irmã caçula, desconfiada. Honoria podia estar apenas tentando tornar todo mundo tão feliz quanto ela, mas os motivos de Frances raramente eram tão puros.

– Muito bem – concordou Sarah, antes de se dar conta de que era lorde Hugh quem deveria responder.

– Marcus e eu iremos daqui a pouco até a sala de estar cumprimentar os convidados – declarou Honoria.

– Como quiser, milady – disse Hugh com uma pequena mesura.

Nada em sua voz revelou irritação ou impaciência, mas Sarah não se deixou enganar. Era estranho que o tivesse conhecido bem o suficiente em apenas um dia para perceber que ele estava furioso. Ou, no mínimo, um pouco irritado.

Seu rosto, porém, continuava pétreo como sempre.

– Vamos? – murmurou ele.

Sarah assentiu com a cabeça e eles prosseguiram na direção da porta. Mas, ao chegar ao corredor, ele disse:

– Não precisa me acompanhar até a sala de estar.

– Ah, preciso sim – murmurou ela, pensando em Iris, que ficava esfregando isso na sua cara, em Honoria, que não o fazia, e até mesmo em Frances, que esperava que ela estivesse lá quando chegasse com o bolo. – Mas, se quiser se recolher, me desculparei em seu nome.

– Eu prometi para a noiva.

– Eu também.

Hugh a encarou por um momento a mais do que seria confortável e depois disse:

– Suponho que não seja do tipo que quebra suas promessas.

Foi sorte de Hugh que ela já houvesse soltado o braço dele, caso contrário teria lhe partido o osso em dois naquele instante.

– Não, não sou.

Ele a encarou de novo. Ou talvez não tivesse encarado, mas era muito estranho o modo como ele deixava os olhos se fixarem no rosto dela antes de falar. Fazia isso com outras pessoas também; ela notara isso na noite anterior.

– Muito bem, então – disse Hugh. – Creio que estão à nossa espera na sala de estar.

Sarah olhou de relance para ele e depois voltou a olhar para a frente.

– Realmente gosto de bolo.

– Planejava se negar um pedaço de bolo apenas para me evitar? – perguntou Hugh enquanto eles continuavam a andar pelo corredor.

– Não exatamente.

Ele olhou para Sarah de esguelha.

– "Não exatamente"?

– Eu ia voltar para o baile depois que o senhor fosse embora – admitiu. – Ou pedir que me levassem um pedaço no quarto.

Um momento depois, acrescentou:

– E não estava tentando evitá-lo.

– Não?

– Não, eu...

Ela sorriu para si mesma.

– Não exatamente.

– "Não exatamente"? – repetiu ele, mais uma vez.

Sarah não explicou. Não podia, porque nem mesmo ela sabia o que quisera dizer. Só que talvez já não o detestasse tanto assim. Ou pelo menos não o suficiente para se negar um pedaço de bolo.

– Tenho uma pergunta – disse Sarah.

Ele ergueu a cabeça, indicando que ela deveria prosseguir.

– Ontem, quando estávamos na sala de estar, quando o senhor... é...

– Quando a acordei? – completou Hugh.

– Sim – respondeu Sarah, perguntando-se por que era tão constrangedor dizer aquilo. – Bem, quero dizer depois disso. O senhor falou algo sobre 10 libras.

Ele deu uma risada, um som baixo que pareceu sair do fundo de sua garganta.

– Queria que eu fingisse um desmaio – lembrou-lhe Sarah.

– Poderia ter feito isso?

– Fingir um desmaio? Espero que sim. Esse é um talento que toda dama deveria ter.

Ela lhe deu um sorriso atrevido e perguntou:

– Marcus realmente lhe ofereceu 10 libras se eu desmaiasse no gramado?

– Não – admitiu lorde Hugh. – Seu primo Daniel achou que ver nós dois armados com pistolas poderia ser o suficiente para uma dama desmaiar.

– Não só eu – disse ela, sentindo-se impelida a esclarecer.

– Não. E então Daniel anunciou que lorde Chatteris pagaria 10 libras a cada um de nós se conseguíssemos fazer uma dama desmaiar.

– Marcus concordou com isso?

Sarah não podia pensar em nada menos típico dele, exceto pular em um palco e dançar sozinho diante de todos.

– Claro que não. Pode imaginar uma coisa dessas?

Então lorde Hugh deu um sorriso real e verdadeiro, que se revelou em mais do que nos cantos da boca. Chegou-lhe aos olhos, fazendo aquelas profundezas verdes brilharem, e pelo mais espantoso e *terrível* momento ele se tornou quase bonito. Não, não: sempre fora bonito. Quando sorria se tornava...

Atraente.

– Ah, meu Deus!

Sarah se sobressaltou e deu um pulo para trás. Nunca beijara um homem. Nunca *ao menos* quisera beijar, e estava começando com Hugh Prentice?

– Algo errado?

– Não... não. Quero dizer, sim. Isto é, havia uma aranha!

Ele olhou para o chão.

– Uma aranha?

– Ela foi para lá – garantiu Sarah, apontando para a esquerda. E um pouco para a direita também.

Lorde Hugh franziu a testa e se apoiou na bengala enquanto inclinava o corpo para olhar melhor para o corredor.

– Tenho pavor de aranhas – disse Sarah.

Não era a verdade absoluta, mas quase. Certamente não gostava delas.

– Bem, não a estou vendo agora.

– Devo ir buscar alguém? – perguntou Sarah.

Na verdade, estava pensando que talvez fosse uma boa ideia andar pela casa, talvez até os aposentos dos criados. Se não visse Hugh Prentice, aquela loucura iria passar, certo?

– Para procurá-la, sabe? – continuou, seguindo em frente. – E matá-la. Meu Deus, pode haver um ninho!

– Estou certo de que as criadas de Fensmore nunca deixariam passar uma coisa dessas.

– Mesmo assim – disse Sarah com voz estridente.

E então estremeceu, porque a voz saiu horrível.

– Não seria melhor chamar um lacaio? – sugeriu Hugh.

Ele apontou para a sala de estar, que estava a apenas alguns metros de distância.

Sarah concordou com a cabeça, porque claro que ele tinha razão, e já se sentia voltando ao normal. Seu coração estava batendo mais devagar e, se não olhasse para a boca de Hugh, a vontade de beijá-lo passaria. Quase.

Ela endireitou os ombros. Podia fazer isso.

– Obrigada pela gentil companhia – declarou ela, entrando na sala de estar.

Estava vazia.

– Bem, isso é muito estranho – disse Sarah.

Hugh contraiu os lábios.

– De fato.

– Eu não estou certa... – começou Sarah, mas não precisou pensar no que dizer a seguir, porque lorde Hugh havia se virado para ela com os olhos ligeiramente estreitados.

– Sua prima – começou ele. – Ela não...

– Não! – exclamou Sarah. – Quero dizer, não – continuou, em um tom de voz muito mais apropriado. – Iris talvez, mas não Hon...

Ela se interrompeu. A última coisa que queria era que ele pensasse que qualquer uma das Smythe-Smiths estava tentando uni-los.

– Olhe! – disse, a voz saindo excessivamente clara e alta.

Ela apontou para uma mesa à esquerda.

– Pratos vazios. Havia pessoas aqui. Acabaram de sair.

Hugh não disse nada.

– Devemos nos sentar? – perguntou Sarah, desconfortável.

Ele continuou sem dizer nada. Mas virou a cabeça para olhar para ela de modo mais direto.

– E esperar? – sugeriu Sarah. – Já que dissemos que faríamos isso?

Sentiu-se ridícula. E nervosa. Mas agora achava que tinha de provar algo para si mesma, que podia ficar na mesma sala que ele e se sentir perfeitamente normal.

– Frances espera que estejamos aqui – acrescentou, já que lorde Hugh emudecera.

116

Sarah supôs que ele estava apenas pensando, mas não podia pensar e conversar ao mesmo tempo? Ela fazia isso sem dificuldade.

– Primeiro a senhorita, lady Sarah – disse ele, por fim.

Ela foi até um sofá azul e dourado, percebendo que era o mesmo em que havia dormido no dia anterior, quando Hugh a acordara. Ficou tentada a olhar para trás enquanto caminhava para se certificar de que ele não precisava de ajuda. O que era absurdo, porque sabia muito bem que ele não precisava, pelo menos não para uma tarefa tão simples como aquela.

Mas queria fazer isso e, quando finalmente chegou ao sofá e se sentou, ficou aliviada por ver Hugh por perto. Ele estava apenas alguns passos atrás e, um momento depois, sentou-se na poltrona azul que ocupara no dia anterior.

Déjà-vu, pensou Sarah, exceto pelo fato de que tudo era diferente agora. Tudo menos os lugares onde estavam sentados. Passara-se apenas um dia, mas seu mundo tinha virado de cabeça para baixo.

CAPÍTULO 9

– D éjà-vu – gracejou Sarah.

Hugh estava pensando o mesmo. Só que não era tudo exatamente igual. A mesa não estava onde estivera no dia anterior. Ao sentar-se, ele avaliou que estava mais perto.

– Algum problema? – perguntou Sarah.

Hugh sentiu que franzia a testa.

– Não, é só...

Ele mudou de posição. Seria muito difícil mover a mesa? Ainda estava coberta de pratos sujos. Ele poderia empurrá-los para o lado...

– Ah! – disse Sarah. – Precisa esticar a perna. É claro.

– Acho que a mesa não está no mesmo lugar de ontem – explicou Hugh.

Sarah olhou para a mesa e depois de volta para ele.

– Eu tinha espaço para estender minha perna – esclareceu.

– Então terá – apressou-se a dizer Sarah.

Ela se levantou e Hugh quase gemeu. Ele se apoiou nos braços da poltrona preparando-se para se levantar, mas lady Sarah pousou uma das mãos sobre a dele e disse:

– Não, por favor, não se sinta obrigado a se levantar.

Ele olhou para a mão de Sarah, mas ela foi retirada tão rápido quanto fora posta ali. Sarah começou a levar os pratos para outra mesa.

– Não – protestou Hugh, nem um pouco satisfeito de vê-la realizando tarefas domésticas por causa dele.

Sarah o ignorou.

– Pronto – disse, pondo as mãos no quadril enquanto examinava a mesa parcialmente limpa.

Ela ergueu os olhos para Hugh.

– É mais confortável pôr seu pé no chão ou em cima da mesa?

Meu Deus! Hugh não podia acreditar que ela estava perguntando aquilo.

– Não vou pôr meu pé em cima da mesa.

– Faz isso na sua casa?

– É claro, mas...

– Então respondeu à minha pergunta – retrucou Sarah alegremente, voltando aos pratos sujos.

– Lady Sarah, pare.

Ela continuou a limpar e não se deu ao trabalho de olhar para Hugh.

– Não.

– Eu insisto.

Aquilo era muito estranho. Lady Sarah Pleinsworth estava retirando pratos sujos e preparando-se para mudar a mobília de lugar. E fazia isso para *ajudá-lo*, o que era ainda mais surpreendente.

– Fique quieto e deixe que eu o ajude – disse ela com uma firmeza um pouco excessiva.

Hugh ficou boquiaberto. O espanto dele deve ter dado certo prazer a Sarah, porque ela esboçou um sorriso e, depois, assumiu uma expressão presunçosa.

– Não sou incapaz – murmurou Hugh.

– Não achei que fosse.

Os olhos escuros de Sarah brilharam e, quando ela se virou para continuar retirando os pratos, Hugh compreendeu algo que foi como um vento quente do deserto a atingi-lo.

Eu a desejo.

Ele prendeu a respiração.

– Algo errado? – perguntou ela.

– Não – resmungou Hugh.

Mas a desejava.

Sarah ergueu os olhos para ele.

– Sua voz soou estranha. Como se... bem, não sei o quê.

Ela voltou a retirar os pratos, falando enquanto trabalhava.

– Talvez como se estivesse com dor.

Hugh permaneceu em silêncio, tentando não observá-la enquanto ela se movia pela sala de estar. Meu Deus, *o que* havia acontecido com ele? Sim, ela era muito bonita e, sim, o corpete de veludo do vestido se ajustava de tal modo que um homem não teria como não notar as formas exatas – perfeitas – dos seios dela.

Mas ela era Sarah Pleinsworth. Menos de 24 horas antes, Hugh a odiava. Talvez *ainda* a odiasse um pouco.

E não sabia como era um vento quente do deserto. De onde diabos essa ideia surgira?

Sarah pousou o último prato e se virou para ele.

– Acho que precisamos pôr seu pé em cima da mesa e depois empurrá-la na sua direção para que apoie o resto da perna.

Por um momento Hugh não se moveu. Não conseguiu. Ainda tentava descobrir o que diabos estava acontecendo.

– Lorde Hugh – disse Sarah, ansiosa. – Sua perna?

Ele percebeu que não havia como impedi-la. Então, em sua mente, pediu desculpas aos anfitriões, depois apoiou a bota na mesa.

Foi bom esticar a perna.

– Espere – disse Sarah, indo para o lado dele da mesa. – Não está apoiando o joelho.

Ela se aproximou e empurrou a mesa para mais perto, mas o móvel ficou na diagonal.

– Ah, sinto muito.

Então foi até as costas da poltrona dele.

– Só um momento.

Sarah deu um passo de lado, no vão entre o sofá e a poltrona, bem perto de Hugh. Não estavam se tocando, mas ele pôde sentir o calor que emanava da pele dela.

– Com licença – disse Sarah, ofegante.

Hugh virou a cabeça.

Realmente não devia ter feito isso.

Lady Sarah tinha se inclinado para se apoiar e aquele vestido… o decote… tão perto dele…

Hugh mudou de posição em sua poltrona de novo, e dessa vez isso não teve nada a ver com sua lesão.

– Pode levantar um pouco? – perguntou Sarah.

– O quê?

– Sua perna.

Graças a Deus Sarah não estava olhando para ele, porque Hugh não conseguia parar de fitá-la. A fenda entre os seios estava muito próxima e ele foi envolvido pelo cheiro que emanava dela: limão, madressilva e algo muito mais natural e sensual.

Sarah havia dançado a manhã toda até ficar ofegante de cansaço. Só pensar nisso já o deixava tão desesperado por ela que Hugh achou que poderia parar de respirar.

– Precisa de ajuda? – indagou Sarah.

Por Deus, sim. Não estivera com uma mulher desde sua lesão, e a verdade era que não o quisera. Tinha as mesmas necessidades de qualquer homem, mas era tão difícil imaginar que alguma mulher ainda pudesse desejá-lo mesmo com a perna arruinada que não se permitira desejar ninguém.

Até aquele momento, quando o desejo o atingira como...

Ah, maldição, não como um vento quente do deserto. Tudo menos um vento quente do deserto.

– Lorde Hugh – disse Sarah, com impaciência –, o senhor me ouviu? Se levantar sua perna, será mais fácil eu empurrar a mesa.

– Desculpe-me – murmurou ele, erguendo a perna alguns centímetros.

Sarah empurrou a mesa, que roçou na parte superior da bota e prendeu um pouco, forçando-a a dar um passo para manter o equilíbrio.

Ela estava tão perto que agora ele poderia estender a mão e tocá-la. Seus dedos apertaram os braços da poltrona para não ceder a esse desejo.

Queria pegar a mão de Sarah, sentir os dedos dela se enroscarem nos seus e então trazê-los aos lábios. Ele iria beijar-lhe o pulso, senti-lo bater sob a pele pálida.

E então – ah, meu Deus, aquele não era o momento para um devaneio erótico, mas não podia evitá-lo – ergueria os braços dela acima da cabeça, fazendo-a arquear as costas, e, quando a puxasse para si, sentiria cada curva do corpo dela. E então levaria a mão debaixo da saia e a deslizaria do joelho até o meio das pernas.

Queria saber qual seria a temperatura exata dela ali e depois verificar de novo quando ela estivesse enrubescida de desejo.

– Pronto – disse Sarah, aprumando-se.

Era incrível pensar que ela não notara sua aflição, que não sabia que ele estivera prestes a perder o controle.

Ela sorriu, tendo posto a mesa na posição que queria.

– Assim está melhor?

Hugh concordou com a cabeça, sem confiar em si mesmo para falar.

– O senhor está bem? Parece um pouco corado.

Ah, meu Deus.

– Posso lhe oferecer alguma coisa?

Você.

– Não! – respondeu ele, um pouco alto demais.

Como diabos isso havia acontecido? Estava olhando para Sarah Pleinsworth como um estudante excitado e tudo em que conseguia pensar era na forma e na cor dos lábios dela.

Queria conhecer aquela textura.

Sarah pôs uma das mãos na testa dele.

– Posso? – perguntou, mas já o estava tocando antes mesmo de completar a pergunta.

Hugh fez que sim com a cabeça. O que mais poderia ter feito?

– Realmente não parece muito bem – murmurou ela. – Quando Frances chegar com o bolo, vou pedir que lhe traga um pouco de limonada.

Ele assentiu de novo, forçando sua mente a se concentrar em Frances. Que tinha 11 anos. E gostava de unicórnios.

E que, sob nenhuma circunstância, deveria encontrá-lo naquele estado quando entrasse na sala.

Sarah tirou a mão da testa de Hugh e franziu o cenho.

– Está um pouco quente – declarou –, mas nada de mais.

Hugh não imaginava como isso era possível. Apenas alguns momentos antes, parecia estar prestes a pegar fogo.

– Estou bem – disse, quase interrompendo-a. – Só preciso de mais bolo. Ou de limonada.

Sarah o encarou como se uma orelha extra houvesse acabado de brotar nele. Ou como se Hugh tivesse mudado de cor.

– Algo errado? – perguntou Hugh.

– Não – respondeu ela, mas não soou de todo sincera. – É só que o senhor parece diferente.

Ele tentou manter o tom de voz leve quando disse:

– Não sabia que nos conhecíamos bem o suficiente para a senhorita chegar a essa conclusão.

– É estranho – concordou Sarah, voltando a se sentar. – Acho que é só... não importa.

– Não, diga-me – pediu ele.

Conversar era uma ótima ideia. Tirava sua mente de outras coisas e, ainda mais importante, garantia que ela ficasse no sofá, e não inclinada sobre a poltrona.

– O senhor costuma fazer uma pausa antes de falar – observou Sarah.

– Isso é um problema?

– Não, claro que não. Só é… diferente.

– Talvez eu goste de pensar nas minhas palavras antes de falar.

– Não. Não é isso.

Uma pequena risada escapou dos lábios dele.

– Está dizendo que não penso nas minhas palavras antes de dizê-las.

– Não – disse ela, rindo também. – Estou certa de que pensa. É muito inteligente, como certamente sabe que eu sei.

Isso o fez sorrir.

– Não consigo explicar – continuou ela. – Mas quando o senhor olha para uma pessoa… Não preciso ser tão vaga: quando olha para *mim* antes de falar, muitas vezes há um momento de silêncio, e não acho que seja porque está escolhendo suas palavras.

Hugh a observou com atenção. Agora *ela* havia ficado em silêncio e era *ela* quem estava tentando chegar a uma conclusão sobre o que pensava.

– É algo em seu rosto – disse enfim. – O senhor não parece estar tentando decidir o que falar.

De repente ela ergueu os olhos e sua expressão contemplativa desapareceu.

– Desculpe-me, isso foi muito pessoal.

– Não precisa se desculpar. Nosso mundo é cheio de conversas sem sentido. É uma honra participar de uma que não seja.

As bochechas de Sarah adquiriram um leve rubor de orgulho e ela olhou para o outro lado quase com timidez. Naquele momento Hugh percebeu que ele também a conhecia bem o suficiente para saber que aquela não era uma expressão frequente no rosto dela.

– Bem – disse Sarah, movendo as mãos no colo e pigarreando duas vezes antes de prosseguir: – Talvez devêssemos… Frances!

O nome da irmã foi dito com grande fervor e também algum alívio, pensou Hugh.

– Desculpem-me por ter demorado tanto – declarou Frances ao entrar na sala. – Honoria jogou o buquê e eu não queria perder esse momento.

Sarah se endireitou rápida como um raio.

– Honoria jogou o buquê quando eu não estava lá?

Frances pestanejou algumas vezes.

– Bem, sim. Mas eu não me preocuparia com isso. Nunca conseguiria correr mais do que Iris.

– Iris correu?

Sarah ficou boquiaberta e Hugh só poderia descrever a expressão em seu rosto como uma mistura de horror e divertimento.

– Ela pulou – confirmou Frances. – Harriet foi atirada no chão.

Hugh cobriu a boca.

– Não precisa controlar o riso por minha causa – disse Sarah.

– Eu nem tinha percebido que Iris estava interessada em alguém – comentou Frances, olhando para o bolo. – Posso comer um pedaço do seu bolo, Sarah?

Sarah lhe deu permissão com um gesto e acrescentou:

– Não acho que ela esteja.

Frances lambeu o glacê na ponta do garfo.

– Talvez ela acredite que vá descobrir o verdadeiro amor mais rápido se tiver o buquê da noiva.

– Se fosse assim, eu teria pulado na frente de Iris – brincou Sarah.

– Sabe como surgiu a tradição de jogar o buquê da noiva? – indagou Hugh.

Sarah balançou a cabeça.

– Está me perguntando porque sabe ou porque quer saber?

Hugh ignorou o leve sarcasmo dela e prosseguiu:

– As noivas são consideradas sortudas e, muitos séculos atrás, as jovens que queriam um pouco dessa sorte tentavam obtê-la arrancando pedaços do vestido da noiva.

– Que selvageria! – exclamou Frances.

Hugh riu da explosão dela.

– Só posso deduzir que alguma alma inteligente percebeu que, se a noiva oferecesse um símbolo diferente de seu sucesso romântico, isso seria benéfico para a saúde e o bem-estar dela.

– Eu diria que sim – declarou Frances. – Pense em todas as noivas que devem ter sido *pisoteadas*.

Sarah riu e estendeu a mão para pegar o prato com o que restara de seu bolo. Frances fizera progressos significativos com o glacê. Hugh pensou em dizer a Sarah que ficasse com o dele, já que comera um pedaço enquanto a observava dançar. Mas, com a perna em cima da mesa, não conseguia se inclinar para a frente o bastante para deslizar seu prato até ela.

Então apenas a observou comer uma garfada e ouviu Frances falar sobre nada em particular. Sentia-se tão incrivelmente satisfeito que chegou a fechar os olhos por alguns segundos, até que a menina disse:

– Tem um pouco de glacê.

Ele abriu os olhos.

– Bem aqui – dizia ela para Sarah, apontando para a própria boca.

Não havia guardanapos; Frances não pensara em pegar nenhum. Sarah pôs a língua para fora e lambeu o canto dos lábios.

A língua dela. Os lábios dela.

A ruína dele.

Hugh tirou o pé de sobre a mesa e se levantou de forma desajeitada.

– Algo errado? – perguntou Sarah.

– Por favor, transmita minhas desculpas a lady Chatteris – solicitou ele rigidamente. – Sei que ela queria que eu a esperasse, mas preciso mesmo descansar a perna.

Sarah pestanejou, confusa.

– Não era isso que estava…

– É diferente – interrompeu-a ele, embora na verdade não fosse.

– Ah – disse ela.

E foi um "ah" muito impreciso. Podia ter sido de surpresa, satisfação ou até decepção. Hugh não conseguiria distinguir. E a verdade era que não deveria fazê-lo, porque não tinha nada que cobiçar uma mulher como lady Sarah Pleinsworth.

Não mesmo.

CAPÍTULO 10

Na manhã seguinte

Uma longa fila de carruagens se formara na entrada para veículos de Fensmore, à espera dos convidados que se preparavam para deixar Cambridgeshire e viajar até Berkshire – mais especificamente, para Whipple Hill, a casa de campo do conde de Winstead. Seria, como Sarah certa vez dissera, a Grande e Terrível Caravana da Aristocracia Britânica. (Harriet, com uma pena na mão, insistira que esse termo tinha que ser grafado com letras maiúsculas.)

Como Londres não ficava muito longe, alguns dos convidados relegados a ficar em hospedarias próximas preferiram voltar para a cidade. Mas a maioria decidira transformar a dupla celebração em uma festa itinerante que duraria três semanas.

– Meu Deus! – exclamara lady Danbury ao receber seus convites para os dois eventos. – Eles realmente acham que vou reabrir minha casa na cidade por dez dias entre os casamentos?

Ninguém ousara salientar que a casa de campo de lady Danbury ficava em Surrey, muito mais distante de Londres que do trajeto entre Fensmore e Whipple Hill.

Mas o raciocínio de lady Danbury era válido. A alta sociedade se encontrava muito dispersa naquela época do ano, com a maioria das pessoas no Norte, no Oeste ou, mais especificamente, em qualquer outro lugar que não fosse Cambridgeshire, Berkshire ou algum ponto entre eles. Dificilmente alguém via motivo para abrir a própria casa em Londres por menos de duas semanas quando podia desfrutar a hospitalidade de outra pessoa.

No entanto, nem todos eram dessa opinião.

– Refresque minha memória – pediu Hugh a Daniel Smythe-Smith enquanto eles andavam pelo hall de entrada de Fensmore. – Por que não vou voltar para casa?

Era uma viagem de três dias de Fensmore para Whipple Hill, dois caso se apressassem, o que ninguém fazia. Hugh avaliou que, dessa forma, passaria menos tempo em uma carruagem do que se voltasse a Londres e, uma semana depois, rumasse para Berkshire. Ainda assim, seria uma viagem insana. Alguém (Hugh não sabia quem, mas certamente não havia sido Daniel, porque ele nunca tivera cabeça para essas coisas) tinha traçado a rota e marcado todas as hospedarias (bem como quantos quartos cada uma oferecia) e indicado onde cada um deveria dormir.

Hugh torcia para que ninguém que não fosse aos casamentos Chatteris-Smythe-Smith-Wynter estivesse nas estradas nessa semana, porque não haveria quartos disponíveis para todos.

– Você não vai voltar porque sua casa é entediante – respondeu Daniel, dando-lhe um tapinha nas costas. – E porque não possui uma carruagem, o que o forçaria a encontrar lugar na de uma das amigas de minha mãe se fosse voltar para Londres.

Hugh abriu a boca para falar, mas Daniel ainda não havia terminado.

– E isso para não falar em como seria ir para Whipple Hill *saindo* de Londres. Talvez houvesse uma vaga junto com a antiga babá de minha mãe, caso contrário você poderia tentar reservar um assento no coche do correio.

– Terminou? – perguntou Hugh.

Daniel ergueu um dedo como se tivesse uma última coisa a dizer e então o baixou de novo.

– Sim.

– Você é um homem cruel.

– Eu falo a verdade – replicou Daniel. – Além disso, por que você não desejaria ir para Whiple Hill?

Hugh até poderia citar um motivo.

– As festividades começarão assim que chegarmos – continuou Daniel. – Deverá haver uma contínua e magnífica frivolidade até o casamento.

Era difícil imaginar um homem com a alma mais leve e cheia de alegria do que Daniel Smythe-Smith. Hugh sabia que parte disso se devia à breve chegada das núpcias dele com a bela Srta. Wynter, mas, na verdade, Daniel sempre fora um homem que fazia amigos com facilidade e ria com frequência.

Para Hugh, saber que um homem desses fora exilado do país e tivera a vida destruída por sua culpa tornara tudo muito mais difícil para ele. Hugh ainda se surpreendia com o fato de Daniel ter voltado à sua posição na Inglaterra com graça e bom humor. A maioria dos homens teria ansiado por vingança.

Mas Daniel lhe agradecera. Agradecera-lhe por tê-lo encontrado na Itália, depois por ter posto fim à caça às bruxas de seu pai e, finalmente, por sua amizade.

Não havia nada, pensou Hugh, que ele não estivesse disposto a fazer por aquele homem.

– De qualquer maneira, o que você faria em Londres? – perguntou Daniel, gesticulando para que Hugh o seguisse pela entrada de veículos. – Ficaria sentado fazendo contas de cabeça?

Hugh só o encarou.

– Eu o provoco porque o admiro.

– Percebe-se.

– É uma habilidade brilhante – insistiu Daniel.

– Mesmo que isso o tenha feito levar um tiro e ser expulso do país? – perguntou Hugh.

Era verdade o que dissera para lady Sarah: às vezes fazer piada da própria desgraça era a única escolha.

Daniel parou imediatamente e sua expressão se tornou sombria.

– Você entende – disse Hugh – que minha aptidão para números é o motivo de eu sempre ter me destacado nos jogos de cartas.

Os olhos de Daniel pareceram se obscurecer e, quando ele pestanejou, seu rosto assumiu um ar de calma e resignação.

– Já passou, Prentice – disse. – Acabou, e nossas vidas foram recuperadas.

A sua foi, pensou Hugh, e então se odiou por ter pensado isso.

– Nós dois fomos idiotas – afirmou Daniel calmamente.

– Talvez – respondeu Hugh –, mas só um de nós quis o duelo.

– Eu não era obrigado a aceitar.

– Claro que era. Caso contrário não poderia mais aparecer em público.

Era um estúpido código de honra dos jovens cavalheiros de Londres, mas era sagrado. Quando um homem era acusado de trapacear nas cartas, tinha que se defender.

Daniel pôs a mão no ombro de Hugh.

– Eu o perdoei, e acho que você me perdoou.

Na verdade Hugh não perdoara, mas só porque não havia nada a perdoar.

– O que eu gostaria de saber – continuou Daniel com brandura – é se você *se* perdoou.

Hugh não respondeu e Daniel não insistiu. Em vez disso, voltou ao seu tom jovial e declarou:

– Vamos para Whipple Hill. Comeremos, alguns de nós beberão e todos nós ficaremos felizes.

Hugh assentiu de leve com a cabeça. Daniel não bebia mais. Confessara--lhe que não havia tocado em bebida desde aquela fatídica noite. Talvez Hugh devesse seguir o exemplo do amigo, pensava, mas às vezes precisava de algo para aliviar a dor.

– Além disso – disse Daniel –, você tem que chegar lá cedo. Decidi que vai participar do cortejo do casamento.

Isso fez Hugh parar de imediato.

– O que disse?

– Marcus será meu padrinho, é claro, mas acho que preciso de mais alguns cavalheiros do meu lado. Anne tem uma verdadeira frota de acompanhantes.

Hugh engoliu em seco, desejando não se sentir tão desconfortável para aceitar tamanha honra. Porque *era* uma honra, e ele queria dizer que estava grato e que aquilo significava muito. Porque se esquecera de como era tran-quilizador sentir que tinha um amigo verdadeiro.

Mas tudo o que conseguiu foi concordar com a cabeça. O que dissera para Sarah na véspera não era mentira. Não sabia aceitar elogios. Talvez por não acreditar que os merecesse.

– Então está combinado – arrematou Daniel. – Ah! A propósito, encon-trei um lugar para você em minha carruagem favorita.

– O que isso significa? – perguntou Hugh, desconfiado.

Eles haviam saído da casa e estavam quase no fim da escada que levava à entrada para veículos.

– Vejamos – disse Daniel, ignorando a pergunta. – Bem… ali.

Ele apontou para uma carruagem preta relativamente pequena na fila. Não tinha nenhum brasão, mas era elegante e bem-cuidada. Provavelmente era a segunda carruagem de uma das famílias nobres.

– De quem é? – indagou Hugh. – Diga-me que não é de lady Danbury.

– Não é de lady Danbury – respondeu Daniel –, embora, verdade seja dita, ela provavelmente seria uma ótima companheira de viagem.

– Então de quem é?

– Suba e veja.

Hugh havia passado uma tarde inteira e a maior parte da noite convencendo-se de que seu desejo insano por Sarah Pleinsworth resultara de uma loucura momentânea causada por... algo. Talvez mais loucura momentânea. De qualquer modo, passar um dia inteiro perto dela não seria boa ideia.

– Winstead – disse ele em tom de advertência. – Sua prima, não. Estou lhe dizendo, eu já...

– Sabe quantas primas eu tenho? Realmente acha que você poderia evitar todas elas?

– *Winstead.*

– Não se preocupe, posso lhe garantir que o coloquei com o melhor do lote.

– Por que me sinto como se estivesse indo para o matadouro?

– Bem – admitiu Daniel –, você estará em inferioridade numérica.

Hugh se virou.

– O quê?

– Aqui estamos nós!

Hugh èrgueu os olhos no exato momento em que Daniel abriu a porta.

– Damas – disse Daniel, cheio de pompa.

Uma cabeça veio para fora.

– Lorde Hugh!

Era lady Frances.

– Lorde Hugh.

– Lorde Hugh.

E suas irmãs, ao que tudo indicava. Embora, até onde Hugh podia dizer, nenhuma delas fosse lady Sarah.

Ele finalmente conseguiu respirar.

– Algumas das minhas melhores horas foram passadas com essas três damas – declarou Daniel.

– Creio que a viagem de hoje será de nove horas – disse Hugh secamente.

– Nove ótimas horas – enfatizou Daniel. Depois se inclinou para mais perto e sussurrou: – Mas, se eu puder lhe dar um conselho, não tente acompanhar tudo o que elas disserem. Ficará com vertigem.

Hugh parou no degrau.

– O quê?

– Entre logo!

Daniel lhe deu um empurrão.

– Nós nos veremos na parada para o almoço.

Hugh chegou a abrir a boca para protestar, mas Daniel já havia fechado a porta.

Ele olhou para o interior da carruagem. Harriet e Elizabeth estavam sentadas viradas para a frente, com uma grande pilha de livros e papéis entre elas no assento. Harriet, com uma caneta de pena atrás da orelha, tentava equilibrar uma mesa de colo nos joelhos.

– Não foi gentil da parte de Daniel colocar o senhor na carruagem conosco? – disse Frances assim que Hugh se acomodou perto dela (ou melhor, um pouco antes que ele pudesse se acomodar).

Ele estava começando a perceber que Frances não era uma criança paciente.

– De fato.

Hugh estava contente com aquele arranjo. Melhor lady Frances do que uma idosa enfadonha ou um cavalheiro com um charuto. E certamente as irmãs dela seriam toleráveis.

– Eu pedi a ele – informou Frances. – Diverti-me tanto ontem, no casamento!

Ela se virou para as irmãs.

– Nós comemos bolo juntos – anunciou.

– Eu vi – disse Elizabeth.

– Importa-se de viajar virado para trás? – perguntou Frances. – Harriet e Elizabeth ficam enjoadas quando fazem isso.

– Frances! – protestou Elizabeth.

– É verdade. O que seria mais constrangedor: contar para lorde Hugh que vocês ficam enjoadas ou realmente ficarem enjoadas?

– Eu iria preferir a primeira opção – comentou Hugh.

– Vai ficar tagarelando durante todo o caminho? – perguntou Harriet.

Das três, ela era a mais parecida com Sarah. O cabelo era alguns tons mais claro, mas o formato do rosto e o sorriso eram os mesmos. Ela olhou para Hugh um pouco constrangida.

– Desculpe-me, estava me dirigindo à minha irmã, é claro. Não ao senhor.

– Não se preocupe – disse ele com um leve sorriso. – Mas na verdade também não pretendo tagarelar durante todo o caminho.

– Eu planejava escrever – explicou Harriet, pondo um pequeno maço de papéis na mesa de colo.

– Você não pode fazer isso – protestou Elizabeth. – Vai sujar tudo de tinta.

– Não, não vou. Estou desenvolvendo uma nova técnica.

– Para escrever na carruagem?

– Envolve menos tinta. Juro. E alguém se lembrou de trazer biscoitos? Sempre fico com fome antes de pararmos para almoçar.

– Frances trouxe alguns. E sabe que mamãe vai ter um ataque se você deixar cair tinta em...

– Cuidado com os cotovelos, Frances.

– Sinto muito, lorde Hugh. Espero que não tenha doído. E eu não trouxe nenhum biscoito. Achei que Elizabeth ia trazer.

– Você se sentou na minha boneca?

– Ah, puxa! Eu sabia que devia ter comido mais no café da manhã. Pare de olhar para mim desse jeito. Não vou sujar a almofada de tinta...

– Sua boneca está bem aqui. Como se faz para usar menos tinta?

Tudo o que Hugh conseguia fazer era olhar. Parecia haver dezesseis conversas diferentes ao mesmo tempo. Com apenas três participantes.

– Bem, só vou anotar as ideias principais.

– As ideias principais têm unicórnios?

Hugh fora totalmente incapaz de acompanhar quem dizia o que até ouvir *aquilo*.

– Unicórnios de novo, não – gemeu Elizabeth, que depois desviou o olhar para Hugh e disse: – Por favor, perdoe minha irmã. Ela é obcecada por unicórnios.

Hugh olhou para Frances. Ela tinha ficado rígida e encarava a irmã com fúria. Mas ele não podia culpá-la. O tom de Elizabeth fora o de uma irmã mais velha, com dois terços de condescendência e um de zombaria. E, embora não fosse julgá-la por isso – pois teria agido igual na idade dela –, Hugh foi dominado por um súbito desejo de ser o herói de uma garotinha.

Não conseguia se lembrar da última vez que fora o herói de alguém.

– Eu gosto de unicórnios – afirmou ele.

Elizabeth pareceu estupefata.

– Gosta?

Ele deu de ombros.

– Quem não gosta?

– Sim, mas o senhor não *acredita* neles – disse Elizabeth. – Frances acha que são reais.

Pelo canto do olho, Hugh percebeu que a caçula o observava com certo nervosismo.

– Certamente não posso provar que eles *não* existem – declarou.

Frances deixou escapar um gritinho. Elizabeth pareceu emudecer.

– Lorde Hugh – disse Frances –, eu...

– *Mamãe!*

A menina parou no meio da frase e todos olharam na direção da porta da carruagem. Era a voz de Sarah, bem do lado de fora, e ela não parecia feliz.

– Acha que ela vai conosco? – sussurrou Elizabeth.

– Bem, ela veio conosco – respondeu Harriet.

Lady Sarah. Na carruagem. Hugh não poderia conceber uma tortura mais diabólica.

– É aqui com suas irmãs ou então com Arthur e Rupert. – A voz de lady Pleinsworth chegou até eles. – Sinto muito, mas não temos espaço na...

– Não vou poder me sentar com o senhor – desculpou-se Frances com Hugh. – As três não vão caber do outro lado.

Lady Sarah iria sentar-se ao lado dele. Aparentemente *havia* uma tortura mais diabólica.

– Não se preocupe – disse-lhe Harriet. – Sarah não enjoa quando viaja de costas.

– Não, tudo bem – ouviram Sarah dizer. – Não me importo de ir com elas, mas esperava...

A porta foi aberta. Sarah já estava no degrau do meio, de costas para a carruagem, e continuava a falar com a mãe.

– É só que estou cansada e...

– Hora de partir – interrompeu-a firmemente lady Pleinsworth, que deu um pequeno empurrão na filha. – Não vou ficar atrasando todo mundo.

Sarah deu um suspiro de impaciência, entrou de costas na carruagem, virou-se e...

E o viu.

– Bom dia – disse Hugh.

Ela ficou boquiaberta de surpresa.

133

– Vou sentar do outro lado – resmungou Frances.

Ela se levantou e foi para o outro lado da carruagem. Tentou roubar de Elizabeth o assento perto da janela, mas acabou de braços cruzados, no meio.

– Lorde Hugh – disse Sarah, claramente perplexa. – Eu... é... O que está fazendo aqui?

– Não seja rude – repreendeu-a Frances.

– Não estou sendo rude. Só estou surpresa.

Ela se sentou no lugar que Frances desocupara.

– E curiosa – emendou Sarah.

Hugh lembrou a si mesmo que ela não tinha a menor ideia do que acontecera no dia anterior. Porque não acontecera *nada*. Tudo estivera na sua cabeça. E talvez em algumas outras partes de seu corpo. Mas o importante era que ela não sabia nem nunca saberia, porque aquilo ia passar.

Loucura momentânea, por definição, era momentânea.

Mesmo assim, era preciso algum esforço para não notar que o quadril dela estava a apenas alguns centímetros do seu.

– A que devemos o prazer de sua companhia, lorde Hugh? – perguntou Sarah, desatando o chapéu.

Ela definitivamente não tinha a menor ideia, caso contrário não teria usado a palavra *prazer*.

– Seu primo me informou que havia reservado um lugar para mim na melhor carruagem da viagem – explicou ele.

– Da caravana – corrigiu-o Frances.

Ele tirou os olhos de Sarah para olhar para a irmã mais nova dela.

– O que disse?

– A Grande e Terrível Caravana da Aristocracia Britânica – respondeu Frances alegremente. – É como a chamamos.

Ele sorriu e sua próxima respiração soou como uma risada.

– Isso é... brilhante – disse, finalmente encontrando uma palavra.

– Foi ideia de Sarah – afirmou Frances, encolhendo os ombros. – Ela é muito inteligente, sabe?

– Frances – advertiu-a Sarah.

– Ela é – insistiu a caçula, na pior imitação de sussurro que Hugh já vira.

Sarah olhou de um lado para o outro, como fazia quando se sentia desconfortável, depois resolveu olhar pela janela.

– Não era para já termos partido?

– A Grande e Terrível Caravana – murmurou Hugh.

Sarah se virou para ele com desconfiança nos olhos.

– Gostei disso – disse Hugh apenas.

Ela entreabriu os lábios e assumiu aquele jeito de quem planeja uma longa frase, mas em vez disso limitou-se a agradecer:

– Obrigada.

– Ah, lá vamos nós! – anunciou Frances com empolgação.

As rodas da carruagem começaram a girar sob eles. Hugh se recostou e deixou que o movimento o embalasse. Antes do acidente, nunca se importara em viajar de carruagem. Isso sempre o fizera dormir. Ainda fazia. O único problema era que raramente havia espaço para estender a perna, que doía de forma infernal no dia seguinte.

– Vai ficar bem? – perguntou-lhe Sarah em voz baixa.

Hugh inclinou a cabeça para ela e murmurou:

– Bem?

Sarah olhou de relance para a perna dele.

– Vou ficar ótimo.

– Não precisa esticá-la um pouco?

– Vamos parar para almoçar.

– Mas...

– Vou ficar bem, lady Sarah – interrompeu-a Hugh, mas, para sua própria surpresa, suas palavras não expressaram uma atitude defensiva.

Ele pigarreou.

– Obrigado por se preocupar – emendou.

Sarah estreitou os olhos e Hugh compreendeu que ela avaliava se deveria acreditar nele. Ele não queria lhe dar motivos para pensar que não estivesse confortável, por isso olhou distraído para as três irmãs Pleinsworths mais novas, espremidas em uma fileira. Harriet batia com a pena na testa e Elizabeth tinha pegado um livro. Frances estava inclinada sobre ela, tentando olhar pela janela.

– Ainda nem saímos da entrada para veículos – disse Elizabeth, sem tirar os olhos do livro.

– Só quero *ver*.

– Não há nada para ver.

– Haverá.

Elizabeth virou a página com um movimento estudado.

– Você não vai ficar assim durante todo... Ai!

– Foi sem querer – desculpou-se Frances.

– Ela me chutou – disse Harriet para ninguém em particular.

Hugh as observava achando certa graça, consciente de que o que era divertido naquele momento seria torturante se continuasse pela hora seguinte.

– Por que não tenta olhar pela janela de Harriet? – propôs Elizabeth.

Frances suspirou, mas fez o que a irmã sugeria. No entanto, um momento depois eles ouviram o barulho de papel sendo amassado.

– Frances! – gritou Harriet.

– Desculpe-me. Só quero olhar pela janela.

Harriet lançou um olhar de súplica para Sarah.

– Não posso – disse Sarah. – Se acha que está desconfortável agora, pense em como ficaria apertada comigo aí em vez de Frances.

– Frances, fique quieta – ordenou Harriet, voltando aos seus papéis na mesa de colo.

Hugh sentiu Sarah lhe dar uma cotovelada e, quando se virou, ela dirigiu seu olhar para a própria mão.

Um... dois... três...

Estava contando discretamente os segundos, esticando cada dedo.

Quatro... cinco...

– Frances!

– Desculpe-me!

Hugh olhou para Sarah, que agora exibia um inegável sorriso de orgulho.

– Frances, você não pode ficar se inclinando sobre mim desse jeito – disparou Elizabeth.

– Então me deixe sentar do lado da janela!

Todos os olhos se voltaram para Elizabeth, que bufou de irritação, mas no fim permitiu que a caçula passasse à janela. Hugh observou com interesse enquanto ela se movia mais do que o necessário para encontrar uma posição confortável, reabria seu livro e retomava a leitura.

Hugh olhou para Sarah. Ela lhe devolveu o olhar com uma expressão que dizia: *espere só*.

Frances não a desapontou.

– Estou entediada.

CAPÍTULO 11

Sarah suspirou, dividida entre a diversão e o constrangimento por lorde Hugh estar prestes a testemunhar uma briga clássica das Pleinsworths.

– Pelo amor de... Frances! – ralhou Elizabeth, que olhou a irmã mais nova como se fosse capaz de lhe arrancar a cabeça. – Faz menos de cinco minutos que trocamos de lugar!

Frances encolheu os ombros, impotente.

– Mas estou entediada.

Sarah deu uma espiada em Hugh. Ele parecia estar tentando não rir, o que ela imaginou ser a melhor reação possível.

– Não podemos *fazer* alguma coisa? – implorou Frances.

– Eu estou fazendo – grunhiu Elizabeth, exibindo seu livro.

– Você sabe que não foi isso que eu quis dizer.

– Ah, não! – gritou Harriet.

– Eu sabia que você ia acabar derramando a tinta! – gritou Elizabeth. – Não me suje!

– Pare de se mexer tanto!

– Posso ajudar! – disse Frances com empolgação, pondo-se de pé num salto para entrar na confusão.

Sarah estava prestes a intervir quando lorde Hugh estendeu o braço, agarrou Frances pelo colarinho e puxou a menina, colocando-a sem cerimônia no colo de Sarah.

Foi realmente magnífico.

Frances ficou sem ação.

– É melhor ficar fora disso – aconselhou-a ele.

Enquanto isso, Sarah estava lidando com um cotovelo em seus pulmões.

– Não consigo respirar – disse ela, ofegante.

Frances mudou de posição.

– Está melhor? – perguntou de forma alegre.

A resposta de Sarah foi uma enorme tomada de fôlego. De algum modo ela conseguiu virar a cabeça para o lado, ficando de frente para lorde Hugh.

– Eu o cumprimentaria por sua ótima presença de espírito se não fosse pela impressão de ter perdido toda a sensibilidade das pernas.

– Bem, pelo menos agora está respirando – brincou ele.

E então – Deus do Céu! – ela começou a rir. Era um comentário tão hilariantemente ridículo! Ou talvez fosse apenas porque tinha que rir quando a melhor coisa em uma situação era ainda ser capaz de respirar.

E ela riu. E riu. Riu tanto e por tanto tempo que Frances caiu de seu colo e foi parar no chão. E então Sarah continuou a rir até lágrimas lhe escorrerem pelo rosto e Elizabeth e Harriet pararem de brigar e olharem para ela, atônitas.

– O que houve com Sarah? – perguntou Elizabeth.

– Algo sobre estar com dificuldade em respirar – explicou Frances, do chão.

Sarah deu uma gargalhada e depois pôs a mão no peito, ofegante.

– Não consigo respirar. Rindo muito.

Como toda boa risada, aquilo foi contagiante e logo toda a carruagem estava rindo, até mesmo lorde Hugh, que Sarah nunca havia imaginado ser capaz de rir daquele jeito. Ah, ele sorria e de vez em quando ria, mas naquele momento, enquanto a carruagem dos Pleinsworths seguia para o sul na direção de Thrapstone, estava gargalhando tanto quanto as demais pessoas ali.

Foi um momento glorioso.

– Ah, nossa! – finalmente conseguiu dizer Sarah.

– Nem sei do que estamos rindo – comentou Elizabeth, ainda com um sorriso de orelha a orelha.

Sarah terminou de enxugar as lágrimas e tentou explicar:

– Foi... ele disse... ah, não importa. Nunca ficaria tão engraçado contando.

– Consegui limpar a tinta – informou Harriet, mas estava encabulada ao completar: – Bem, menos das mãos.

Sarah olhou para a irmã e fez uma careta. Apenas um dos dedos de Harriet tinha sido poupado.

– Parece que você pegou a peste – comentou Elizabeth.

– Não, acho que você está exagerando – respondeu Harriet, sem tomar aquilo como ofensa. – Frances, é melhor sair do chão.

Frances ergueu os olhos para Elizabeth, que deslizara para o lado da janela. Elizabeth suspirou e voltou para o meio.

– Vou ficar entediada de novo – reclamou a caçula assim que elas se acomodaram.

– Não vai, não – disse Hugh com firmeza.

Sarah se virou para olhar para ele, divertida e impressionada. O homem tinha que ter coragem para enfrentar as garotas Pleinsworths.

– Encontraremos algo para fazer – anunciou ele.

Porém Sarah sabia que só essa resposta não bastaria. E suas irmãs também, porque, menos de dez segundos depois, Elizabeth perguntou:

– Tem alguma sugestão?

– Ele é brilhante com números – disse Frances. – Consegue fazer cálculos monstruosamente enormes de cabeça. Já o vi fazer isso.

– Não posso imaginar que você ache divertido me fazer perguntas sobre matemática durante nove horas – disse ele.

– Não, mas poderia ser divertido durante dez minutos – rebateu Sarah, muito sincera.

Como era possível ela mesma não saber disso sobre ele? Tinha ciência de que Hugh era muito inteligente, Daniel e Marcus tinham dito. Também ouvira dizer que ele era considerado imbatível nas cartas. Depois de tudo o que acontecera, não havia como Sarah não ter conhecimento daquela habilidade.

– Quão monstruosamente enormes? – perguntou ela, porque de fato queria saber.

– Pelo menos quatro dígitos – disse Frances. – Foi o que ele fez no café da manhã do casamento. Foi incrível.

Sarah olhou para Hugh. Ele pareceu corar. Bem, talvez apenas um pouco. Ou talvez não. Talvez ela quisesse que ele corasse. Havia algo bastante atraente nessa ideia.

Mas então viu algo mais na expressão dele. Não saberia descrever como conseguiu interpretar isso, mas subitamente compreendeu que...

– Consegue fazer isso com mais de quatro dígitos – afirmou, maravilhada.

– É um talento que me trouxe mais problemas do que benefícios – disse Hugh.

– Posso lhe fazer algumas perguntas? – indagou Sarah, tentando não demonstrar ansiedade.

Hugh esboçou um sorriso e se inclinou para a frente.

– Só se eu puder lhe fazer também.

– Desmancha-prazeres.

– Eu poderia chamá-la do mesmo.

– Mais tarde, então – disse Sarah, assertiva. – Mostre-me isso mais tarde.

Ela estava *fascinada* com o recém-revelado talento de lorde Hugh. Certamente ele não se importaria de resolver uma pequena multiplicação. Fizera isso para Frances.

– Podemos ler uma das minhas peças – sugeriu Harriet.

Ela começou a procurar na pilha de papéis em seu colo.

– Tenho uma que comecei ontem à noite. Sabem, aquela com a heroína que não é nem muito rosa...

– Nem muito verde! – completaram Frances e Elizabeth com empolgação.

– Ah – disse Sarah com grande consternação. – Ah, não. *Não.*

Lorde Hugh se virou para ela um tanto divertido.

– Nem muito rosa nem muito verde? – murmurou.

– Temo que isso seja uma descrição da minha pessoa.

– Ah... sei.

Ela o encarou.

– Pode rir. O senhor sabe que quer.

– Ela também não é nem muito gorda nem muito magra – completou Frances, com seu jeitinho prestativo.

– Na verdade, não é a Sarah – explicou Harriet. – É só uma personagem inspirada nela.

– É bem parecida – acrescentou Elizabeth com um sorriso.

– Aqui está – disse Harriet, estendendo-lhes um pequeno maço de papéis. – Só tenho uma cópia, por isso vocês terão que dividir.

– Essa obra-prima tem um nome?

– Ainda não – respondeu Harriet. – Muitas vezes tenho que concluir a peça primeiro para só então saber que nome lhe dar. Mas será algo terrivelmente romântico. É uma história de amor.

Ela fez uma pausa, retorcendo a boca enquanto pensava.

– Embora não esteja certa de que terá um final feliz.

– É um romance? – perguntou lorde Hugh, franzindo a testa de modo dúbio. – E devo interpretar o herói?

– Não podemos usar a Frances – disse Harriet sem nenhum sarcasmo. – E só tenho uma cópia. Por isso, se Sarah for a heroína, o senhor terá que ser o herói, já que está sentado ao lado dela.

Ele olhou para o papel.

– Meu nome é Rudolfo?

Sarah quase deu uma gargalhada.

– O senhor é espanhol – explicou Harriet. – Mas sua mãe era inglesa, por isso fala inglês perfeitamente.

– Tenho algum sotaque?

– Claro.

– Não posso imaginar por que perguntei – murmurou ele. Então disse para Sarah: – Ah, olhe. Seu nome é Mulher.

– Estereotipada de novo – gracejou Sarah.

– Ainda não pensei em um nome apropriado – esclareceu Harriet –, mas não queria atrasar todo o manuscrito. Eu poderia demorar semanas para encontrar o nome certo. E a essa altura teria me esquecido de todas as minhas ideias.

– O processo criativo realmente é uma coisa peculiar – murmurou lorde Hugh.

Enquanto Harriet falava, Sarah havia prosseguido com a leitura e estava com sérias dúvidas.

– Não sei se isso é uma boa ideia – disse, puxando a segunda página do maço para ler mais.

Não, definitivamente não era uma boa ideia.

– Ler em uma carruagem em movimento sempre é um risco – apressou-se a dizer. – Sobretudo quando se viaja de costas.

– Você nunca fica enjoada – lembrou-lhe Elizabeth.

Sarah olhou para a página três.

– Poderia ficar.

– Você não tem que *encenar* a peça – disse Harriet. – Não estamos fazendo uma representação. É só uma leitura.

– Posso ler mais? – perguntou lorde Hugh a Sarah.

Sem dizer nada, ela lhe entregou a página dois.

– Ah.

E a três.

– *Ah.*

– Harriet, nós não podemos fazer isso – determinou Sarah.

– Ah, por favor – implorou Harriet. – Seria tão útil! Esta é uma das grandes dificuldades em escrever peças teatrais. É preciso ouvir as palavras em voz alta.

141

– Você sabe que nunca atuei bem em suas peças – argumentou Sarah.

Lorde Hugh a encarou com curiosidade.

– É mesmo?

Algo na expressão dele não agradou a Sarah.

– O que quer dizer?

Ele encolheu de leve os ombros.

– Apenas que a senhorita é muito dramática.

– Dramática?

Ela não gostou de como aquilo soou.

– Ora, vamos – disse Hugh, com muito mais condescendência do que era saudável em uma carruagem fechada. – Certamente não se considera calma e dócil.

– Não, mas não sei se chegaria ao ponto de ser *dramática*.

Hugh observou a expressão de Sarah por um momento e então disse:

– Gosta de fazer pronunciamentos.

– Isso é verdade, Sarah – interpôs Harriet. – Você gosta.

Sarah virou a cabeça e lançou um olhar tão fulminante para a irmã que foi um milagre o rosto dela não ter murchado.

– Não vou representar isto – declarou ela, contraindo os lábios.

– É só um beijo – protestou Harriet.

Só um beijo?

Os olhos de Frances se abriram quase tanto quanto sua boca.

– Quer que Sarah beije lorde Hugh?

Só um beijo. Nunca poderia ser só um beijo. Não com ele.

– Eles não se beijariam de verdade – explicou Harriet.

– Dá para fingir um beijo? – questionou Elizabeth.

– Nós não contaríamos para ninguém – tentou Harriet.

– Isso é muito inapropriado – declarou Sarah, firme.

Ela se virou para lorde Hugh, que se mantinha calado havia algum tempo.

– Imagino que concorde comigo.

– Certamente que sim – disse ele, suas palavras estranhamente entrecortadas.

– Pronto. Veja bem, nós não vamos representar a peça.

Sarah empurrou as páginas de volta para Harriet, que as pegou com grande relutância.

– Você representaria se Frances fizesse o papel de Rudolfo? – sugeriu Harriet em voz baixa.

– Você acabou de dizer...

– Eu sei, mas realmente gostaria de ouvir as falas em voz alta.

Sarah cruzou os braços.

– Nós não vamos representar a peça e ponto final.

– Mas...

– Eu disse *não* – explodiu Sarah, sentindo o resto de seu autocontrole desaparecer. – Não vou beijar lorde Hugh. Não aqui. Não agora. Nem nunca!

Um silêncio de absoluto espanto caiu sobre a carruagem.

– Peço perdão – murmurou Sarah.

Ela sentiu um rubor subir do pescoço até a testa. Esperou que lorde Hugh fizesse algum comentário terrivelmente inteligente e mordaz, mas ele não disse nenhuma palavra. Assim como Harriet, Elizabeth ou Frances.

Quem por fim quebrou o silêncio foi Elizabeth, que emitiu um som gutural estranho e disse:

– Então vou ler meu livro.

Harriet reorganizou seus papéis.

Até mesmo Frances se virou para a janela e olhou para fora sem dizer nada sobre tédio.

Quanto a lorde Hugh, Sarah não saberia dizer. Não conseguia olhar para ele. Sua explosão fora horrível, um insulto imperdoável. *Claro* que eles não se beijariam na carruagem. Não se beijariam nem mesmo representando a peça em uma sala de estar. Como Harriet dissera, haveria algum tipo de narração, ou talvez eles se inclinassem para a frente (mas a uma distância respeitável) e beijassem o ar.

Mas já estava tão afetada por ele que de certo modo isso a confundia e enfurecia. Só de ler que seus personagens se beijariam...

Já tinha sido demais.

A viagem continuou em silêncio. Frances acabou dormindo. Harriet olhava para o nada. Elizabeth continuava a ler, embora de vez em quando erguesse a cabeça e olhasse alternadamente de Sarah para Hugh. Depois de uma hora, Sarah achou que lorde Hugh podia ter dormido também; não havia se mexido desde que eles tinham se calado e não podia imaginar que fosse confortável para a perna dele ficar tanto tempo na mesma posição.

143

Mas, quando se arriscou a olhar, Hugh estava acordado. O único sinal de que a percebeu observando-o foi uma pequena mudança em seus olhos.

Ele não disse nada.

Ela também não.

Finalmente Sarah sentiu as rodas da carruagem girando mais devagar e, quando espiou pela janela, viu que estavam chegando a uma hospedaria com um letreiro alegre onde se lia: A Rosa e a Coroa, desde 1612.

– Frances – chamou, feliz por ter um motivo para falar. – Frances, é hora de acordar. Chegamos.

Frances piscou, sonolenta, e se apoiou em Elizabeth, que não se queixou.

– Frances, você está com fome? – insistiu Sarah.

A carruagem havia parado e tudo em que ela conseguia pensar era escapar. Vinha se esforçando para ficar imóvel e calada fazia tanto tempo que era como se não respirasse havia horas.

– Ah – disse Frances por fim, com um bocejo. – Eu dormi?

Sarah fez que sim com a cabeça.

– Estou com fome – declarou a caçula.

– Devia ter se lembrado de trazer os biscoitos – reclamou Harriet.

Sarah a teria repreendido por esse comentário mesquinho, mas foi um alívio ouvir algo tão perfeitamente normal.

– Eu não sabia que era para trazer – gemeu Frances, levantando-se.

Ela era pequena para sua idade e podia ficar em pé no veículo sem se abaixar.

A porta da carruagem foi aberta. Lorde Hugh pegou a bengala e saiu sem dizer uma só palavra.

– Sabia, sim – afirmou Elizabeth. – Eu lhe disse.

Sarah foi na direção da porta.

– Você está pisando no meu vestido! – berrou Frances.

Sarah olhou para fora. Lorde Hugh lhe estendia a mão para ajudá-la a descer.

– Não estou pisando em nada.

Sarah segurou a mão dele. Não sabia o que mais poderia fazer.

– Saia de cima do meu... Ah!

Houve um grito e alguém tropeçou em Sarah. Ela cambaleou para a frente, balançando a mão livre em busca de equilíbrio, mas em vão. Caiu primeiro no degrau, depois no chão duro, levando lorde Hugh junto.

144

Ela gritou ao sentir uma dor aguda no tornozelo. *Acalme-se*, disse para si mesma, *foi só um susto*. Como dar uma topada. Seu dedo do pé dói loucamente por um segundo e então você descobre que foi mais do susto do que de outra coisa.

Então ela prendeu a respiração e esperou a dor passar.

O que não aconteceu.

CAPÍTULO 12

Hugh ainda não compreendia o que tinha havido dentro da carruagem, só que ele descera e, assim que Sarah pusera a mão na sua para saltar também, ela dera um grito e caíra em sua direção.

Por um momento ele agira como se o próprio corpo não tivesse limites. Estendera os braços para segurá-la.

Seria o gesto mais natural do mundo, exceto por ele ser um homem com uma perna arruinada, e homens com pernas arruinadas nunca deveriam se esquecer desse detalhe.

Ele a havia pegado, ou pelo menos pensara ter pegado, mas sua perna não conseguira sustentar o peso de ambos – que, além do mais, estava aumentado pela força da queda. Hugh não tivera tempo de sentir dor; seu músculo simplesmente falhara e a perna cedera.

Então no fim não fazia diferença se a pegara ou não. Ambos caíram e, por um instante, ele não conseguiu fazer nada além de ofegar. O impacto lhe tirara o fôlego e sua perna...

Hugh mordeu a parte interna da bochecha. Com força. Era estranho como uma dor podia diminuir a intensidade de outra. Ou pelo menos era o que acontecia na maioria das vezes. Dessa vez não diminuiu nada. Ele chegou a sentir gosto de sangue, mas, ainda assim, teve a sensação de que sua perna estava sendo perfurada por agulhas.

Praguejando para si mesmo, apoiou-se nas mãos e nos joelhos para chegar até Sarah, que estava esparramada no chão perto dele.

– Está bem? – perguntou, preocupado.

Ela assentiu, mas de um modo hesitante e distraído que indicava que não, não estava bem.

– É sua perna?

– Meu tornozelo – gemeu Sarah.

Hugh se ajoelhou ao lado dela, a perna gritando de agonia por estar ex-

146

cessivamente dobrada. Teria que levar Sarah para a A Rosa e a Coroa, mas primeiro precisava verificar se ela não havia fraturado o osso.

– Posso? – disse, suas mãos pairando perto do pé dela.

Sarah concordou mexendo a cabeça, mas, antes mesmo que ele a tocasse, foram cercados. Harriet tinha saltado da carruagem, lady Pleinsworth saíra correndo da hospedaria e Deus sabia quem mais se aproximara de repente, já afastando-o. Por fim, Hugh conseguiu se levantar apoiando-se com dificuldade na bengala.

O músculo de sua coxa parecia ter sido atravessado por uma faca em brasa, mas na verdade aquela dor já lhe era familiar. Nada daquilo era novidade: ele apenas levara a própria perna até o limite.

Dois cavalheiros chegaram ao local – primos de Sarah, deduziu Hugh – e então surgiu Daniel, abrindo caminho.

Assumindo o controle.

Hugh o observou examinar o tornozelo de Sarah e depois percebeu Sarah pondo os braços ao redor do pescoço do primo. Então ficou olhando enquanto Daniel atravessava a multidão, carregando-a até a hospedaria.

Hugh nunca seria capaz de fazer aquilo. Podia esquecer de uma vez por todas o que era cavalgar, dançar e caçar, bem como todas as coisas de que sentia falta desde que uma bala destroçara sua coxa. Nada daquilo importava mais.

Ele nunca iria pegar uma mulher nos braços e carregá-la no colo.

Nunca havia se sentido menos homem.

Hospedaria A Rosa e a Coroa
Uma hora depois

– Quantas?

Hugh ergueu os olhos quando Daniel deslizou para o banco perto dele no bar da hospedaria.

– Quantas canecas – esclareceu Daniel.

Hugh tomou um gole de sua cerveja e depois outro, porque era o que faltava para terminar aquela caneca.

– Não o suficiente.

– Você está bêbado?

– Infelizmente, não.

Ele fez sinal para que o dono da hospedaria lhe trouxesse outra.

O homem olhou para eles e perguntou:

– Uma para o senhor também, milorde?

Daniel balançou a cabeça, negando.

– Chá, se puder – pediu. – Ainda está cedo.

Hugh deu um sorriso forçado.

– Todos estão na sala de jantar – disse-lhe Daniel.

Todos os duzentos, ia dizer Hugh, mas então se lembrou de que os convidados haviam se espalhado por outras hospedarias para almoçar. Supôs que deveria ser grato por aquilo. Apenas um quinto do grupo de viajantes vira sua humilhação.

– Quer se juntar a nós? – convidou Daniel.

Hugh olhou para ele.

– Acho que não.

O dono da hospedaria pôs outra caneca de cerveja na frente de Hugh.

– O chá logo ficará pronto, milorde.

Hugh levou a caneca aos lábios e engoliu um terço do conteúdo de uma só vez. Não havia nem de longe álcool suficiente naquilo. Estava levando muito tempo para dar resultado e anestesiar o cérebro.

– Ela fraturou o tornozelo? – perguntou.

Não pretendera fazer perguntas, mas tinha que saber.

– Não – disse Daniel –, mas foi uma distensão desagradável. Está inchado, e ela está sentindo muita dor.

Hugh assentiu com a cabeça. Entendia de dor.

– Ela pode viajar?

– Acho que sim. Teremos que colocá-la em uma carruagem diferente. Precisará erguer a perna.

Hugh tomou outro longo gole.

– Não vi o que aconteceu – disse Daniel.

Hugh ficou imóvel. Lentamente, virou-se para o amigo.

– O que está me perguntando?

– Apenas o que aconteceu – reiterou Daniel, torcendo a boca em uma expressão de incredulidade diante da reação exagerada de Hugh.

– Ela caiu da carruagem. Não consegui segurá-la.

Daniel o encarou por vários segundos antes de falar:

– Ah, pelo amor de Deus! Não está se culpando, está?

Hugh não respondeu.

Daniel estendeu uma das mãos para a frente de modo indagador.

– Como poderia tê-la segurado?

Hugh agarrou a beirada do balcão.

– Maldição – murmurou Daniel. – Nem tudo tem a ver com sua perna. Provavelmente eu também não teria conseguido.

– Não – retrucou Hugh. – Você teria.

Daniel ficou calado por um momento e então continuou:

– As irmãs dela estavam brigando. Aparentemente uma esbarrou nela na carruagem. Foi por isso que ela caiu.

O motivo da queda não fazia diferença, pensou Hugh dando outro gole.

– Então foi mais como se ela tivesse sido empurrada para fora.

Hugh tirou sua atenção da caneca por tempo suficiente para rosnar:

– Você tem uma teoria?

– Ela deve ter sido empurrada para fora da carruagem com uma força considerável – ressaltou Daniel.

Hugh percebeu que o amigo falava de forma paciente, só que ele não estava nem um pouco interessado. Estava com vontade de beber, sentir pena de si mesmo e arrancar a cabeça de quem fosse estúpido o bastante para se aproximar. Terminou a cerveja, bateu com a caneca no balcão e pediu outra. O dono da hospedaria se apressou a atendê-lo.

– Tem certeza de que quer beber isso? – perguntou Daniel.

– Absoluta.

– Pelo que me lembro – começou Daniel em uma voz irritantemente tranquila – uma vez você me disse que não bebia antes do anoitecer.

Daniel achava que ele havia se esquecido? Achava que ele estaria ali sentado bebendo uma cerveja ruim atrás da outra se não fosse para acabar com a dor? Dessa vez não era só sua perna. Inferno, como podia ser um homem quando sua maldita perna não o sustentava?

Hugh sentiu o coração bater forte de raiva e ouviu a própria respiração se transformar em sopros curtos e irritados. Havia uma centena de coisas diferentes que poderia dizer a Daniel naquele momento, mas apenas uma realmente expressava o que sentia.

– Vá se danar.

Houve um silêncio muito longo e então Daniel desceu do banco.

– Você não está em condições de viajar o resto do dia em uma carruagem com minhas primas mais novas.

Hugh franziu os lábios.

– Por que diabos acha que estou bebendo?

– Vou fingir que você não disse nada disso – falou Daniel, controlado. – E sugiro que faça o mesmo quando ficar sóbrio.

Ele se dirigiu à porta.

– Partiremos daqui a uma hora. Mandarei alguém lhe informar em que carruagem deverá seguir.

– Apenas me deixe aqui – rebateu Hugh.

Por que não? Ele não precisava chegar a Whipple Hill imediatamente. Podia muito bem ficar na A Rosa e a Coroa por uma semana.

Daniel sorriu sem achar graça.

– Você gostaria disso, não é?

Hugh deu de ombros, tentando ser insolente. Mas tudo o que conseguiu foi perder o equilíbrio e quase cair do banco.

– Uma hora – lembrou Daniel, afastando-se.

Hugh se debruçou sobre a caneca, mas sabia que dali a uma hora estaria em pé na frente da hospedaria preparando-se para a próxima etapa da viagem. Se outra pessoa – qualquer uma – tivesse lhe ordenado que estivesse pronto em uma hora, ele teria lhe dado as costas e saído dali para nunca mais voltar.

Mas não Daniel Smythe-Smith. E suspeitava de que Daniel soubesse disso.

Whipple Hill
perto de Thatcham
Berkshire
Seis dias depois

A viagem para Whipple Hill fora nada menos que sofrível, mas agora que Sarah chegara lhe ocorreu que talvez fosse até sorte ter passado seus primeiros três dias de tornozelo inchado presa na carruagem dos Pleinsworths. Ainda que o veículo tivesse chacoalhado bastante e se movido aos solavancos, pelo menos *ela* tinha um motivo para se manter sentada nele. Porque, de qualquer forma, todas as demais pessoas precisavam fazer o mesmo.

Agora não mais.

Daniel estava determinado a tornar lendária a semana que antecedia seu casamento e planejara todos os tipos imagináveis de diversão para seus convidados. Haveria excursões, charadas, danças, uma caçada e pelo menos mais uma dezena de passatempos que seriam revelados quando necessário. Sarah não ficaria surpresa se Daniel oferecesse aulas de malabarismo no gramado. O que, a propósito, sabia que ele poderia fazer. Ele havia aprendido malabarismo sozinho quando tinha 12 anos e uma feira itinerante passara pela cidade.

Sarah passou seu primeiro dia na propriedade com o pé apoiado em travesseiros, presa no quarto dividido com Harriet. Suas outras irmãs tinham ido visitá-la, assim como Iris e Daisy, mas Honoria ainda estava em Fensmore, desfrutando alguns dias de privacidade com o marido antes de seguir viagem. E, embora Sarah gostasse das visitas de seus parentes para entretê-la, não ficou tão contente ao receber notícias de todas as atividades maravilhosas que ocorreram fora de seu quarto.

Seu segundo dia em Whipple Hill foi muito parecido, exceto que, por pena da irmã, Harriet decidira ler para ela todos os cinco atos de *Henrique VIII e o unicórnio do mal*, que recentemente tivera o título alterado para *A pastorinha, o unicórnio e Henrique VIII*. Sarah não entendia a mudança: não havia menção a nenhuma pastora no texto. Ela havia cochilado por apenas alguns minutos. Certamente não podia ter deixado passar uma personagem importante o suficiente para estar no título da peça.

O terceiro dia foi o pior. Daisy trouxe seu violino.

E Daisy não conhecia peças curtas.

Então, quando Sarah acordou em seu quarto dia em Whipple Hill, jurou para si mesma que desceria a escada e se juntaria ao resto da humanidade – ou morreria tentando.

Realmente jurou isso. E deve tê-lo feito com grande convicção, porque a criada empalideceu e fez o sinal da cruz.

Mas, quando ela desceu, descobriu que metade das damas fora para o vilarejo e a outra metade estava prestes a ir.

Os homens planejavam caçar.

Havia sido humilhante descer para o café da manhã nos braços de um lacaio (ela não havia especificado como desceria a escada). Então, assim que todos os outros hóspedes partiram, Sarah se levantou e deu um passo cauteloso. Poderia pôr um pouco de peso no tornozelo, desde que tomasse cuidado, imaginou.

Mas teve que se apoiar em uma parede.

Talvez devesse ir para a biblioteca. Poderia encontrar um livro, sentar-se e ler. Não havia nenhuma necessidade de forçar os pés. A biblioteca não ficava longe.

Ela deu outro passo.

Ora, não precisaria atravessar *toda* a casa.

Gemeu. Quem estava tentando enganar? Nesse ritmo, demoraria metade do dia para chegar à biblioteca.

Precisava de uma bengala.

Parou. Isso a fez pensar em lorde Hugh. Não o via fazia quase uma semana. Mas não deveria achar isso estranho. Afinal, eles eram apenas duas das mais de cem pessoas que haviam viajado de Fensmore a Whipple Hill. E obviamente ele não a visitaria enquanto ela estivesse no quarto.

Ainda assim, andava pensando nele. Deitada na cama com os pés apoiados em travesseiros, perguntava-se por quanto tempo ele tivera que fazer o mesmo. Quando se levantara no meio da noite e se arrastara até o penico, começara a se perguntar... e então amaldiçoara a injustiça biológica daquilo tudo. Um homem não precisaria se arrastar até o penico, não? Provavelmente poderia resolver tudo da cama.

Não que estivesse imaginando lorde Hugh na cama.

Ou usando um penico.

Mas, ainda assim, como ele havia conseguido? Como ainda conseguia? Como realizava as tarefas diárias sem ter vontade de arrancar os cabelos e amaldiçoar os céus? Sarah detestava ser tão dependente assim dos outros. Naquela mesma manhã, tivera que pedir a uma criada que encontrasse sua mãe, que então solicitara um lacaio para carregá-la escada abaixo para o café da manhã.

Tudo o que ela queria era ir a algum lugar com os próprios pés. Sem informar ninguém dos seus planos. E, se tivesse que sofrer uma dor aguda sempre que pisasse, paciência. Valia a pena só para sair do quarto.

Mas voltando a lorde Hugh... Sabia que a perna dele o incomodava depois de algum esforço excessivo, mas ele sentia dor sempre que dava um passo? Como era possível ela não ter lhe perguntado isso? Eles tinham caminhado juntos, certamente não por longas distâncias, mas ainda assim ela deveria saber se ele estava com dor. Deveria ter *perguntado*.

Sarah mancou um pouco mais pelo corredor e finalmente desistiu, desabando em uma poltrona. Alguém acabaria aparecendo. Uma criada... um lacaio... Era uma casa cheia de gente.

Ficou sentada, batucando uma música na perna. Sua mãe teria um ataque se a visse daquele jeito. Uma dama tinha que permanecer quieta. Uma dama tinha que falar baixo, rir musicalmente e fazer todos os tipos de coisas que nunca foram naturais para Sarah. Realmente era incrível que ela amasse tanto a mãe. As duas tinham todos os motivos para querer matar uma à outra.

Alguns minutos depois, Sarah ouviu alguém fazer a curva no corredor. Deveria chamá-lo? Realmente precisava de ajuda, mas...

– Lady Sarah?

Era ele. Sarah não entendeu por que ficou tão surpresa. Ou satisfeita. Mas ficou. A última conversa deles havia sido horrível, mas quando viu lorde Hugh Prentice indo em sua direção, ficou tão feliz em vê-lo que foi espantoso.

Hugh foi para o lado dela e olhou de um lado para outro do corredor.

– O que está fazendo aqui?

– Descansando, eu acho.

Ela empurrou o pé para a frente alguns centímetros.

– Minhas ambições superaram minhas capacidades.

– Não deveria ficar andando por aí.

– Acabei de passar três dias praticamente amarrada à minha cama.

Foi a imaginação dela ou Hugh subitamente pareceu um pouco desconfortável?

Sarah continuou a falar.

– E mais três antes disso presa em uma carruagem.

– Todos nós ficamos.

Ela contraiu os lábios com nervosismo.

– Sim, mas o resto de vocês pôde sair e andar um pouco.

– Ou mancar – ressaltou Hugh de forma áspera.

Sarah olhou para o rosto dele, mas quaisquer que fossem as emoções que Hugh escondia atrás dos olhos, ela não conseguiu identificá-las.

– Devo lhe pedir desculpas – disse ele.

Sarah pestanejou.

– Por quê?

– Eu a deixei cair.

Ela o encarou por um momento, pasma de ele se culpar por algo que tão obviamente fora um acidente.

– Não seja ridículo – disse-lhe. – Eu cairia de qualquer jeito. Elizabeth pisou na bainha do vestido de Frances, e Frances começou a puxá-lo. Então Elizabeth tirou o pé e...

Ela descartou o restante da história com um gesto de mão.

– Bem, não importa. De algum modo Harriet esbarrou em mim. Se tivesse sido apenas Frances, ouso afirmar que eu poderia ter recuperado o equilíbrio.

Hugh não disse nada. Sarah ainda não conseguia interpretar a expressão dele.

– Eu me machuquei quando estava no degrau – prosseguiu ela. – Não quando caí.

Ela não tinha a menor ideia da relevância daquela informação, mas nunca tivera o dom de medir suas palavras quando estava nervosa.

– Também devo lhe pedir desculpas – acrescentou, hesitante.

Hugh olhou para Sarah de modo indagador. Ela engoliu em seco.

– Fui muito indelicada com o senhor na carruagem.

Ele ia dizer algo, provavelmente na linha de "Não seja tola", mas ela o impediu.

– Eu exagerei. A peça de Harriet era muito... constrangedora. E só queria que o senhor soubesse que teria reagido do mesmo modo com qualquer outra pessoa. Por isso não deveria se sentir ofendido. Pelo menos, não pessoalmente.

Meu Deus, estava tagarelando. Nunca havia sido boa em pedir desculpas. Na maioria das vezes, simplesmente se recusava a fazer isso.

– Vai caçar com os cavalheiros? – perguntou ela sem pensar.

O canto da boca de Hugh se contraiu e ele ergueu as sobrancelhas em uma expressão irônica quando disse:

– Não posso.

– Ah. *Ah.*

Tola, estúpida, o que estava pensando?

– Desculpe-me – disse. – Isso foi muito insensível da minha parte.

– Não precisa ficar medindo as palavras, lady Sarah. Eu sou coxo. Isso é um fato. E certamente não é culpa sua.

Ela assentiu.

– Mesmo assim, desculpe-me.

Por uma fração de segundo, Hugh pareceu não saber o que fazer. E então disse em voz baixa:

– Desculpas aceitas.

– Embora eu não goste dessa palavra – disse Sarah.

Hugh ergueu as sobrancelhas.

– Coxo – explicou Sarah, torcendo o nariz. – Ela o faz parecer um cavalo.

– Conhece outra?

– Não. Mas não é minha função resolver os problemas do mundo, apenas expô-los.

Ele a encarou.

– Eu estava *brincando*.

E então Hugh finalmente sorriu.

– Bem – disse Sarah –, acho que estava brincando em parte. Não tenho uma palavra melhor para isso e provavelmente não posso resolver os problemas do mundo, embora, para dizer a verdade, ninguém tenha me dado a oportunidade de fazer isso.

Ela estreitou os olhos de forma maliciosa, quase o desafiando a fazer algum comentário.

Para sua grande surpresa, Hugh apenas riu.

– Diga-me, lady Sarah, o que planeja fazer esta manhã? Por algum motivo, duvido que tenha a intenção de ficar sentada no corredor o dia inteiro.

– Pensei em ler na biblioteca – admitiu Sarah. – É tolice, eu sei, porque é o que tenho feito no quarto ao longo dos últimos dias, mas estou desesperada para ficar em qualquer outro lugar. Acho que leria em um guarda-roupa só para mudar o cenário.

– Seria uma mudança de cenário interessante – comentou ele.

– Escuro – acrescentou Sarah.

– Lanoso.

Sarah tentou em vão conter uma risada.

– Lanoso? – repetiu ela.

– É o que acharia do meu guarda-roupa.

– Estou alarmada por uma visão de ovelhas.

Ela fez uma pausa e depois uma careta.

– E pelo que Harriet poderia fazer com um cenário desses nas peças dela.

Hugh ergueu uma das mãos.

– Vamos mudar de assunto.

Sarah inclinou a cabeça para o lado e depois percebeu que estava sorrindo como se estivesse flertando. Então parou de sorrir. Mas ainda assim se sentiu inexplicavelmente flertando.

Então sorriu de novo, porque gostava de sorrir e gostava de sentir que flertava e, acima de tudo, porque sabia que Hugh entenderia que ela não estava *realmente* flertando com ele. Porque não estava. Só estava sentindo que flertava. Era o resultado de ficar presa naquele quarto durante tanto tempo sem ninguém além das irmãs e primas.

– A senhorita estava a caminho da biblioteca – lembrou Hugh.

– Sim.

– E vinha…

– Da sala do café da manhã.

– Não chegou muito longe.

– Não – admitiu ela. – Não cheguei.

– Ocorreu-lhe que não deveria estar andando com esse pé? – perguntou ele em tom cuidadoso.

– Na verdade, sim.

Hugh arqueou uma sobrancelha.

– Orgulho?

Ela concordou tristemente mexendo a cabeça.

– Em excesso.

– O que faremos agora?

Ela olhou para seu tornozelo traidor.

– Acho que preciso encontrar alguém que me carregue até lá.

Houve uma pausa longa, longa o suficiente para ela erguer os olhos. Mas Hugh havia virado de lado, por isso tudo o que Sarah viu foi o perfil dele. Finalmente Hugh pigarreou e perguntou:

– Gostaria que eu lhe emprestasse minha bengala?

Sarah abriu a boca, surpresa.

– Mas não precisa dela?

– Não para distâncias mais curtas. A bengala ajuda – explicou Hugh antes que Sarah pudesse salientar que nunca o vira sem ela –, mas não é estritamente necessária.

Ela estava prestes a concordar com a sugestão de Hugh. Chegou a estender a mão para a bengala, mas então parou, porque lhe veio à mente que ele era o tipo de homem que faria algo estúpido em nome do cavalheirismo.

– Pode andar sem a bengala – disse, olhando diretamente nos olhos dele –, mas isso não significa que sua perna doerá mais depois?

Hugh ficou calado um instante.

– Provavelmente – admitiu.

– Obrigada por não ter mentido para mim.

– Quase menti.

Sarah se permitiu um leve sorriso.

– Eu sei.

– Agora vai ter que pegá-la.

Ele segurou o centro da bengala e a estendeu de modo que o punho ficasse ao alcance de Sarah.

– Minha honestidade não deve ficar sem recompensa.

Sarah sabia que não deveria deixá-lo fazer aquilo. Hugh poderia querer ajudá-la naquele momento, porém mais tarde a perna dele doeria. Desnecessariamente.

Mas de algum modo sabia que recusar lhe causaria mais dor do que a perna. Percebeu que ele precisava ajudá-la.

Precisava ajudá-la muito mais do que ela precisava de ajuda.

– Lady Sarah?

Ela olhou para cima. Ele a observava com uma expressão curiosa nos olhos. Como era possível os olhos dele ficarem mais bonitos a cada vez que ela os via? Ele não estava sorrindo; a verdade era que não sorria com muita frequência. Mas ela viu em seu olhar um brilho de calor, de felicidade.

Aquele brilho não estava ali naquele primeiro dia em Fensmore. Ela se surpreendeu ao perceber como queria que nunca desaparecesse.

– Obrigada – disse, decidida.

Mas, em vez de segurar a bengala, Sarah estendeu a mão para Hugh.

– Pode me ajudar a levantar?

Nenhum deles estava usando luvas, e a súbita explosão de calor na pele de Sarah a fez estremecer. A mão de Hugh se fechou com firmeza ao redor da mão dela e, com uma pequena puxada, Sarah se viu em pé. Na verdade, apoiada em um dos pés. No que estava bom.

– Obrigada – agradeceu de novo, um pouco alarmada com o fato de parecer ofegante.

Sem dizer nenhuma palavra, Hugh lhe estendeu a bengala. Ela a pegou, curvando os dedos ao redor do punho liso. O ato pareceu quase íntimo, segurar o objeto que se tornara praticamente uma extensão do corpo dele.

– É um pouco alta para a senhorita – observou Hugh.

– Vou dar um jeito.

Ela ensaiou um passo.

– Não, não – disse ele. – Precisa se apoiar um pouco mais nela. Assim.

Ele deu um passo para trás de Sarah e pôs a mão sobre a dela no punho da bengala.

Sarah parou de respirar. Hugh estava tão perto que ela conseguia sentir a expiração dele, quente e fazendo cócegas na ponta de sua orelha.

– Sarah? – murmurou ele.

Ela apenas meneou a cabeça. Precisava de algum tempo para recuperar a voz.

– E-eu acho que agora consigo.

Hugh se afastou e, por um instante, tudo o que Sarah conseguiu sentir foi a ausência dele. Foi surpreendente, desconcertante e…

Frio.

– Sarah?

Ela interrompeu o estranho devaneio.

– Desculpe-me – murmurou. – Estava distraída.

Ele sorriu. Talvez fosse um sorriso malicioso. Amigável, mas ainda assim malicioso.

– O que foi? – indagou ela, que nunca o vira sorrir assim.

– Só estava pensando onde estaria o guarda-roupa.

Ela demorou um momento para entender – estava certa de que teria entendido de imediato se não estivesse tão confusa – e então lhe sorriu e disse:

– O senhor me chamou de Sarah.

Ele parou.

– Sim. Desculpe-me. Foi um lapso.

– Não – apressou-se a dizer Sarah, atropelando as últimas palavras dele. – Tudo bem. Eu gostei, acho.

– Acha?

– Sim – disse ela. – Somos amigos agora, eu acho.

– Acha.

Dessa vez o sorriso foi definitivamente malicioso.

Ela lhe lançou um olhar sarcástico.

– Não conseguiu resistir, não é?

– Não – murmurou ele. – Acho que não.

– Isso foi tão terrível que quase foi bom – zombou Sarah.

– E isso foi um insulto tão grande que quase me sinto elogiado.

Ela estava tentando não sorrir. Aquela era uma batalha de provocações e, de algum modo, Sarah sabia que, se risse, perderia. Se bem que perder não era uma possibilidade tão ruim. Não nesse caso.

– Vamos logo – disse Hugh, com fingida severidade. – Vamos vê-la andar até a biblioteca.

E ela andou. Não foi fácil nem indolor, mas andou.

– Está se saindo muito bem – declarou Hugh quando os dois se aproximaram do destino.

– Obrigada – agradeceu Sarah, ridiculamente feliz com o elogio. – Isso é maravilhoso. Tanta independência! Foi horrível ter que depender de alguém para me carregar.

Ela olhou para Hugh por cima do ombro.

– É assim que se sente?

Ele curvou os lábios em uma expressão irônica.

– Não exatamente.

– Não? Porque…

A garganta de Sarah quase se fechou.

– Não importa – falou ela.

Como ela era *idiota*. Claro que ele não se sentia igual. Ela estava usando a bengala *naquele dia*. Ele a usaria para sempre.

Daquele momento em diante, Sarah não se perguntou mais por que ele não sorria com muita frequência. Em vez disso, passou a se admirar por ele ainda sorrir.

CAPÍTULO 13

Sala de estar azul
Whipple Hill
Oito da noite

Quando se tratava de compromissos sociais, Hugh nunca sabia o que era pior: chegar cedo e ficar exausto de tanto se levantar a cada vez que uma dama aparecia ou chegar tarde e ser o centro das atenções ao entrar na sala mancando. Naquela noite, porém, sua perna doente decidira por ele.

Não estava mentindo quando dissera a Sarah que provavelmente sentiria dor naquela noite. Mas estava feliz por ela ter aceitado a bengala. Tinha sido, pensou com uma surpreendente ausência de amargura, o mais perto que ele chegaria de tomá-la nos braços e levá-la para um lugar seguro.

Patético, mas um homem precisava se apegar aos triunfos que tinha.

Quando Hugh entrou na grande sala de estar em Whipple Hill, a maioria dos outros convidados já estava presente. Umas setenta pessoas, se seus cálculos estivessem certos. Mais da metade da "caravana" estava alojada em hospedarias próximas. Todos se divertiam na casa durante o dia, mas partiam à noite.

Quando entrou pela porta, não se deu ao trabalho de fingir que não procurava Sarah. Os dois haviam passado grande parte do dia na biblioteca, em paz na companhia um do outro, de vez em quando conversando, mas principalmente lendo. Sarah lhe pedira que demonstrasse sua genialidade matemática (palavras dela, não dele), e Hugh o fizera. Sempre detestara se exibir, mas Sarah o tinha ouvido com tanto prazer e divertimento que ele não sentira o desconforto comum a essas situações.

Julgara-a mal, percebeu. Sim, ela era muito dramática e dada a grandes pronunciamentos, mas não era a debutante superficial que um dia ele imaginara. Hugh também começava a perceber que a antipatia que Sarah sen-

160

tira por ele não fora totalmente sem motivo. Ele a prejudicara – sem querer, mas prejudicara. Era verdade que ela teria participado daquela primeira temporada em Londres se não fosse por seu duelo com Daniel.

Hugh não chegaria ao ponto de concordar que arruinara a vida dela, mas, agora que a conhecia melhor, não parecia improvável que lady Sarah Pleinsworth houvesse conseguido fisgar um daqueles lendários quatorze cavalheiros.

No entanto, ele era incapaz de lamentar que isso não tivesse acontecido.

Quando Hugh a encontrou – na verdade, foi a risada dela que o atraiu –, Sarah estava sentada em uma poltrona no meio da sala com os pés descansando em um pequeno pufe. Estava com uma das primas. A pálida, Iris. Ela e Sarah pareciam ter um relacionamento estranho, um pouco competitivo. Hugh nunca ousaria se considerar um especialista em mulheres, mas estava claro que aquelas duas tinham conversas inteiras com nada além de olhos estreitados e inclinações de cabeça.

Naquele momento, porém, pareciam descontraídas, por isso ele foi até elas e fez educadamente uma mesura.

– Lady Sarah – disse. – Srta. Smythe-Smith.

Ambas as damas sorriram e o cumprimentaram.

– Não quer se juntar a nós? – convidou Sarah.

Hugh se sentou na poltrona à esquerda dela, aproveitando a oportunidade para esticar a perna. Geralmente tentava não atrair atenção para si mesmo fazendo isso em público, mas Sarah sabia que ele ficaria mais à vontade assim e, o que era ainda mais importante, Hugh sabia que Sarah não se acanharia em dizer como ele deveria se sentar.

– Como está seu tornozelo? – indagou-lhe o lorde.

– Ótimo – respondeu ela, e então torceu o nariz. – Não, isso é mentira. Está bem ruim.

Iris deu uma risadinha.

– Está mesmo – disse Sarah com um suspiro. – Acho que o forcei demais de manhã.

– Achei que tivesse passado a manhã na biblioteca – comentou Iris.

– Eu passei. Mas lorde Hugh muito gentilmente me emprestou sua bengala, e cruzei a casa toda sozinha – contou, olhando carrancuda para o pé.

– Embora depois disso não tenha feito absolutamente nada. Não sei por que dói tanto.

161

– Esse tipo de lesão leva tempo para sarar – explicou Hugh. – Pode ter sido mais do que uma simples distensão.

Sarah fez uma careta.

– Meu pé fez um som horrível quando o torci no degrau. Como o de algo sendo rasgado.

– Ah, que horror! – exclamou Iris, estremecendo. – Por que você não disse nada?

Sarah apenas deu de ombros.

– Acredito que isso não seja um bom sinal – comentou Hugh. – Não deve ser nada irreversível, mas a lesão talvez tenha sido mais profunda do que pensávamos.

Sarah deu um suspiro dramático.

– Suponho que terei que conceder audiências em meu quarto de vestir, como uma rainha da França.

Iris olhou para Hugh e comentou:

– E ela está falando sério.

Hugh não duvidava disso.

– Ou – continuou Sarah, os olhos assumindo um brilho perigoso – eu poderia pedir que providenciem uma liteira para me carregarem.

Hugh riu do exagero dela. Aquele era o tipo de coisa que, apenas uma semana antes, o teria irritado muitíssimo. Agora que conhecia Sarah melhor, porém, ele achava graça. Ela tinha um modo único de deixar as pessoas à vontade. Hugh acreditava sinceramente que isso era um talento.

– Deveríamos buscar também um cálice de ouro cheio de uvas para servi-la na boca? – gracejou Iris.

– Mas é claro – respondeu Sarah, mantendo uma expressão arrogante por uns dois segundos antes de dar um sorriso.

Então os três começaram a rir, o que deve ter sido o motivo de não haverem percebido a presença de Daisy Smythe-Smith até que ela estivesse praticamente em cima deles.

– Sarah – chamou Daisy, intrometendo-se no grupo –, posso lhe dar uma palavra?

Hugh se levantou. Ainda não tivera chance de conhecer aquela Smythe-Smith. Ela parecia jovem, ainda na escola, mas com idade suficiente para participar de um jantar em um evento com a família.

– Daisy – cumprimentou-a Sarah. – Boa noite. Já foi apresentada a lorde Hugh Prentice? Lorde Hugh, esta é a Srta. Daisy Smythe-Smith. Ela é irmã de Iris.

Claro. Já ouvira falar daquela família. O Buquê Smythe-Smith, como certa vez alguém as chamara. Não conseguia se lembrar de todos os nomes. Daisy, Iris e talvez Rose e Violet. Torcia para que nenhuma fosse Ambrosia.

Daisy fez uma rápida reverência, mas na certa não tinha nenhum interesse nele, porque logo virou a cabeça loira cacheada de novo para Sarah.

– Como você não pode dançar hoje – disse sem rodeios –, minha mãe decidiu que vamos tocar.

Sarah empalideceu e Hugh se lembrou daquela primeira noite em Fensmore, quando ela ia contar algo sobre as apresentações musicais da família e fora interrompida antes que pudesse concluir a frase. Ele nunca soube o que ela ia dizer.

– Iris não vai poder tocar conosco – continuou Daisy, ignorando a reação de Sarah. – Não trouxemos um violoncelo e lady Edith não foi convidada para *este* casamento. Não que isso fosse nos fazer alguma diferença – disse, torcendo o nariz, ofendida. – Foi muito indelicado da parte dela não nos emprestar o violoncelo em Fensmore.

Hugh viu Sarah lançar um olhar de desespero para Iris, que reagiu apenas demonstrando solidariedade. E horror.

– Mas o piano daqui está afinado – completou Daisy. – E claro que eu trouxe meu violino, por isso podemos fazer um dueto.

Foi a vez de Iris lançar um olhar expressivo para Sarah. As duas estavam tendo outra daquelas conversas silenciosas e intraduzíveis para qualquer pessoa do sexo masculino, pensou Hugh.

– A única questão é o que tocar – prosseguiu Daisy. – Proponho o "Quarteto nº 1" de Mozart, já que não temos tempo para ensaiar.

Ela se virou para Hugh.

– Nós já o tocamos este ano – explicou.

Sarah emitiu um som sufocado.

– Mas...

Porém Daisy não deixaria que a interrompessem.

– Presumo que você se lembre da sua parte – atalhou.

– Não! Não me lembro. Daisy, eu...

– Sei que só há duas de nós, mas não acho que isso fará diferença – continuou Daisy.

163

– Não? – perguntou Iris, sentindo-se vagamente nauseada.

Daisy olhou para a irmã. Foi um olhar de relance, notou Hugh, mas ainda assim com um grau surpreendente de irritação.

– É só ignorarmos o violoncelo e o segundo violino – anunciou.

– Você toca o segundo violino – observou Sarah.

– Não quando só há uma violinista – respondeu Daisy.

– Isso não faz o menor sentido – interpôs Iris.

Daisy bufou de irritação.

– Mesmo se eu tocar a segunda parte, como fiz na primavera passada, ainda assim serei a única violinista.

Ela esperou pelo apoio de Sarah, que não veio. Então concluiu:

– O que me torna a primeira violinista.

Até mesmo Hugh sabia que não funcionava assim.

– Não se pode tocar um segundo violino sem um primeiro – retrucou Daisy com impaciência. – É numericamente impossível.

Ah, não, pensou Hugh, *ela não vai meter números nisso.*

– Não posso tocar hoje, Daisy – disse Sarah, balançando a cabeça devagar.

– Sua mãe disse que tocaria.

– Minha mãe...

– O que lady Sarah quer dizer – interpôs Hugh com suavidade – é que ela já prometeu dedicar a noite a mim.

Parecia que ele estava desenvolvendo um gosto por bancar o herói. Até mesmo para damas que não tinham 11 anos e paixão por unicórnios.

Daisy olhou para ele com espanto.

– Não entendi.

Pela expressão no rosto de Sarah, ela também não entendera. Hugh deu seu sorriso mais afável e explicou:

– Também não posso dançar, então lady Sarah se ofereceu para me fazer companhia.

– Mas...

– Estou certo de que lorde Winstead já providenciou a música para esta noite – continuou Hugh.

– Mas...

– E raramente tenho alguém que me faça companhia em noites como esta.

– Mas...

Deus, a garota era insistente.

– Temo que eu não possa liberá-la do compromisso – explicou Hugh.

– Ah, eu nunca faria isso – disse Sarah, finalmente fazendo seu papel. Ela encolheu os ombros num gesto de impotência. – Eu prometi.

Daisy parecia enraizada no chão, o rosto contorcendo-se à medida que percebia a derrota.

– Iris... – começou.

– Não vou tocar piano – declarou Iris, quase gritando.

– Como sabia que eu ia lhe pedir isso? – perguntou Daisy, franzindo a testa com petulância.

– Você é minha irmã e eu a conheço desde que nasceu – respondeu Iris, impaciente. – Claro que eu sabia o que ia me pedir.

– Todas nós tivemos que aprender a tocar piano – gemeu Daisy. – E depois todas nós paramos de ter aulas quando passamos a tocar instrumentos de corda.

– O que Iris quer dizer – interveio Sarah, olhando de relance para Hugh antes de se voltar para Daisy e completar: – é que você é muito mais habilidosa ao violino do que ela ao piano.

Iris deixou escapar um ruído como se estivesse engasgando, mas, quando do Hugh olhou para ela, a moça estava dizendo:

– É verdade, Daisy. Você sabe disso. Só me deixaria constrangida.

– Muito bem – concedeu Daisy por fim. – Eu poderia tocar algo sozinha.

– Não! – gritaram Sarah e Iris ao mesmo tempo.

E foi realmente um grito. Algumas pessoas se viraram na direção delas e Sarah se viu forçada a sorrir e dizer um "Desculpem-me" envergonhado.

– Por que não? – perguntou Daisy. – Ficarei feliz em fazer isso e não faltam solos de violino para escolher.

– É muito difícil dançar com a música de um único violino – Iris se apressou a contestar.

Hugh não sabia se isso era verdade, mas certamente não iria questioná-la.

– Acho que tem razão – concordou Daisy. – O que é uma tristeza. Afinal de contas, este é um casamento da família e seria muito mais especial se a família tocasse a música.

Essa não foi simplesmente a única coisa altruísta que ela disse; foi *totalmente* altruísta e, quando Hugh arriscou um olhar de relance para Sarah e Iris, ambas estavam com expressões um tanto envergonhadas.

– Haverá outras oportunidades – disse Sarah, sem especificá-las.

– Talvez amanhã – completou Daisy com um pequeno suspiro.

Nem Sarah nem Iris disseram uma só palavra. Seria difícil até afirmar que elas continuavam respirando.

Um sino tocou anunciando o jantar e Daisy partiu. Quando Hugh se levantou, Sarah disse:

– Pode entrar com Iris. Daniel prometeu que me carregaria. E devo dizer que estou grata – confessou ela, franzindo o nariz. – É muito estranho que um lacaio faça isso.

Hugh estava prestes a dizer que esperariam Daniel juntos, mas o amigo, pontual, chegou em seguida. Hugh mal havia oferecido o braço a Iris quando Daniel pegou Sarah no colo e a carregou para a sala de jantar.

– Se não fossem primos – disse Iris naquele tom seco que Hugh estava começando a perceber que era só dela – isso teria sido muito romântico.

Hugh a encarou.

– Eu disse "se não fossem primos" – salientou Iris. – Seja como for, ele está tão apaixonado pela Srta. Wynter que não notaria se um harém de mulheres nuas caísse do teto.

– Ah, ele notaria – disse Hugh, percebendo que Iris tentava provocá-lo. – Só não faria nada em relação a isso.

Quando Hugh entrou na sala de jantar de braço dado com a mulher errada, ocorreu-lhe que ele também não faria nada se um harém caísse do teto.

Mais tarde naquela noite
Depois do jantar

– Está ciente – perguntou Sarah para Hugh – de que está preso a mim pelo resto da noite?

Eles estavam sentados no gramado, sob tochas que de algum modo conseguiam aquecer o ar o suficiente para permitir que as pessoas permanecessem ali fora, desde que tivessem um casaco. E um cobertor.

Não eram os únicos que aproveitavam a bela noite. Uma dezena de cadeiras e poltronas fora posta na grama do lado de fora do salão de baile e metade delas estava ocupada. Mas Sarah e Hugh eram os únicos que as tinham adotado como residência permanente.

– Se sair do meu lado – continuou Sarah –, Daisy vai me arrastar para o piano.

– Isso seria tão horrível assim? – perguntou ele.

Ela o fitou e disse:

– Vou me certificar de enviar-lhe um convite para nossa próxima apresentação musical.

– Estou ansioso para isso.

– Não – disse ela. – Não está.

– Isso tudo parece muito misterioso – comentou Hugh, recostando-se confortavelmente na poltrona. – Segundo a minha experiência, a maioria das jovens damas anseia por demonstrar suas habilidades ao piano.

– Nós – disse Sarah, parando para dar a ênfase certa ao pronome – somos excepcionalmente horríveis.

– Não é possível que sejam tão ruins – insistiu ele. – Se fossem, não fariam apresentações anuais.

– Supondo que as pessoas sigam a lógica – avaliou ela, com uma careta. – E o bom gosto.

Não havia por que protegê-lo da verdade nua e crua. Ele logo a descobriria de qualquer forma, se estivesse em Londres na época errada do ano.

Hugh riu e Sarah ergueu a cabeça na direção do céu, sem desejar desperdiçar outro pensamento com as apresentações musicais infames de sua família. A noite estava bonita demais para isso.

– Quantas estrelas! – murmurou.

– Gosta de astronomia?

– Na verdade, não – admitiu Sarah. – Mas gosto de olhar para as estrelas em uma noite clara.

– Aquela é Andrômeda – disse Hugh, apontando para uma constelação que Sarah achou que mais parecia um forcado meio torto.

– E aquela? – perguntou ela, mostrando um rabisco que parecia a letra W.

– Cassiopeia.

Ela moveu o dedo um pouco para a esquerda.

– E aquela?

– Não faço ideia – admitiu Hugh.

– Já contou todas? – perguntou Sarah.

– As estrelas?

– O senhor conta tudo – brincou.

– As estrelas são infinitas. Nem mesmo eu seria capaz de contá-las.

– É claro que seria – disse Sarah, sentindo-se encantadora e travessa. – Não poderia ser mais simples. Infinito menos um, infinito, infinito mais um.

Ele a encarou com uma expressão que deixava claro o ridículo daquela teoria, mas disse apenas:

– Não funciona assim.

– Deveria funcionar.

– Mas não funciona. Infinito mais um ainda é infinito.

– Bem, isso não faz *nenhum* sentido.

Ela suspirou alegremente, puxando o cobertor para mais perto do corpo. Adorava dançar, mas não conseguia imaginar por que alguém escolheria permanecer no salão quando poderia estar no gramado, celebrando os céus.

– Sarah! E Hugh! Que bela surpresa!

Sarah e Hugh se entreolharam enquanto Daniel se dirigia a eles, seguido pela sorridente noiva. Sarah ainda não estava totalmente acostumada com a iminente mudança de posição da Srta. Wynter – de governanta de suas irmãs a condessa de Winstead e futura prima. Não que Sarah fosse esnobe em relação a isso, ou pelo menos ela não achava que fosse. Esperava não ser. Gostava de Anne. E gostava de como Daniel ficava feliz quando estava com ela.

Só que tudo aquilo era muito estranho.

– Onde está lady Danbury quando precisamos dela? – indagou Hugh.

Sarah se virou para ele com um sorriso curioso.

– Lady Danbury?

– Certamente deveríamos comentar que não é nenhuma surpresa.

– Ah, não tenho tanta certeza – disse Sarah com um sorriso. – Até onde sei, ninguém aqui é meu sobrinho-bisneto.

– Ficaram aqui fora a noite toda? – perguntou Daniel quando ele e Anne se aproximaram dos dois convidados.

– Na verdade, sim – confirmou Hugh.

– Não estão com frio? – perguntou Anne.

– Estamos bem cobertos – disse Sarah. – E a verdade é que, já que não posso dançar, fico feliz em estar aqui fora no ar fresco.

– Vocês dois estão formando um belo par esta noite – comentou Daniel.

– Acho que este é o canto dos aleijados – disse Hugh secamente.

– Pare de dizer isso – repreendeu-o Sarah.

– Ah, desculpe-me.

Hugh olhou para Daniel e Anne.

– Ela vai sarar, é claro, então não pode ser incluída no grupo.

Sarah se inclinou para a frente.

– Não foi isso que eu quis dizer. Bem... foi, mas não totalmente.

Daniel e Anne olhavam um tanto confusos para os dois, então ela explicou:

– Esta é a terceira, não, a quarta vez que ele diz isso.

– Canto dos aleijados? – repetiu Hugh, e mesmo à luz da tocha Sarah pôde ver que ele estava achando graça.

– Se não parar de falar assim, juro que vou embora.

Hugh ergueu uma sobrancelha.

– Não acabou de dizer que estou preso à senhorita pelo resto da noite?

– Não deveria se chamar de aleijado – retrucou Sarah. A voz estava ficando passional demais, mas ela não sabia se conter. – É uma palavra horrível.

Como seria de prever, Hugh avaliou o pensamento dela sem se abalar:

– O termo se aplica.

– Não, não se aplica.

Ele riu.

– Vai me comparar com um cavalo de novo?

– Isto é muito mais interessante do que qualquer coisa que esteja acontecendo lá dentro – comentou Daniel para Anne.

– Não – disse Anne, com firmeza. – Não é. E certamente não é da nossa conta.

Ela puxou o braço de Daniel, mas ele estava com os olhos fixos em Sarah e Hugh.

– Poderia ser – disse.

Anne suspirou e revirou os olhos.

– Você é um fofoqueiro.

Então ela lhe disse algo que Sarah não conseguiu ouvir, e Daniel, ainda que relutante, deixou que a noiva o arrastasse para longe.

Sarah os viu sair de perto, um pouco confusa com o óbvio desejo de Anne de se afastar. Ela achava que os dois precisavam de privacidade? Que estranho. Ainda assim, não tinha acabado aquela conversa, por isso se voltou para Hugh e disse:

– Se quiser, pode se chamar de coxo. Mas eu o proíbo de se chamar de aleijado.

Hugh recuou, surpreso. E talvez divertido.

– Proíbe?

– Sim. Proíbo.

Sarah engoliu em seco, desconfortável com a torrente de emoções que o assaltavam. Pela primeira vez naquela noite, estavam totalmente a sós no gramado. Se ela falasse em um tom de voz mais baixo, Hugh ainda assim a ouviria.

– Eu não gosto de "coxo", mas pelo menos isso dá uma ideia de parte. Quando se chama de aleijado, é como se essa palavra o definisse por inteiro.

Hugh a encarou por um longo momento antes de se levantar e percorrer a curta distância até a poltrona dela. Então se inclinou e, tão suavemente que Sarah não teve certeza de que o ouvira, disse:

– Lady Sarah Pleinsworth, pode me dar o prazer desta dança?

Hugh não estava preparado para o olhar de Sarah. Ela ergueu a cabeça na direção da dele, os lábios abrindo-se como se tomasse fôlego, e naquele momento Hugh teria jurado que o sol nascia e se punha no sorriso dela.

Ele se inclinou, ficando perto o bastante para um sussurro:

– Se, como diz, não sou aleijado, então posso dançar.

– Tem certeza? – sussurrou Sarah.

– Nunca saberei se não tentar.

– Não serei muito graciosa – disse ela com tristeza.

– Por isso é a parceira perfeita.

Ela estendeu o braço e pôs a mão na dele.

– Lorde Hugh, eu ficaria honrada em dançar com o senhor.

Sarah se moveu com cuidado para a beirada da poltrona e, depois, deixou Hugh puxá-la para que ficasse em pé. Ou melhor, em um pé só. Foi quase cômico: ele apoiado na poltrona e ela apoiada nele. Nenhum dos dois pôde impedir que seus sorrisos se transformassem em risadas.

Quando ambos estavam aprumados e razoavelmente equilibrados, Hugh ouviu acordes musicais flutuando na brisa da noite. Uma quadrilha.

– Acho que estou ouvindo uma valsa – disse.

Sarah o encarou, prestes a corrigi-lo. Hugh pôs um dedo nos lábios dela.

– É para ser uma valsa – disse.

E viu o instante em que ela compreendeu. Os dois nunca conseguiriam acompanhar uma dança típica escocesa, um minueto ou uma quadrilha. Até mesmo uma valsa exigiria um esforço considerável.

Hugh estendeu a mão e pegou a bengala, que repousava na lateral da poltrona.

– Se eu apoiar minha mão aqui – disse Hugh, segurando o punho da bengala – e a senhorita puser a sua sobre a minha...

Sarah seguiu o movimento de Hugh e ele pôs a outra mão na base das costas dela. Sem tirar os olhos dos de Hugh, Sarah pousou a mão livre no ombro dele.

– Assim? – sussurrou.

Ele assentiu.

– Assim.

Foi a valsa mais estranha e desajeitada que se poderia imaginar. Em vez de um par de mãos dadas, elegantemente posicionadas, ambos se apoiaram na bengala. Não muito, porque não precisavam de tanto apoio, não quando tinham um ao outro. Hugh cantarolou o ritmo e conduziu Sarah com uma leve pressão nas costas, movendo a bengala sempre que era hora de se virarem.

Ele não dançava fazia quase quatro anos. Durante todo esse tempo não sentira a música fluir através de seu corpo nem o calor da mão de uma mulher na sua. E essa noite... estava sendo mágica, quase espiritual, e ele soube que jamais poderia agradecer a Sarah o suficiente por isso, por restaurar um pedaço da alma dele.

– Você é muito gracioso – disse Sarah, erguendo os olhos para ele com um sorriso enigmático.

Era o sorriso que ela usava em Londres, Hugh tinha certeza disso. Quando dançava em um baile, quando erguia os olhos para um pretendente e lhe fazia um elogio, era assim que sorria. Isso o fez sentir-se normal. De um jeito bom.

Nunca pensou que ficaria tão grato por um sorriso.

Ele abaixou a cabeça na direção da de Sarah e fingiu contar um segredo.

– Venho treinando há anos. Quer tentar um rodopio?

– Ah, sim. Quero.

Juntos eles ergueram a bengala, balançaram-na suavemente para a direita e depois puseram a ponta novamente na grama.

Ele se inclinou.

– Esperava o momento certo para mostrar meu talento ao mundo.

– O momento certo?

– A parceira certa – corrigiu-se Hugh.

– Eu sabia que havia um motivo para eu ter caído daquela carruagem.

Ela riu e ergueu os olhos, que estavam com um brilho travesso.

– Não vai dizer que sabia que havia um motivo para não ter me segurado?

Mas com isso ele não podia brincar.

– Não – disse com firmeza. – Nunca.

Sarah estava olhando para baixo, mas ele pôde ver pela curva nas bochechas dela que sua resposta a deixara satisfeita. Alguns momentos depois, Sarah disse:

– Você amorteceu minha queda.

– Parece que sou bom em alguma coisa – respondeu Hugh, feliz por voltarem ao território seguro das brincadeiras e provocações.

– Ah, quanto a isso eu não sei, meu lorde. Suspeito de que seja bom em muitas coisas.

– Acabou de me chamar de "meu lorde"?

Dessa vez, Hugh percebeu o sorriso de Sarah na respiração dela, antes mesmo que chegasse aos lábios e ela dissesse:

– Parece que sim.

– Não posso imaginar o que fiz para merecer essa honra.

– Ah, não é uma questão do que fez para merecê-la – disse Sarah –, mas do que eu *acho* que fez.

Por um momento ele parou de dançar.

– Isso pode explicar por que não entendo as mulheres.

Ela riu.

– Estou certa de que é apenas um dos muitos motivos.

– Está fazendo pouco de mim.

– Pelo contrário. Não conheço nenhum homem que realmente queira entender as mulheres. Se entendessem, do que iriam se queixar?

– De Napoleão?

– Ele morreu.

– Do tempo?

– Já fez isso, não que tenha algum motivo de queixa esta noite.

– Não – concordou ele, olhando para as estrelas. – A noite está especialmente linda.

– Sim. Sim, está.

Ele devia ter ficado satisfeito com isso, mas estava se sentindo insaciável e não queria que a dança terminasse, então deixou sua mão pousar mais pesadamente nas costas dela e disse:

– Não me contou o que acha que eu fiz para merecer a honra de ser chamado de "seu lorde".

Ela o encarou com olhos atrevidos.

– Bem, se eu fosse totalmente sincera, poderia admitir que foi apenas o que saiu da minha boca. Realmente dá um ar de flerte a uma afirmação.

– Essa doeu.

– Ah, mas não vou ser totalmente sincera. Em vez disso, vou recomendar que se pergunte por que senti vontade de flertar.

– Levarei em conta essa recomendação.

Ela cantarolou baixinho enquanto eles giravam.

– Vai me fazer perguntar, não é? – indagou ele.

– Só se você quiser.

Hugh sustentou o olhar dela.

– Eu quero.

– Muito bem, o flerte foi porque…

– Espere um momento – interrompeu-a Hugh, porque ela merecia isso depois de fazê-lo perguntar. – Está na hora de outro rodopio.

Os dois giraram com perfeição, o que, no caso deles, significava que não caíram.

– Você estava dizendo… – encorajou-a.

Sarah ergueu os olhos para ele com fingida severidade.

– Eu *deveria* alegar que perdi o fio da meada.

– Mas não o fará.

Ela fez uma carinha triste.

– Ah, mas acho que perdi.

– *Sarah.*

– Como consegue fazer meu nome soar tão ameaçador?

– Na verdade não importa se soa ameaçador – disse ele. – Só importa se a senhorita *acha* que soa assim.

Ela arregalou os olhos e desatou a rir.

– Você venceu – disse ela.

Hugh estava bem certo de que ela teria erguido as mãos reconhecendo a derrota se os dois não dependessem um do outro para ficar em pé.

– Acho que sim – murmurou Hugh.

Foi a valsa mais estranha e desajeitada que se poderia imaginar, mas também foi o momento mais perfeito da vida dele.

CAPÍTULO 14

Dias depois, tarde da noite,
no quarto de hóspedes compartilhado por
ladies Sarah e Harriet Pleinsworth

– Vai ler a noite toda?

Os olhos de Sarah, que percorriam as páginas de um romance no mais prazeroso abandono, detiveram-se na palavra "madressilva".

– Essa pergunta faz algum sentido? – retrucou ela (com considerável irritação). – É claro que não vou ler a noite toda. Algum ser humano por acaso já foi capaz de ler a noite toda?

Aquela foi uma indagação da qual se arrependeu imediatamente, porque era Harriet quem estava deitada na cama ao seu lado e, se havia uma pessoa no mundo que responderia "provavelmente sim", era ela.

– Bem, não vou – murmurou Sarah, embora já tivesse dito isso.

Era importante ter a última palavra em uma discussão com as irmãs, mesmo que isso significasse se repetir.

Harriet se virou para o lado de Sarah, acomodando o travesseiro debaixo da cabeça.

– O que está lendo?

Sarah conteve um suspiro e deixou que as páginas do livro se fechassem em volta do dedo indicador. Aquela não era uma sequência estranha de acontecimentos. Quando Sarah não conseguia dormir, lia romances. Quando Harriet não conseguia dormir, amolava Sarah.

– *A Srta. Butterworth e o barão louco.*

– Já não tinha lido esse romance?

– Sim, mas às vezes releio. É bobo, mas gosto dele.

Ela tornou a abrir o livro, encontrou de novo a palavra "madressilva" e se preparou para dar continuidade à leitura.

– Você viu lorde Hugh esta noite no jantar?

Sarah pôs o indicador de volta no livro.

– Sim, é claro que vi. Por quê?

– Por nenhum motivo em particular. Achei que ele estava muito bonito.

Harriet havia jantado com os adultos naquela noite, para o desgosto de Elizabeth e Frances.

Agora faltavam três dias para o casamento e Whipple Hill andava a todo vapor. Marcus e Honoria (lorde e lady Chatteris, lembrou-se Sarah) tinham chegado de Fensmore corados, sorridentes e parecendo loucamente felizes. Observá-los teria sido o suficiente para fazer Sarah ter vontade de vomitar, mas ela mesma estava se divertindo bastante, rindo e brincando com lorde Hugh.

Era estranho, mas a primeira coisa em que pensava quando acordava de manhã era no rosto de Hugh. Procurava por ele no café da manhã e sempre parecia encontrá-lo lá, com seu prato quase cheio, como se para indicar que chegara apenas um instante antes dela.

Todas as manhãs eles se demoravam ali. Diziam a si mesmos que era porque não podiam participar das muitas atividades planejadas para o dia – embora, na verdade, o tornozelo de Sarah tivesse melhorado muito. E, mesmo que uma caminhada para o vilarejo ainda estivesse fora de questão, não havia motivo para que ela não participasse dos jogos leves que ocorriam no gramado.

Eles se demoravam ali e Sarah fingia sorver seu chá. Porque, se realmente bebesse o que fingia beber durante as horas em que ficava à mesa, seria forçada a interromper a conversa.

Eles se demoravam ali e a maioria das pessoas parecia não notar. Hóspedes surgiam, pegavam comida no aparador, bebiam café e chá, depois saíam. Às vezes alguém se juntava à conversa de Sarah e Hugh, às vezes não.

E, quando inevitavelmente chegava a hora de os criados limparem a sala do café da manhã, Sarah se levantava e mencionava ao acaso o lugar onde passaria a tarde lendo um livro.

Hugh nunca dizia que planejava se juntar a ela, mas sempre o fazia.

Tinham se tornado amigos, e se de vez em quando Sarah se via olhando para a boca de Hugh e pensando que toda pessoa um dia daria o primeiro beijo e que seria maravilhoso se o dela fosse com ele... Bem, ela guardava essas coisas para si mesma.

Mas estava ficando sem romances para ler. A biblioteca de Whipple Hill era vasta, mas desprovida do tipo de livro que Sarah gostava de ler.

A *Srta. Butterworth* havia sido displicentemente guardado entre *A divina comédia* e *A megera domada*.

Ela olhou para as páginas em seu colo. A Srta. Butterworth ainda não encontrara seu barão, e Sarah estava ansiosa pelo desenrolar da trama.

Forsythia... forsythia...

– Achou que ele estava bonito?

Sarah deu um gemido de irritação.

– Você achou que lorde Hugh estava bonito? – insistiu Harriet.

– Não sei, só parecia ele mesmo.

A primeira parte era mentira. Sarah sabia bem o que achara: lindo de morrer. A segunda parte era verdade, e provavelmente o motivo de tê-lo considerado tão bonito desde o início.

– Acho que Frances se apaixonou por ele – comentou Harriet.

– Provavelmente – concordou Sarah.

– Ele é muito gentil com ela.

– Sim, é.

– Ele a ensinou a jogar *piquet* esta tarde.

Devia ter sido enquanto ela estava ajudando Anne a fazer a última prova do vestido, pensou Sarah. Não podia imaginar quando mais ele teria tido tempo para isso.

– Ele não a deixou ganhar. Acho que ela pensou que deixaria, mas até gostou de não ter deixado.

Sarah deu um longo e sofrido suspiro.

– Harriet, do que se trata isso tudo?

Harriet recuou, surpresa.

– Não sei. Só estava puxando conversa.

– Às... – Sarah procurou em vão um relógio. – A esta altura da noite?

Harriet ficou calada por um minuto inteiro. Sarah conseguiu ir de "forsythia" até "pombo" antes que a irmã voltasse a abrir a boca.

– Acho que ele gosta de você.

– De quem você está falando?

– De lorde Hugh – disse Harriet. – Acho que ele gosta de você.

– Ele não gosta de mim – retrucou Sarah.

Ela não estava mentindo; contudo, esperava estar. Porque sabia que estava se apaixonando por Hugh e, se ele não sentisse o mesmo por ela, não imaginava como poderia suportar isso.

– Acho que você está errada – declarou Harriet.

Sarah voltou, determinada, aos pombos da Srta. Butterworth.

– Você gosta dele?

Sarah se enfureceu. De modo algum conversaria com a irmã sobre isso. Era um assunto novo demais, particular demais. E, sempre que pensava a esse respeito, ficava tensa.

– Harriet, não vou conversar sobre isso agora.

Harriet parou para pensar.

– E amanhã?

– Harriet!

– Ah, está bem, não vou dizer mais nenhuma palavra.

Harriet virou para o outro lado da cama, levando junto metade das cobertas de Sarah.

Sarah bufou, já que o momento exigia que ela manifestasse sua irritação. Então puxou as cobertas e voltou ao livro.

Só que não conseguiu se concentrar.

Seus olhos se fixaram na página 33 durante o que pareceram horas. Ao seu lado, Harriet finalmente parou de se remexer, a respiração desacelerando até que se transformasse num calmo ressonar.

Sarah se perguntou o que Hugh estava fazendo e se ele já tivera dificuldade para dormir.

Imaginou se a perna dele doía muito quando se deitava. Se doía à noite, será que ainda doía de manhã? Será que a dor já o fizera acordar?

Perguntou-se como ele desenvolvera seu talento para a matemática. Certa vez Hugh lhe explicara, depois de Sarah lhe implorar que fizesse multiplicações ridiculamente longas, que enxergava os números em sua cabeça. Só que na verdade não os *via*, era como se de algum modo eles se organizassem até lhe darem a resposta que buscava. Ela nem tentara fingir que o compreendia, só continuara a fazer perguntas, porque ele era adorável quando ficava frustrado.

Hugh sorria quando estava com ela. Não achava que antes sorria muito.

Era possível se apaixonar por alguém em tão pouco tempo? Honoria conhecia Marcus a vida inteira quando se apaixonou por ele. Daniel tinha dito que fora amor à primeira vista o que sentira pela Srta. Wynter. De algum modo isso quase parecia mais lógico do que a situação de Sarah.

Poderia ficar deitada na cama com suas dúvidas a noite inteira, mas estava inquieta demais. Então se levantou, foi até a janela e afastou as cortinas. A lua não estava cheia, mas com quase metade visível, e a luz prateada brilhava no gramado.

Orvalho, pensou, e percebeu que já calçara os chinelos. A casa estava em silêncio e ela sabia que não deveria ter saído do quarto, e nem fora o luar que a chamara...

Fora a brisa. Havia muito que as folhas tinham caído das árvores, mas os pequenos pontos nas extremidades dos galhos eram leves o suficiente para que a brisa os fizesse balançar e ondular. Ela só precisava de um pouco de ar fresco. Ar fresco e vento agitando seu cabelo. Fazia anos que não podia usá-lo solto fora do próprio quarto. Ela só queria sair e...

E ser.

Na mesma noite
Em outro quarto

O sono nunca viera fácil para Hugh Prentice. Quando era pequeno, isso acontecia porque ele ficava escutando. Não sabia por que o quarto das crianças em Ramsgate não ficava em algum canto distante, como em todas as outras casas em que já estivera. Mas não ficava, e isso significava que às vezes – e nunca quando estavam preparados (o que não era bem verdade, já que viviam na expectativa de que isso ocorresse) – Hugh e Freddie ouviam a mãe gritar.

Na primeira vez Hugh pulou da cama, mas foi contido na hora pela mão de Freddie.

– Mas mamãe...

Freddie balançou a cabeça.

– E papai...

Hugh também ouvira a voz do pai. Ele parecera zangado. E então rira.

Freddie balançou de novo a cabeça e seu olhar bastou para convencer Hugh, cinco anos mais novo, a voltar para a cama e tapar os ouvidos.

Mas Hugh não pregou os olhos. Se tivessem lhe perguntado no dia seguinte, teria jurado que nem mesmo piscara. Tinha 6 anos e ainda jurava muitas coisas impossíveis.

Quando viu a mãe à noite, antes da ceia, não parecia haver nada de errado com ela. Realmente Hugh tivera a impressão de que ela se machucara, mas a mãe não tinha nenhum hematoma e não parecia doente. Hugh chegou a abrir a boca para lhe perguntar sobre isso, mas Freddie percebeu antes e pisou no pé dele.

Freddie não fazia coisas assim sem um motivo, portanto Hugh se manteve calado.

Nos meses seguintes, Hugh observou os pais com atenção. Só então se deu conta de que raramente os via juntos. Não sabia se jantavam na mesma sala; as crianças comiam em outro lugar.

Quando os via na companhia um do outro, era muito difícil determinar seus sentimentos, já que mal se falavam. Meses se passaram e Hugh começava a imaginar que tudo estava perfeitamente bem.

E então ouviam aquilo de novo. E ele tinha a certeza de que não estava tudo perfeitamente bem. E que não havia nada que pudesse fazer a respeito.

Quando Hugh tinha 10 anos, a mãe sucumbiu a uma febre causada por uma mordida de cachorro (uma mordida pequena, mas que infeccionara muito rápido). Hugh sofreu por ela tanto quanto poderia sofrer por alguém que via por vinte minutos a cada noite, e finalmente parou de ficar à escuta enquanto tentava dormir.

Mas àquela altura isso não importava. Hugh não conseguia pegar no sono porque ficava pensando. Deitava-se na cama e sua mente se agitava, corria e voava, e geralmente fazia tudo menos se acalmar. Freddie lhe dissera que ele precisava imaginar a mente como uma página em branco, o que fez Hugh rir, porque se havia uma coisa que sua mente nunca seria capaz de imaginar era uma página em branco. Hugh via números e padrões o dia inteiro, nas pétalas de uma flor, na cadência dos cascos de um cavalo ao tocar no chão. Alguns desses padrões atraíam imediatamente sua atenção, mas o resto permanecia nos recônditos de sua mente até ele estar quieto na cama. Era então que ressurgiam e, de repente, tudo estava sendo somado, subtraído e reorganizado. E Freddie achava mesmo que ele podia dormir com isso?

(Na verdade, Freddie não achava. Depois que Hugh lhe contou o que se passava em sua cabeça quando tentava dormir, Freddie nunca mais voltou a mencionar a página em branco.)

Agora havia muitos motivos para ele ter dificuldade em dormir. Às vezes era sua perna, com a irritante contração do músculo. Outras vezes era sua natureza desconfiada, que o forçava a ficar pensando no que o pai faria – e ele nunca confiaria de fato no pai, ainda que nos últimos tempos viesse vencendo as batalhas travadas com ele. E às vezes era a mesma coisa de sempre – sua mente sussurrando números e padrões, incapaz de se calar.

Mas Hugh tinha uma nova hipótese: talvez não dormisse porque simplesmente se acostumara com esse tipo particular de frustração. De algum modo, treinara o corpo a pensar que devia ficar deitado como uma tora durante horas antes de enfim entregar os pontos e descansar. Muitas vezes ele não tinha nenhuma explicação razoável para a insônia. Sua perna parecia quase normal, seu pai nem lhe passava pela mente e, ainda assim, o sono não vinha.

Nos últimos tempos, no entanto, vinha sendo diferente.

Ainda tinha dificuldade para dormir. Provavelmente sempre teria. Mas o motivo pelo qual...

Essa era a diferença.

Desde que se machucara, diversas vezes ele se pegara acordado à noite desejando uma mulher ao lado. Ele era homem, e, fora a porcaria da coxa esquerda, todas as outras partes de seu corpo funcionavam bem. Não havia nada de anormal nisso, apenas incômodo.

Mas agora a mulher tinha um rosto e um nome e, embora Hugh se comportasse com total decoro durante todo o dia, à noite, na cama, sua respiração se tornava irregular e seu corpo ardia. Pela primeira vez na vida ansiava pelos números e padrões que assolavam sua mente. Mas tudo em que conseguia pensar era naquele momento alguns dias antes, quando Sarah havia tropeçado no tapete da biblioteca e ele a segurara antes que caísse. Por um instante de êxtase, roçara os dedos na lateral do seio dela. Ela estava usando veludo – e só Deus sabia o que por baixo. Ele chegara a sentir as curvas, a maciez, a suavidade, e aquilo fizera seu desejo crescente se tornar desenfreado.

Então não ficou particularmente surpreso quando rolou na cama, pegou seu relógio de bolso e viu que eram três e meia da manhã. Havia tentado ler, porque isso às vezes o fazia cochilar, mas não funcionara. Tinha passado uma hora fazendo equações entediantes de cabeça, mas também não adiantara. Por fim, admitiu a derrota e foi até a janela. Se não conseguia dormir, pelo menos poderia olhar para algo além do interior das próprias pálpebras.

E lá estava ela.

Ficou aturdido, mas não de todo surpreso. Sarah Pleinsworth vinha habitando seus sonhos fazia mais de uma semana; claro que estaria no gramado no meio da noite na única vez em que ele fora até a janela. Havia um tipo de lógica insana nisso.

Piscou para sair de seu estupor. *O que ela estava fazendo?* Eram três e meia da manhã e, se ele podia vê-la de sua janela, pelo menos outras duas dúzias de pessoas podiam também. Hugh proferiu uma série de imprecações que teriam deixado qualquer marinheiro orgulhoso enquanto andava a passos largos até o guarda-roupa e pegava uma calça.

E, sim, ele conseguia andar a passos largos quando isso era absolutamente necessário. Não era agradável e trazia dor mais tarde, mas conseguia.

Alguns momentos depois, estava mais ou menos vestido (as partes de "menos" estavam cobertas por seu casaco) e andando pelos corredores de Whipple Hill o mais rápido que podia sem acordar a casa inteira.

Parou brevemente ao chegar à porta dos fundos. Sentia os espasmos musculares da perna chegando. Se não parasse e a sacudisse, ela perderia a força. O contratempo lhe deu a chance de varrer o gramado com o olhar, procurando por Sarah. Ela estava usando um casaco que não cobria totalmente a camisola branca, de modo que deveria ser fácil avistá-la...

Ele a viu. Sentada na grama, parada como uma estátua. Abraçando os joelhos junto ao peito, olhando para o céu noturno com uma expressão de serenidade que lhe teria tirado o fôlego se já não estivesse ofegante de medo, raiva e agora alívio.

Hugh se aproximou devagar, poupando a perna agora que a rapidez não era mais essencial. Ela devia estar perdida em pensamentos, porque não pareceu ouvi-lo. Contudo, quando estava a uns oito passos de distância, ele ouviu Sarah inspirar profundamente e então ela se virou.

– Hugh?

Ele não disse nada, apenas continuou andando em sua direção.

– O que está fazendo aqui? – perguntou Sarah, tentando se levantar.

– Eu poderia lhe fazer a mesma pergunta – disparou Hugh.

Ela recuou, surpresa com aquela manifestação de raiva.

– Eu não conseguia dormir e...

– Então pensou em passear aqui fora às três e meia da manhã?

– Sei que isso parece tolice...

– Tolice? – perguntou ele. – Tolice? Está brincando comigo?

– Hugh.

Ela tentou pôr a mão no braço de Hugh, mas ele se esquivou.

– E se eu não a tivesse visto? – perguntou. – E se fosse outra pessoa?

– Eu teria voltado para dentro – disse Sarah, seus olhos procurando os de Hugh com uma expressão de tamanha perplexidade que ele quase recuou.

Ela não podia ser tão ingênua. Ele correra por toda a casa – ele, que em alguns dias mal conseguia andar, correra por toda aquela maldita casa monstruosa sem conseguir afastar a lembrança dos gritos da mãe.

– Acha que todos no mundo querem o seu bem? – indagou.

– Não, mas acho que todos *aqui* sim, e...

– Existem homens no mundo que machucam pessoas, Sarah. Existem homens que machucam *mulheres*.

O rosto de Sarah ficou inexpressivo e ela emudeceu.

E Hugh tentou muito não se lembrar.

– Eu olhei pela minha janela – disse, a voz sufocada. – Olhei pela minha janela às três e meia da manhã e lá estava você, deslizando pelo gramado como um fantasma erótico.

Ela arregalou os olhos, e, ainda que estivessem repletos de espanto, Hugh não notou. Sua mente estava longe demais para isso.

– E se não tivesse sido eu? – continuou, agarrou os braços de Sarah e cravando os dedos na pele dela. – E se outra pessoa a tivesse visto? E se tivesse descido para cá com outras intenções...

O pai de Hugh nunca pedira a permissão de uma mulher.

– Hugh – sussurrou Sarah.

Ela estava olhando para sua boca. Meu Deus, ela estava olhando para sua boca e o corpo dele parecia ter se incendiado.

– E se... e se... – disse Hugh.

Sua língua parecia grossa, sua respiração se tornara irregular e ele nem mesmo sabia ao certo o que estava dizendo.

E então ela mordeu o lábio inferior. Hugh quase pôde senti-lo roçar em seus próprios lábios e então...

Ele se deixou levar.

Apertou-a contra seu corpo, sua boca tomando a dela sem nenhuma sutileza, nenhuma delicadeza, com nada além de pura paixão e carência. Uma de suas mãos se entrelaçou nos cabelos de Sarah e a outra lhe desceu pelas costas, encontrando a curva sensual das nádegas e puxando-a para mais perto.

– Sarah – gemeu, e alguma parte dele percebeu que ela também o tocava.

As mãos de Sarah estavam atrás de sua cabeça, puxando-o para si. Os lábios tinham se suavizado e aberto e ela emitia leves ruídos que o atingiram como raios.

Sem interromper o beijo, Hugh se desvencilhou de seu casaco e o deixou cair no chão. Ambos ficaram de joelhos e então, de repente, Sarah estava deitada de barriga para cima com ele sobre ela. Hugh ainda a beijava, forte e profundamente, como se pudesse fazer esse momento durar para sempre caso seus lábios não deixassem os dela. A camisola de Sarah era de algodão branco, feita para dormir, não provocar, mas deixava o colo à mostra, e logo Hugh estava passando os lábios pela pele macia, perguntando-se quão perto poderia chegar daqueles seios perfeitos sem rasgar o corpete com os dentes e arrancar a peça inteira.

Sarah mexeu o quadril e ele gemeu o nome dela de novo ao se ver acomodado entre as pernas dela. Sua calça o incomodava e ele não tinha a menor ideia de se ela sabia o que isso significava, mas não era capaz de fazer perguntas naquele momento. Arqueou-se contra ela, sabendo muito bem que mesmo através das roupas Sarah sentiria o volume dele.

Sarah ofegou à pressão e suas mãos se tornaram ferozes, afundando no cabelo de Hugh antes de deslizar por suas costas e sob a camisa.

– Hugh – sussurrou, e ele sentiu um dedo passando por sua coluna. – Hugh.

Com uma força de vontade que não sabia que possuía, Hugh se afastou apenas o bastante para olhar nos olhos dela.

– Eu não… eu não…

Meu Deus, era difícil até mesmo pronunciar uma única palavra. Seu coração estava disparado, suas entranhas se retorciam e, na metade do tempo, ele nem sabia se ainda estava respirando.

– Sarah. – Ele tentou de novo. – Não vou possuí-la. Não agora, eu prometo. Mas tenho que saber.

Não planejava beijá-la de novo, mas quando Sarah ergueu os olhos para ele, o pescoço ficou à mostra e foi como se Hugh tivesse sido possuído. Sua língua encontrou a depressão da clavícula dela. Foi lá que ele finalmente conseguiu falar:

– Tenho que saber – repetiu, afastando-se para olhar novamente para o rosto dela. – Você quer?

Ela o encarou, confusa. O desejo estava claro nela, mas ele precisava ouvi-la dizer.

– Você *me* quer? – indagou, sua voz reduzida a uma súplica rouca.

Sarah abriu os lábios, assentiu com a cabeça e sussurrou:

– Sim.

O ar deixou os pulmões de Hugh em uma expiração longa e entrecortada. Subitamente ele se deu conta da magnitude do presente que ela lhe oferecia. Sarah estava se abrindo para ele… e confiando nele. Ele lhe dissera que não a possuiria, e não o faria, pelo menos não naquela noite. Mas desejava aquela mulher mais do que já desejara qualquer coisa na vida e não era cavalheiro o suficiente para cobri-la com o casaco e mandá-la de volta para o quarto.

Desceu uma das mãos até encontrar a bainha da camisola. Sarah ofegou quando ele deslizou o dedo por baixo, mas o som quase foi sufocado pelo gemido dele ao acariciar-lhe a pele quente da perna.

Ninguém jamais a havia tocado ali. Ninguém jamais arrastara a mão até acima de seu joelho. Aquele ponto era dele agora.

– Gosta disto? – sussurrou Hugh, apertando um pouco.

Ela assentiu.

Ele moveu a mão mais para cima, ainda longe do âmago dela, mas mudou um pouco sua pegada de modo que o polegar acariciasse a pele macia da parte interna da coxa.

– E *disto*?

– Sim.

Foi um som sutil, mas ele o ouviu.

– Que tal isto?

A outra mão, a que estivera brincando com os cabelos de Sarah, agora estava em concha no seio, por cima da camisola.

– Ah, meu… Ah, Hugh.

Ele a beijou lenta e profundamente.

– Isso foi um sim?

– Sim.

– Quero vê-la – disse ele, roçando os lábios no ouvido de Sarah. – Quero ver cada centímetro seu e sei que não farei isso agora, mas quero um pouco de você. Está me entendendo?

Ela balançou a cabeça.

– Confia em mim?

Sarah esperou até que os olhos deles se encontrassem.

– Confio minha vida.

Por um momento Hugh não conseguiu sequer se mover. As palavras de Sarah atingiram seu coração e o apertaram. E, quando terminaram de fazer isso, moveram-se mais para baixo. Antes ele pensava que a queria, mas isso não era nada comparado com o desejo primitivo que o dominou ao ouvir aquelas três palavras suaves.

Minha, pensou. *Ela é minha.*

Com dedos trêmulos, desatou o pequeno laço que mantinha fechado o decote de Sarah. Imaginou que pessoa tola pensara em pôr aquilo em uma camisola que não era feita para provocar.

Com um leve puxão, começou a abrir seu pequeno presente e, com outro leve puxão, o tecido deslizou, revelando um seio perfeito. O decote não se abrira o suficiente para revelar os dois seios, mas havia algo de muito erótico em ter apenas um.

Hugh lambeu os lábios e depois lentamente voltou a encará-la. Sem dizer uma só palavra nem desviar o olhar, pôs a mão no mamilo de Sarah.

Não lhe perguntou se ela gostava disso. Não precisou. Ela sussurrou seu nome e, antes que ele pudesse pronunciar alguma palavra, assentiu.

Minha, pensou de novo, e era a coisa mais incrível do mundo porque, até pouco tempo antes, havia presumido – ou, melhor, acreditado – que nunca encontraria alguém, nunca teria uma mulher que pudesse chamar de sua.

Beijou-lhe os lábios com suavidade. Depois beijou o nariz e cada um dos olhos. Era óbvio que estava se apaixonando por ela, mas nunca fora homem de falar sobre seus sentimentos, e as palavras ficaram presas na garganta. Então a beijou uma última vez, verdadeira e profundamente, esperando que ela entendesse o que isso significava: que ele estava lhe oferecendo a própria alma.

Seu, pensou. *Sou seu.*

CAPÍTULO 15

Sarah sabia que não devia ter ido lá fora no meio da noite. Não tinha permissão para sair de sua casa em Londres sem uma dama de companhia e estava bem ciente de que um passeio em Berkshire depois da meia-noite era igualmente proibido.

Mas estivera tão inquieta, tão... aflita. Sentia-se desconfortável na própria pele e, quando havia saído da cama e posto os pés no tapete, o quarto parecera pequeno demais. A *casa* parecera pequena demais. Ela precisava se mover, sentir o ar da noite na pele.

Nunca havia se sentido assim e realmente não tinha nenhuma explicação para isso. Ou, melhor, antes não tinha.

Agora, sim.

Precisava dele. De Hugh.

Só não sabia disso.

Em algum ponto entre a viagem de carruagem, o bolo e a valsa no gramado, Sarah Pleinsworth havia se apaixonado pelo último homem que deveria desejar.

E quando ele a beijou...

Tudo o que ela quis foi mais.

– Você é tão bonita! – murmurou ele, e pela primeira vez na vida Sarah realmente acreditou que era.

Ela tocou na bochecha de Hugh.

– Você também é lindo.

Hugh abriu um sorriso, um meio sorriso bobo que disse a Sarah que ele não acreditava nela nem por um segundo.

– Você é – insistiu Sarah, tentando manter uma expressão séria, mas naquele momento nada poderia tirar o sorriso de seu rosto. – Terá que acreditar em mim.

Ainda assim, ele não falou nada. Ficou olhando para Sarah como se ela fosse algo precioso e a fez *sentir-se* preciosa. Naquele instante a única coisa que ela queria no mundo era que ele sentisse o mesmo.

Porque ele não sentia. Ela sabia que não.

Hugh dissera coisas... pequenas coisas, um comentário estranho aqui, outro ali, que ele certamente não esperava que se fixasse na memória de ninguém. Mas Sarah as ouvira. E guardara. E concluíra que Hugh Prentice não era feliz. Pior ainda, não achava que merecia ser.

Ele não era o tipo de homem que procurava grandes multidões. Não desejava ser um líder. Mas Sarah sabia que Hugh tampouco queria ser um seguidor. Ele tinha uma natureza ferozmente independente e não se importava de ficar sozinho.

No entanto, estivera mais do que sozinho nos últimos anos. Sua única companhia era o sentimento de culpa. Sarah não sabia o que Hugh havia feito para convencer o pai a deixar Daniel voltar para a Inglaterra em paz, nem podia imaginar como tinha sido difícil para Hugh viajar para a Itália para encontrar Daniel e levá-lo de volta.

Mas Hugh Prentice fizera isso. Fizera tudo o que era humanamente possível para consertar as coisas, e ainda assim não estava em paz.

Ele era um *bom* homem. Defendia garotinhas e unicórnios. Valsava de bengala. Não merecia ter a vida definida por um único erro.

Sarah Pleinsworth nunca fora de meias medidas e sabia que, se realmente amava aquele homem, dedicaria a vida a fazê-lo entender este simples fato: ele era precioso. E merecia cada gota de felicidade em seu caminho.

Ela ergueu a mão e tocou nos lábios de Hugh. Eram macios, maravilhosos, e Sarah ficou honrada só de sentir a respiração dele na pele.

– Às vezes, no café da manhã – sussurrou Sarah –, não consigo parar de olhar para sua boca.

Hugh estremeceu e Sarah adorou ter aquele poder sobre ele.

– E seus olhos... – continuou, encorajada pela reação dele. – As mulheres matariam por olhos dessa cor, sabia?

Ele balançou a cabeça e algo em sua expressão, tão confusa, fez com que Sarah sorrisse de pura alegria.

– Eu o acho lindo – sussurrou ela. – E acho... – O coração de Sarah bateu mais rápido e ela mordeu o lábio inferior. –... *espero* que minha opinião seja a única que importe.

Ele se inclinou e tocou de leve nos lábios de Sarah. Beijou-lhe o nariz, a testa e, depois de um longo momento focando os olhos dela, beijou-a de novo, dessa vez sem se conter.

Sarah deixou escapar um gemido, o som rouco ficando aprisionado na boca de Hugh. O beijo dele foi voraz e, pela primeira vez na vida, ela conheceu a paixão.

Não, era mais do que paixão.

Era necessidade.

Ele precisava dela. Sarah pôde sentir isso em cada movimento de Hugh. Pôde senti-lo na respiração ofegante. E, com cada toque de mão, cada movimento de língua, ele atiçava essa mesma necessidade nela. Sarah não sabia que era possível desejar outro ser humano com tanta intensidade.

Seus dedos encontraram a bainha da camisa de Hugh e deslizaram por baixo dela, tocando suavemente a pele. Os músculos de Hugh se contraíram ao toque e ele respirou fundo, soprando o ar na bochecha de Sarah como um beijo.

– Você não sabe – disse Hugh, a voz rouca. – Não sabe o que faz comigo.

Sarah enxergou a paixão nos olhos dele e se sentiu feminina e forte.

– Então me diga – sussurrou ela, arqueando o pescoço para um beijo suave e fugaz.

Por um momento Sarah achou que ele iria dizer. Mas Hugh apenas balançou a cabeça e murmurou:

– Isso seria a morte para mim.

Então a beijou de novo, e Sarah não se importou com o que fazia com ele, desde que Hugh continuasse a fazer o mesmo com ela.

– Sarah – disse ele, interrompendo o beijo apenas por tempo suficiente para sussurrar o nome dela.

– Hugh – murmurou Sarah em resposta, ouvindo o sorriso na própria voz.

Ele recuou.

– Você está sorrindo.

– Não consigo parar – admitiu Sarah.

Hugh tocou na bochecha dela, olhando-a com tanta emoção que por um momento Sarah se esqueceu de respirar. Era amor que via nos olhos dele? Parecia ser, ainda que não fosse expresso em palavras.

– Temos que parar – disse Hugh, puxando delicadamente a camisola dela de volta para o lugar.

Sarah sabia que ele tinha razão, mas ainda assim sussurrou:

– Eu gostaria que pudéssemos continuar.

Hugh deixou escapar um gemido rouco, quase como se estivesse com dor.

– Ah, você não faz ideia de quanto eu desejo isso também.

– Ainda faltam horas para o amanhecer.

– Não vou arruinar sua reputação – retrucou Hugh, levando a mão dela aos lábios. – Não dessa maneira.

Sarah sentiu uma onda de felicidade formar-se dentro de si.

– Isso significa que pretende arruiná-la de outra maneira?

Hugh abriu um sorriso cálido enquanto a puxava, ajudando-a a se levantar.

– Adoraria fazer isso. Mas não chamaria de arruinar. Ruína é o que acontece com uma reputação, não o que acontece entre um homem e uma mulher. Ou, pelo menos – acrescentou, abaixando sensualmente a voz –, não o que acontece entre nós.

Sarah estremeceu de prazer. Seu corpo parecia muito vivo; *ela* se sentia muito viva. Não saberia dizer como conseguiu voltar para a casa. Os pés dela queriam correr, os braços queriam envolver o homem ao seu lado, a voz queria rir e, lá no fundo...

Lá no fundo...

Estava zonza. Zonza de amor.

Ele a levou até a porta do quarto dela. Ninguém estava por perto. Desde que mantivessem silêncio, não havia nada a temer.

– Eu a verei amanhã – disse Hugh, beijando-lhe a mão.

Sarah fez que sim, mas não disse nada. Não podia pensar em uma palavra completa o suficiente para descrever tudo o que havia em seu coração.

Estava apaixonada. Lady Sarah Pleinsworth estava apaixonada.

E isso era maravilhoso.

Na manhã seguinte

– Tem algo errado com você.

Sarah piscou para afastar o sono e olhou para Harriet, que estava sentada na beira da cama, observando-a com considerável desconfiança.

– Do que está falando? – resmungou Sarah. – Não tem nada de errado comigo.

– Você está sorrindo.

Isso a pegou desprevenida.

– E eu não sorrio?

– Não assim que acorda.

Sarah concluiu que não haveria uma resposta apropriada para isso, então voltou à rotina matinal. Harriet, no entanto, estava muito curiosa e a seguiu até o lavatório com os olhos estreitados, a cabeça inclinada e pronunciando pequenos e dúbios "hummms" a intervalos irregulares.

– Algum problema? – perguntou Sarah.

– Eu que pergunto.

Meu Deus! E as pessoas diziam que *ela* era dramática.

– Estou tentando lavar meu rosto – disse Sarah.

– Deveria mesmo fazer isso.

Sarah mergulhou as mãos na bacia, mas, antes que pudesse fazer qualquer coisa com a água, Harriet aproximou ainda mais o próprio rosto, ficando bem entre as mãos e o nariz de Sarah.

– Harriet, o que há de errado com você?

– O que há de errado com *você*? – contrapôs Harriet.

Sarah deixou a água escorrer pelos dedos.

– Não sei do que está falando.

– Você está sorrindo – acusou-a Harriet.

– Que tipo de pessoa você acha que eu sou para não ter o direito de acordar de bom humor?

– Ah, você tem. Só não acredito que seja fisicamente capaz disso.

Sarah realmente não era do tipo que acordava bem-humorada.

– E você está corada – acrescentou Harriet.

Sarah resistiu à vontade de jogar água na irmã. Em vez disso, lavou o próprio rosto. Enxugou-se com uma pequena toalha branca e depois disse:

– Talvez seja porque fui forçada a discutir com você.

– Não, não acho que seja isso – disse Harriet, ignorando totalmente o sarcasmo da outra.

Sarah passou por ela. Se seu rosto não estava corado antes, com certeza agora estaria.

– Tem algo errado com você – gritou Harriet, correndo atrás dela.

Sarah parou, mas não se virou.

– Vai me seguir até o penico?

Houve um silêncio muito satisfatório seguido por:

– É... não.

Com os ombros erguidos, Sarah marchou para a pequena sala de banho e fechou a porta.

E a trancou. Não duvidava de que Harriet contasse até dez, concluísse que ela tivera tempo suficiente para usar o penico e entrasse.

No momento em que a porta foi seguramente fechada contra uma invasão, Sarah se virou, encostou-se nela e deu um longo suspiro.

Ah, meu Deus.

Ah, meu Deus.

Estaria mesmo tão diferente depois da noite anterior, a ponto de a irmã poder ver isso em seu *rosto*?

E, se estava tão diferente depois de uma noite de beijos roubados, o que aconteceria quando...

Bem, supôs que, tecnicamente, era "se".

Mas seu coração lhe dizia que era "quando".

Passaria o resto da vida com lorde Hugh Prentice. Simplesmente não deixaria nada impedir isso.

$\backsim$

Quando Sarah desceu para o café da manhã (com Harriet em seus calcanhares questionando cada sorriso), ficou claro que o tempo havia virado. O sol, que passara a última semana repousando amigavelmente no céu, tinha se escondido atrás de nuvens cinza-azuladas, e o vento assobiava com a ameaça de uma tempestade próxima.

O passeio matinal dos cavalheiros (uma cavalgada para o sul até o rio Kennet) fora cancelado e Whipple Hill fervilhava com a energia acumulada dos aristocratas entediados. Sarah havia se acostumado a ter grande parte da casa só para ela durante o dia e, para sua surpresa, ressentiu-se do que parecia uma intromissão.

Para complicar ainda mais as coisas, Harriet aparentemente decidira que sua missão do dia era acompanhar – e questionar – cada movimento da irmã. Whipple Hill era grande, mas não o suficiente quando se tinha uma irmã mais nova curiosa, determinada e, o que talvez fosse ainda mais importante, conhecedora de todos os cantos da casa.

Como sempre, Hugh estava presente no café da manhã, mas Sarah não conseguiu falar com ele sem que a irmã se intrometesse na conversa. Quando Sarah foi para a pequena sala de estar (como casualmente mencionara que faria no café da manhã), lá estava a irmã à escrivaninha com as páginas da obra que estava escrevendo espalhadas à sua frente.

– Sarah! – exclamou Harriet alegremente. – Que bom encontrá-la aqui!

– Ora, ora – disse Sarah, sem nenhuma inflexão de voz.

Sua irmã nunca fora versada na arte do subterfúgio.

– Você vai ler? – perguntou Harriet.

Sarah só olhou para o romance que tinha nas mãos.

– Você disse que ia – apontou Harriet. – No café da manhã.

Sarah olhou na direção da porta, considerando as outras opções para aquela manhã.

– Frances está procurando alguém para jogar Laranjas e Unicórnios – disse Harriet.

Isso encerrou a questão. Sarah sentou no sofá e abriu *A Srta. Butterworth e o barão louco*. Folheou algumas páginas procurando o ponto onde havia parado e depois franziu a testa.

– Isso é um jogo? – perguntou. – Laranjas e Unicórnios?

– Ela disse que é uma versão daquela parlenda *Laranjas e limões*, que fala dos sinos das igrejas – disse Harriet.

– Como se substituem limões por unicórnios?

Harriet deu de ombros.

– Ninguém precisa de limões de verdade para brincar.

– Ainda assim, estraga a rima – falou Sarah e balançou a cabeça, lembrando-se do poema infantil. – Laranjas e unicórnios, dizem os sinos de...

Ela olhou para Harriet em busca de inspiração.

– Clunicórnios?

– Acho que não.

– Municórnios?

Sarah inclinou a cabeça para o lado.

– Melhor – avaliou.

– Espunicórnios? Zunicórnios?

E... já era o bastante. Sarah voltou ao livro.

– Já chega, Harriet.

– Parunicórnios.

Sarah nem podia imaginar de onde viera tudo aquilo. Ainda assim, viu-se cantarolando enquanto lia.

Nesse meio-tempo, Harriet murmurava para si mesma à escrivaninha ainda em busca da palavra certa:

– Pontunicórnios, silunicórnios... Ah, ah, ah, já sei! Hughnicórnios!

Sarah ficou paralisada. Aquilo ela não podia ignorar. Com grande determinação, pôs o dedo indicador no livro para marcar a página e olhou para cima.

– O que você acabou de dizer?

– Hughnicórnios – respondeu Harriet, como se nada pudesse ser mais comum. Ela dirigiu um olhar travesso para a irmã mais velha. – Por causa de lorde Hugh, é claro. Ele parece ser um tema frequente de conversas.

– Não para mim – apressou-se a dizer Sarah.

Lorde Hugh Prentice podia estar ocupando todos os seus pensamentos, mas ela não se lembrava de algum dia ter conversado sobre ele com a irmã.

– Talvez o que eu tenha *tentado* dizer – continuou Harriet – é que lorde Hugh é frequente nas suas conversas.

– Não é a mesma coisa?

– Ele é um *participante* frequente de suas conversas – corrigiu-se Harriet.

– Gosto de conversar com ele – admitiu Sarah, porque nada de bom poderia resultar da negação desse fato. Harriet sabia das coisas.

– De fato – disse Harriet, os olhos estreitados como os de um detetive. – Isso me leva a imaginar se ele também seria a fonte de seu atípico bom humor.

Sarah bufou.

– Estou começando a ficar ofendida, Harriet. Desde quando sou conhecida por meu mau humor?

– Todas as manhãs desde que você nasceu.

– Isso é muito injusto – retrucou Sarah, porque, de novo, estava bem certa de que nada de bom poderia resultar da negação desse fato.

Em geral, nunca era bom negar algo indiscutivelmente verdadeiro. Não com Harriet.

– *Eu* acho que você gosta de lorde Hugh – declarou Harriet.

E como estava lendo *A Srta. Butterworth e o barão louco*, em que os barões (loucos ou não) sempre apareciam à porta no momento em que alguém dizia o nome deles, Sarah ergueu os olhos.

Nada.

– Essa é nova – murmurou.

Harriet olhou na direção dela.

– Você disse alguma coisa?

– Só estou maravilhada com o fato de lorde Hugh não ter aparecido na porta no momento em que você disse o nome dele.

– Você não é tão sortuda – rebateu Harriet com um sorriso malicioso.

Sarah revirou os olhos.

– E só para ressaltar, creio que eu disse que você *gosta* de lorde Hugh.

Sarah se virou para a porta. Porque agora já estavam testando a sorte duas vezes.

Ainda nada de Hugh.

Ela bateu com os dedos no livro por um momento e depois disse em voz baixa:

– Ah, como eu gostaria de encontrar um cavalheiro que não se importasse com minhas três irmãs irritantes e meu... – *por que não?* – "sexto dedo"!

Sarah olhou para a porta.

E lá estava ele.

Ela sorriu. Devia parar com aquele negócio de sexto dedo. Acabaria tendo um bebê com um dedinho extra.

– Estou interrompendo? – perguntou Hugh.

– É claro que não – disse Harriet com grande entusiasmo. – Sarah está lendo e eu estou escrevendo.

– Então eu *estou* interrompendo.

– Não – apressou-se a dizer Harriet.

Ela olhou para a irmã em busca de ajuda, mas Sarah não viu nenhum motivo para interceder.

– Não preciso de silêncio para escrever – explicou Harriet.

Hugh ergueu as sobrancelhas, curioso.

– Não pediu que suas irmãs ficassem quietas na carruagem?

– Ah, aquilo foi diferente. – E então, antes que os dois pudessem perguntar *por quê*, Harriet se virou para Hugh e convidou: – Não quer se sentar conosco?

Ele assentiu educadamente e entrou na sala. Sarah o observou contornar uma poltrona. Estava dependendo da bengala mais do que de costume. Dava para ver isso em seu modo de andar. Ela franziu a testa e então se

195

lembrou de que ele havia corrido por todo o caminho até o andar de baixo na noite anterior. Sem bengala.

Esperou até Hugh sentar-se e então perguntou em voz baixa:

– Sua perna o está incomodando?

– Só um pouco.

Hugh pôs a bengala de lado e massageou distraidamente o músculo. Sarah se perguntou se ele ao menos notava quando fazia isso.

Subitamente Harriet se levantou.

– Acabei de me lembrar de uma coisa – disse.

– De quê? – perguntou Sarah.

– É... algo sobre... Frances!

– O que tem Frances?

– Ah, nada de mais, só...

Ela juntou e pegou seus papéis, dobrando algumas folhas no processo.

– Cuidado – avisou-a Hugh.

Harriet olhou para ele sem compreendê-lo.

– Está amassando – completou ele, apontando para o papel.

– Ah! Certo. Mais um motivo para eu ir – disse ela e deu um passo de lado para a porta, depois outro. – Então, estou indo...

Sarah e Hugh se viraram para vê-la partir, mas, apesar de todas as justificativas, Harriet pareceu indecisa ao lado da porta.

– Você precisa encontrar Frances? – perguntou Sarah.

– Sim – disse Harriet, então revirou os olhos, voltou e emendou: – Certo. Então adeus.

E finalmente foi embora.

Sarah e Hugh se entreolharam por vários segundos antes de rir.

– O que foi is... – começou a dizer Hugh.

– Desculpem-me! – gritou Harriet, voltando correndo para a sala. – Eu me esqueci de uma coisa.

Ela foi até a escrivaninha, pegou absolutamente nada que Sarah pudesse ver (embora, para ser justa, Sarah não tivesse uma linha clara de visão de onde estava) e se apressou a sair, fechando a porta atrás de si.

Sarah ficou boquiaberta.

– O que foi isso?

– Aquela pequena atrevida. Só fingiu ter se esquecido de alguma coisa para poder fechar a porta.

Hugh ergueu uma sobrancelha.

– Isso a incomoda?

– Não, é claro que não. Só que nunca pensei que ela pudesse ser tão ardilosa.

Sarah parou para reconsiderar o que acabara de falar e acrescentou:

– Não importa. O que eu estava dizendo? Claro que ela é ardilosa.

– O que eu acho interessante – disse Hugh – é sua irmã estar tão determinada a nos deixar a sós. Com a porta fechada – acrescentou com expressividade.

– Ela me disse que eu gostava de você.

– Ah, é? E qual foi sua resposta?

– Acho que evitei dar qualquer uma.

– Bem pensado, lady Sarah, mas não sou vencido tão facilmente.

Sarah se aproximou um pouco dele e perguntou:

– É mesmo?

– Ah, não – respondeu Hugh, estendendo o braço para segurar a mão dela. – Se *eu* lhe perguntasse se você gosta de mim, posso lhe garantir que você não escaparia tão facilmente da resposta.

– Se *você* me perguntasse se eu gosto de você – disse Sarah, permitindo que ele a puxasse mais para perto –, talvez eu não desejasse escapar.

– Talvez? – repetiu Hugh, a voz transformando-se em um sussurro rouco.

– Bem, talvez eu precisasse de um pouco de estímulo...

– Só um pouco?

– Um pouco poderia ser suficiente – respondeu Sarah, dando um pequeno suspiro quando seu corpo entrou em contato com o dele –, mas na verdade talvez eu fosse *querer* muito.

Os lábios de Hugh roçaram nos dela.

– Posso ver que tenho um trabalho perfeito para mim.

– Sorte minha você não parecer o tipo de homem que foge de um trabalho árduo.

Ele sorriu com malícia.

– Posso lhe garantir, lady Sarah, que trabalharei arduamente para garantir o seu prazer.

Sarah achou que aquilo soava muito agradável.

CAPÍTULO 16

Sarah não saberia dizer por quanto tempo eles se beijaram. Talvez cinco minutos, talvez dez. Tudo o que sabia era que a boca de Hugh era muito devassa e, embora ele não tivesse removido e nem sequer afastado uma única peça de roupa dela, mostrara como tinha mãos hábeis e ousadas.

Hugh a fazia sentir coisas impróprias, que começavam na barriga e se espalhavam como lava derretida. Quando lhe beijava o pescoço, Sarah tinha vontade de se esticar e se arquear como um gato até que cada músculo de seu corpo ficasse quente e relaxado. Queria chutar os sapatos para longe e correr os dedos dos pés pelas panturrilhas dele. Apertar os quadris contra os de Hugh e depois enlaçá-lo com as pernas para que ele se encaixasse entre elas.

Hugh lhe provocava desejos sobre os quais nenhuma dama jamais falaria, em que nenhuma dama sequer pensaria.

E ela adorava isso. Não cedera a nenhum desses impulsos, mas adorava o fato de tê-los. Adorava a sensação de abandono, aquela vontade louca de puxá-lo cada vez para mais perto até que se fundissem. Nunca nem mesmo quisera beijar um homem e agora só conseguia pensar em como fora perfeito sentir as mãos de Hugh em sua pele nua na noite anterior.

– Ah, Hugh – suspirou quando ele passou os dedos pela curva de sua coxa e a apertou por cima da musselina macia do vestido.

Ele movimentou o polegar em círculos preguiçosos, cada giro deixando-o mais próximo da região íntima dela.

Meu Deus, se Hugh podia fazê-la ficar assim tocando-a por cima do vestido, o que aconteceria quando realmente encostasse em sua pele?

Sarah estremeceu ao pensar nisso, surpresa com a intensidade com que esse simples *pensamento* a excitava.

– Você não faz ideia – murmurou Hugh entre beijos – de como eu gostaria que estivéssemos em outro lugar que não esta sala.

– Outro lugar? – perguntou Sarah, provocadora.

Ela passou uma das mãos pelos cabelos castanho-claros dele, deliciando-se em desgrenhá-los.

– Um lugar com uma cama – Hugh lhe beijou a bochecha, o pescoço e a pele macia na base da garganta, em seguida acrescentou: – E uma porta trancada.

O coração de Sarah disparou ao ouvir essas palavras, mas ao mesmo tempo o comentário lhe despertou um pouco de bom senso. A porta da pequena sala de estar estava apenas fechada, não trancada. Sarah nem pensava na possibilidade de trancá-la – na verdade, sabia que *não deveria* fazer isso. Qualquer um que tentasse entrar e a encontrasse trancada imediatamente desejaria saber o que estava acontecendo lá dentro. Isso significava que, a menos que um deles estivesse disposto a enfrentar uma queda de três metros da janela, haveria tanto escândalo quanto se alguém simplesmente entrasse pela porta destrancada.

E, embora Sarah tivesse toda a intenção de se casar com lorde Hugh Prentice (quando ele a pedisse em casamento, o que faria – por vontade própria ou porque ela o convenceria), não lhe agradava a ideia de um enlace induzido por um escândalo poucos dias antes do casamento de sua prima.

– Temos que parar – disse ela sem muita convicção.

– Eu sei.

Mas ele não parou de beijá-la. Foi um pouco mais devagar, mas não parou.

– Hugh...

– Eu sei – repetiu ele.

Contudo, antes que se afastasse, a maçaneta da porta girou de repente e Daniel entrou a passos largos dizendo algo sobre procurar Anne.

Sarah ficou boquiaberta, mas não havia como consertar a situação a tempo. Hugh estava com mais da metade do corpo em cima dela, havia pelo menos três grampos de cabelo no chão e...

E, bem, Hugh *estava com mais da metade do corpo em cima dela.*

– O que diabo...? – disse Daniel, que ficou paralisado de choque antes que seu raciocínio entrasse em ação e ele fechasse a porta com o pé.

Hugh se levantou mais rápido do que Sarah teria imaginado possível naquelas circunstâncias. Livre do peso dele, ela se sentou, cobrindo instintivamente os seios com os braços, embora nenhum botão de seu vestido estivesse aberto.

Mas se sentia exposta. Ainda tinha a sensação do calor do corpo de Hugh contra o seu e agora Daniel olhava para ela com uma expressão de fúria e decepção tão grandes que Sarah não conseguia encará-lo.

– Eu confiei em você, Prentice – disse Daniel, com uma voz baixa e ameaçadora.

– Não em relação a isto – respondeu Hugh, e até mesmo Sarah ficou surpresa com a falta de gravidade no tom dele.

Daniel ameaçou investir contra Hugh, mas Sarah se levantou de um pulo.

– Pare! Não é o que você está pensando!

Afinal de contas, era isso que sempre se dizia nos romances.

– Muito bem – disse ela, vendo as expressões incrédulas dos dois homens –, é o que você está pensando. Mas não pode bater nele.

– Ah, não? – rosnou Daniel.

Sarah plantou a mão no peito dele.

– Não – disse com firmeza, depois se virou e apontou um dedo para Hugh. – E você também não.

Hugh encolheu os ombros.

– Eu não estava tentando fazer isso.

Sarah pestanejou. Considerando a situação, ele parecia surpreendentemente calmo.

Ela se virou outra vez para o primo.

– Isso não é da sua conta – declarou.

O corpo de Daniel ficou rígido de raiva e ele mal pôde controlar a voz quando disse:

– Vá para o seu quarto, Sarah.

– Você não é meu pai – retrucou ela.

– Enquanto ele não chegar, eu faço o papel dele aqui – disse Daniel, quase cuspindo.

– Ah, quem é *você* para falar? – zombou ela.

Afinal, a noiva de Daniel havia morado com os Pleinsworths e Sarah sabia muito bem que a perseguição romântica dele a Anne não fora totalmente casta.

Daniel cruzou os braços.

– Não estamos falando sobre mim.

– Não *estávamos* até você entrar.

– Se isso fizer você se sentir melhor – disse Hugh –, eu planejava pedir a mão dela em casamento assim que lorde Pleinsworth chegasse.

– *Esse* é meu pedido de casamento?

– A culpa é dele – respondeu Hugh, apontando com a cabeça para Daniel.

Mas então Daniel fez algo inesperado. Deu um passo na direção de Hugh, encarou-o firmemente e disse:

– Você não vai pedir a mão dela a lorde Pleinsworth. Não dirá uma só palavra a ele até contar a verdade a Sarah.

A verdade? Sarah olhou alternadamente de Daniel para Hugh. Várias vezes. Mas foi como se ela não estivesse ali, porque os dois a ignoraram. E, pela primeira vez na vida, ela manteve a boca fechada.

– O que – disse Hugh, finalmente perdendo a calma – você quer dizer com isso?

– Você sabe muito bem – retrucou Daniel, fervendo de raiva. – Acho que não se esqueceu do contrato que fez com o demônio.

– Está se referindo à negociação que salvou sua vida? – contrapôs Hugh.

Sarah deu um passo para trás, alarmada. Não sabia o que estava acontecendo, mas aquilo a aterrorizava.

– Sim – confirmou Daniel com uma voz sedosa. – Não acha que uma mulher deveria saber *disso* antes de aceitar seu pedido de casamento?

– Saber do quê? – perguntou Sarah, desconfortável. – Do que estão falando?

Mas nenhum dos homens se dignou a olhar para ela.

– O casamento é um compromisso para a vida toda – disse Daniel em uma voz odiosa. – *A vida toda.*

O maxilar de Hugh se enrijeceu.

– Este não é o momento, Winstead.

– Não é o momento? – repetiu Daniel. – Não é o momento? Quando diabo seria, então?

– Modere seu linguajar! – disparou Hugh.

– Ela é minha prima.

– Ela é uma *dama*.

– Ela está bem aqui – disse Sarah, levantando uma das mãos.

Daniel se virou para a prima.

– Eu a ofendi?

– Alguma vez? – perguntou Sarah, desesperada para quebrar a tensão.

Daniel fechou a cara diante da tentativa dela de fazer graça e se voltou para Hugh.

– Vai contar a ela? – perguntou. – Ou devo contar?

Todos ficaram em silêncio.

Vários segundos se passaram e então Daniel se dirigiu a Sarah com uma rapidez que quase a deixou tonta.

– Você se lembra – disse em um horrível tom de voz – de como o pai de lorde Hugh ficou furioso depois do duelo?

Sarah assentiu, embora não estivesse certa de que ele esperasse uma resposta. Ela não frequentava eventos sociais na época do duelo, mas ouvira a mãe e as tias cochicharem sobre o assunto. Lorde Ramsgate estava louco, comentaram. Definitivamente desequilibrado.

– Já se perguntou – continuou Daniel, naquele tom horrível que agora Sarah percebia ser dirigido a Hugh, ainda que o primo estivesse falando com ela – como lorde Hugh conseguiu convencer o pai dele a me deixar em paz?

– Não... – disse Sarah lentamente.

E era verdade. Ou pelo menos fora até algumas semanas antes.

– Eu presumi... não, não sei – balbuciou ela. – Você voltou. Isso era tudo que importava.

Ela se sentiu idiota. Por que não havia se perguntado o que Hugh fizera para resgatar Daniel? E devia ter se perguntado, afinal?

– Você conheceu lorde Ramsgate? – indagou-lhe Daniel.

– Estou certa de que sim, em algum momento – respondeu Sarah, olhando nervosamente de Hugh para Daniel. – Mas eu...

– Ele é um rato filho da mãe – rosnou Daniel.

– Daniel! – exclamou Sarah.

Nunca o ouvira usar aquelas palavras. Nem aquele tom. Ela olhou para Hugh, mas ele apenas deu de ombros e disse:

– Não me oponho a essa descrição.

– Mas...

Sarah tentou encontrar palavras. Não via o próprio pai com muita frequência. Ele raramente deixava Devon, e com bastante frequência Sarah era levada para o sul da Inglaterra pela mãe, na incansável busca por um marido adequado. Mas ele era seu *pai* e ela o amava. Não podia sequer imaginar alguém chamando-o daqueles nomes terríveis.

– Nem todos têm pais geniais e bondosos que possuem 53 cães de caça – disse Hugh.

Sarah esperou ter interpretado errado o tom de condescendência nas palavras dele.

– O que isso tem a ver com o assunto? – perguntou ela, irritada.

– Significa que meu pai é um idiota. Significa que ele é um doente filho da mãe que gosta de machucar as pessoas. Significa... – Hugh deu um passo para mais perto, a voz tornando-se fria de raiva – que ele é louco, não importa como se mostre para o resto da humanidade. E não há, eu repito, *não* há como argumentar quando ele persegue alguém.

– A mim – esclareceu Daniel.

– Ou qualquer coisa – disparou Hugh –, mas, sim, inclusive você. De você, por outro lado – disse para Sarah, a voz tornando-se desconfortavelmente normal –, ele iria gostar.

Ela se sentiu enojada.

– O título de sua família data dos Tudors e você provavelmente tem um dote decente.

Hugh apoiou o quadril no braço do sofá e estendeu a perna lesada para a frente.

– E, o que é ainda mais importante, você tem boa saúde e está em idade fértil.

Sarah apenas o encarava.

– Meu pai vai adorá-la – completou ele com um encolher de ombros.

– Hugh – começou Sarah –, eu não...

Mas ela não soube como terminar a frase. Não reconhecia aquele homem. Ele era duro e irritadiço, e o modo como a descreveu fez com que ela se sentisse suja.

– Nem mesmo sou o herdeiro dele – disse Hugh.

Nesse momento Sarah notou algo vibrando na voz dele. Algo raivoso, pronto para atacar.

– Ele nem deveria se importar com o fato de minha noiva ser fértil ou não – prosseguiu Hugh, cada sílaba menos pronunciada do que a anterior. – Ele tem Freddie. Deveria depositar as esperanças nele, e sempre lhe digo...

Subitamente Hugh virou de costas, mas não antes de Sarah ouvi-lo praguejar baixinho.

– Não conheço seu irmão – falou Daniel depois de quase um minuto de silêncio na sala.

Sarah olhou para ele. Daniel estava com a testa franzida, mais por curiosidade que por surpresa, ela percebeu.

Hugh não se virou. Mas disse, em um estranho tom monocórdio:

– Ele não frequenta os mesmos círculos que você.

– Te-tem algo errado com ele? – perguntou Sarah, hesitante.

– Não! – trovejou Hugh, virando-se tão rápido que perdeu o equilíbrio e quase caiu no chão.

Sarah se precipitou adiante a fim de segurá-lo, mas ele estendeu o braço para afastá-la.

– Estou bem – grunhiu.

Porém não estava. Sarah podia ver isso claramente.

– Não tem nada errado com meu irmão – disse Hugh, a voz baixa e precisa, mesmo tendo prendido a respiração em sua quase queda. – Ele é perfeitamente saudável, perfeitamente capaz de gerar filhos. Mas... – ele dirigiu um olhar expressivo para Daniel – não tende a se casar.

Os olhos de Daniel se anuviaram e ele assentiu, sinalizando que compreendia.

Mas Sarah, não.

– O que isso significa? – explodiu ela, porque, que diabos!, parecia que eles estavam falando em uma língua diferente.

– Não é para seus ouvidos – rebateu Daniel.

– Ah, não? – perguntou ela. – E rato filho da mãe é?

Se não estivesse tão furiosa, teria ficado um tanto satisfeita pelo modo como os dois homens se encolheram.

– Ele prefere homens – explicou Hugh sucintamente.

– Não sei o que isso significa – disparou Sarah.

Daniel soltou uma imprecação amarga.

– Ah, pelo amor de Deus, Prentice, ela é uma dama. E minha *prima*.

Sarah não podia imaginar o que isso tinha a ver com o assunto, mas, antes que pudesse perguntar, Daniel deu um passo na direção de Hugh e rosnou:

– Se disser mais alguma coisa, juro que vou esquartejá-lo.

Hugh o ignorou, continuando a olhar para Sarah.

– Assim como eu prefiro você – disse com lenta deliberação –, meu irmão prefere homens.

Primeiro Sarah olhou para ele sem entender, mas depois:

– *Ah.*

Ela olhou para Daniel, embora não soubesse por quê.

– Isso é possível?

Ele desviou o olhar, as bochechas ardendo de tão vermelhas.

– Não posso afirmar que entenda Freddie – comentou Hugh, escolhendo cada palavra – ou por que ele é como é. Mas ele é meu irmão e eu o amo.

Sarah não sabia o que dizer. Olhou para Daniel em busca de orientação, mas o primo estava virado para o outro lado.

– Freddie é um bom homem – continuou Hugh – e ele foi...

Sarah se virou de novo para Hugh. Nunca o vira tão arrasado.

– Ele foi a única razão de eu ter sobrevivido à minha infância – Hugh pestanejou e então sorriu com tristeza. – Imagino que Freddie diria o mesmo em relação a mim – completou.

Meu Deus, pensou Sarah, que tipo de homem era o pai dele?

– Freddie... não é como eu – disse Hugh, engolindo em seco –, mas é um bom homem, o mais honrado e gentil que poderá conhecer.

– Tudo bem – falou Sarah, pronunciando as palavras lentamente enquanto tentava assimilar aquilo tudo. – Se você diz que ele é bom e que eu deveria amá-lo como a um irmão, eu o amarei. Mas o que isso tem a ver com... com qualquer coisa?

– Foi por isso que meu pai esteve tão determinado a se vingar do seu primo – respondeu Hugh, apontando com a cabeça para Daniel. – E ainda está.

– Mas você disse...

– Posso mantê-lo sob controle – interrompeu-a Hugh. – Mas não posso mudar o modo como ele pensa.

Hugh mudou a perna de apoio e Sarah pensou ter visto uma centelha de dor em seus olhos. Ela seguiu o olhar dele até a bengala, que estava sobre o tapete, perto do sofá. Hugh deu um passo na direção dela, mas Sarah foi mais rápida em entregá-la a ele.

A expressão no rosto de Hugh diante desse gesto não foi de gratidão. Mas, fosse o que fosse que ele quisesse lhe dizer, Hugh engoliu amargamente e falou para a sala em geral:

– Disseram-me que, no dia do duelo, não sabiam se eu sobreviveria.

Sarah olhou para Daniel. Ele assentiu com gravidade.

– Meu pai acredita... – Hugh parou de falar e deu um suspiro cansado e resignado –... que Freddie nunca vai se casar. E talvez tenha razão. Eu sempre achei que poderia, embora...

Mais uma vez sua voz falhou.

– Hugh? – disse Sarah suavemente, quase um minuto depois.

Ele se virou e olhou para ela, e então sua expressão endureceu.

– Não importa o que eu penso – declarou. – Tudo o que importa é o que meu pai pensa, e ele está convencido de que devo ser eu a lhe fornecer um herdeiro para a próxima geração. Quando Winstead quase me matou...

Ele encolheu os ombros, deixando Sarah e Daniel tirarem as próprias conclusões.

– Mas ele não o matou – completou Sarah. – Então você ainda pode...

Ninguém falou.

– Você pode, não pode? – finalmente perguntou Sarah.

Não era a hora de ser ingênua e recatada.

Hugh sorriu com amargura.

– Não tenho nenhum motivo para supor que não, embora deva confessar que não tranquilizei meu pai a esse respeito.

– Bem, não acha que deveria ter tranquilizado? – indagou Sarah. – Ele teria deixado Daniel em paz e...

– Meu pai – interrompeu-a Hugh – não desiste facilmente de uma vingança.

– De fato – concordou Daniel.

– Ainda não entendo – disse Sarah.

O que tudo aquilo tinha a ver com a forma como Hugh trouxera Daniel de volta da Itália?

– Se você quiser se casar com ele – disse Daniel para ela –, não vou ficar em seu caminho. Gosto de Hugh. Sempre gostei, mesmo quando nos encontramos naquele maldito campo de duelo. Mas não vou permitir que se case com ele sem saber a verdade.

– Que verdade? – perguntou Sarah, farta de evasivas.

Daniel a encarou por um longo momento e então voltou sua atenção para Hugh.

– Conte para ela como convenceu seu pai – disse em uma voz entre-cortada.

Sarah fitou Hugh. Ele estava olhando para algum ponto acima do ombro dela, como se Sarah não estivesse ali.

– *Conte para ela.*

– Não há nada de que meu pai goste tanto quanto do título de Ramsgate – explicou Hugh em um tom estranhamente monocórdio. – Não sou nada além de um meio para atingir um fim, mas ele acredita que sou seu único meio, o que me torna valioso.

– O que isso *significa*? – quis saber Sarah.

Ele se virou de novo para ela, pestanejando como se quisesse focalizá-la.

– Não entende? – disse com suavidade. – Quando se trata do meu pai, a única coisa que tenho para negociar sou eu mesmo.

O desconforto de Sarah começou a aumentar.

– Redigi um contrato explicando exatamente o que aconteceria se seu primo sofresse algum dano – informou-lhe Hugh.

O olhar de Sarah deslizou para Daniel e depois de volta para Hugh.

– O quê? – disse ela, o medo em sua voz ameaçando tirar todo o ar de seu corpo. – O que aconteceria?

Hugh encolheu os ombros.

– Eu me mataria.

CAPÍTULO 17

– Não pode ser – disse Sarah com uma voz sufocada e olhos cautelosos. – O que você disse de verdade que aconteceria?

Hugh lutou contra o desejo de cravar os polegares nas têmporas. A cabeça começara a latejar, e ele estava certo de que o único remédio para isso seria a alegria de estrangular Daniel Smythe-Smith. Pela primeira vez em sua vida tudo estava melhorando – tornando-se *perfeito* –, mas Daniel se intrometera onde não era chamado.

Não era assim que Hugh pretendera ter aquela conversa.

Ou talvez nem pretendesse tê-la, alegou uma vozinha dentro dele. Não havia pensado muito no assunto. Estava tão apaixonado por lady Sarah, tão extasiado com isso, que nem mesmo pensara naquele "acordo" com seu pai.

Mas ela certamente podia ver que ele não tivera opção.

– Isso é uma piada? – perguntou Sarah. – Porque, se for, não tem graça. O que você realmente disse que aconteceria?

– Ele não está mentindo – afirmou Daniel.

– Não – falou Sarah, balançando a cabeça, horrorizada. – Isso não pode ser verdade. É absurdo. É loucura, é...

– A única coisa que convenceria meu pai a deixar Daniel em paz – completou Hugh, categoricamente.

– Mas você não estava falando sério – disse Sarah com desespero na voz. – Mentiu para ele, não é? Foi só uma ameaça. Uma ameaça vazia.

Hugh não respondeu. Não fazia ideia se falara sério. Ele tinha um problema – não, fora *golpeado* por um problema – e finalmente vira um modo de resolvê-lo. Com toda a sinceridade, ficara satisfeito consigo mesmo. Achara seu plano brilhante.

O pai nunca se arriscaria a perdê-lo antes que ele lhe garantisse uma nova geração de Prentices do sexo masculino vagando pela Terra. No entanto, pensou Hugh, no momento em que isso acontecesse, todas as apostas estariam encerradas. Se o marquês tivesse um ou dois netos saudáveis sob seu domínio, provavelmente sequer piscaria caso Hugh se matasse.

Bem, poderia piscar uma vez só para manter as aparências. Mas depois Hugh seria esquecido.

Ah, havia sido *ótimo* apresentar aquele contrato ao pai. Talvez tivesse sido doentio, mas vê-lo encurralado, tão sem alternativas, até mesmo sem palavras...

Fora magnífico.

Havia vantagens em ser considerado imprevisível. O marquês tinha vociferado e derrubado a bandeja de chá enquanto Hugh apenas o observava com aquele ar divertido e alienado que sempre conseguia enfurecer o pai.

E então, depois de declarar que Hugh nunca cumpriria aquela ameaça absurda, lorde Ramsgate finalmente olhara para o filho. Pela primeira vez, pelo que Hugh podia se lembrar. Então vira o sorriso vazio e insolente, o queixo firme e decidido, e ficara tão pálido que seus olhos pareceram murchar nas órbitas.

E assinara o contrato.

Depois disso, Hugh não havia pensado muito no ocorrido. Ocasionalmente fazia alguma brincadeira sobre o assunto (sempre tendera a fazer piada de desgraças), mas, no que lhe dizia respeito, ele e o pai estavam em um estável impasse de destruição mutuamente assegurada.

Em outras palavras, não havia nada com que se preocupar. E Hugh não entendia por que ninguém mais parecia perceber isso.

Claro que os únicos que sabiam do contrato eram Daniel e Sarah, mas eles eram pessoas inteligentes, raramente ilógicas em suas decisões.

– Por que não me responde? – perguntou Sarah, o pânico elevando sua voz. – Hugh? Diga-me que não estava falando sério.

Hugh a fitou. Estava pensando, lembrando-se, e era quase como se uma parte dele tivesse saído da sala e encontrado um canto tranquilo onde pudesse refletir sobre o triste estado de seu mundo.

Iria perdê-la. Sarah não entenderia. Ele enxergava isso agora, nos olhos frenéticos e nas mãos trêmulas dela. Por que Sarah não podia entender que ele fizera uma escolha heroica? Estava se sacrificando – ou pelo menos ameaçando fazê-lo – pelo bem do amado primo dela. Isso não valia nada?

Hugh havia trazido Daniel de volta para a Inglaterra, garantido sua segurança, e seria punido por isso?

– Diga alguma coisa, Hugh – implorou Sarah.

Ela olhou para Daniel e depois de volta para Hugh, sua cabeça fazendo movimentos abruptos e estranhos.

– Não entendo por que você não diz nada.

– Ele assinou um contrato – informou Daniel com cuidado. – Tenho uma cópia.

– Você lhe deu uma *cópia*?

Hugh não sabia como isso mudava as coisas, mas Sarah pareceu horrorizada. A cor se esvaiu de sua pele, e suas mãos, que ela tentava tanto manter sob controle, tremiam.

– Você tem que rasgá-la – disse ela para Daniel. – Agora. Tem que rasgá-la.

– Mas não...

– Está em Londres? – interrompeu-o Sarah. – Porque, se estiver, vou para lá agora. Não me importo se perder seu casamento. Isso não será problema. Posso voltar, pegá-la e...

– Sarah! – Daniel praticamente berrou. Quando obteve a atenção dela, continuou: – Isso não faria nenhuma diferença. Não é a única cópia. E, se ele estiver certo – falou, apontando para Hugh –, é a única coisa que me mantém seguro.

– Mas isso poderia *matá-lo* – gritou ela.

Daniel cruzou os braços.

– Isso cabe totalmente a lorde Hugh.

– Na verdade, a meu pai – contestou Hugh.

Porque tinha sido com o marquês que a cadeia de acontecimentos insanos começara.

O corpo de Sarah ficou imóvel, mas sua cabeça balançava, quase como se ela estivesse tentando sacudir o cérebro para compreender melhor.

– Por que você faria isso? – perguntou, embora Hugh já tivesse deixado seus motivos perfeitamente claros. – É errado. É... *contra as leis da natureza*.

– É lógico – declarou Hugh.

– Lógico? *Lógico?* Você está louco? Essa é a coisa mais ilógica, irresponsável, egoísta...

– Sarah, pare! – disse Daniel, pondo uma das mãos no ombro dela. – Você está transtornada.

Mas Sarah apenas se afastou.

– Não banque o superior – disparou.

Ela se virou para Hugh. Ele havia achado que dissera a coisa certa. Ficaria convencido se estivesse no lugar dela.

– Pensou em alguém além de si mesmo ao fazer isso? – indagou Sarah.

– Pensei em seu primo.

– Mas agora é diferente – gritou Sarah. – Quando você fez aquela ameaça, era apenas você. Mas agora...

Hugh esperou, mas ela não completou a frase. Não disse *não é*. Não disse *somos nós*.

– Bem, você não tem que fazer isso – anunciou Sarah, como se assim todos os problemas se resolvessem. – Se algo acontecesse com Daniel, não teria que realmente fazer isso. Ninguém o faria cumprir esse contrato, ninguém. Certamente não seu pai, e Daniel estaria morto.

A sala ficou em silêncio até Sarah pôr a mão na boca, horrorizada.

– Sinto muito – disse, dirigindo o olhar para o primo. – Sinto muito. Ah, meu Deus, sinto muito.

– Terminamos aqui – declarou Daniel, irritado, olhando para Hugh quase com ódio.

Ele pôs o braço ao redor da prima e lhe murmurou algo ao ouvido. Hugh não conseguiu entender o que era, mas, o que quer que fosse, não ajudou a conter o fluxo das lágrimas que agora escorriam pelo rosto dela.

– Vou arrumar minhas coisas – disse Hugh.

Ninguém tentou impedi-lo.

❦

Sarah deixou Daniel conduzi-la para fora da sala, só protestando quando ele se ofereceu para carregá-la escada acima.

– Por favor, não – disse em uma voz sufocada. – Não quero que ninguém perceba quanto estou perturbada.

Perturbada. Que patético! Ela não estava perturbada, estava arrasada. Despedaçada.

– Deixe-me acompanhá-la até seu quarto – disse ele.

Sarah assentiu, mas depois disparou:

– Não! Harriet pode estar lá. Não quero que ela faça perguntas, e você sabe que fará.

Daniel acabou levando-a para o quarto dele, deduzindo que era um dos poucos lugares da casa, talvez o único, em que ela poderia ter privacidade. Perguntou-lhe uma última vez se Sarah queria que ele chamasse a mãe dela, Honoria ou outra pessoa, mas ela só balançou a cabeça e se deitou em posição fetal sobre a colcha. Daniel encontrou uma manta, cobriu-a e então, quando teve certeza de que ela de fato queria ficar sozinha, saiu do quarto e fechou a porta silenciosamente.

Dez minutos depois, Honoria chegou.

– Daniel me disse que você queria ficar sozinha – disse Honoria antes de Sarah fitá-la com uma expressão exausta –, mas achamos que está errada.

A própria definição de família. As pessoas que se julgam no direito de decidir se você está errada. Sarah supôs que ela mesma era tão culpada disso quanto qualquer um. Provavelmente, até mais.

Honoria sentou ao lado de Sarah na cama e lhe afastou os cabelos do rosto com delicadeza.

– Como posso ajudá-la?

Sarah não ergueu a cabeça do travesseiro. Tampouco se virou para a prima.

– Não pode.

– Deve haver algo que eu possa fazer – insistiu Honoria. – Recuso-me a acreditar que tudo esteja perdido.

Sarah sentou por um instante e encarou a prima, incrédula.

– Daniel lhe contou alguma coisa?

– Contou – respondeu Honoria, sem reagir ao tom indelicado de Sarah.

– Então como pode dizer que nem tudo está perdido? Eu pensei que o amava. Pensei que ele me amava. E agora descubro...

Sarah sentiu seu rosto se contorcer com uma raiva que Honoria não merecia, mas não conseguia se controlar.

– Não me diga que nem tudo está perdido!

Honoria mordeu o lábio inferior.

– Talvez se você falasse com ele...

– Eu falei! Como acha que acabei assim?

Sarah balançou o braço na frente dela como se dissesse...

Como se dissesse: *estou com raiva e magoada e não sei o que fazer.*

Como se dissesse: *não há nada que eu possa fazer além de balançar meu braço feito uma idiota.*

Como se dissesse: *ajude-me porque não sei como pedir.*

– Não estou certa de que sei da história toda – disse Honoria em uma voz cuidadosa. – Daniel estava muito perturbado, falou que você estava chorando, e então eu corri...

– O que ele contou?

– Ele explicou que lorde Hugh... – falou Honoria com uma careta, como se não conseguisse acreditar no que diria. – Bem, ele me contou como lorde Hugh conseguiu convencer o pai a deixá-lo em paz. É...

Mais uma vez, o rosto de Honoria encontrou pelo menos três expressões de incredulidade diferentes antes que ela conseguisse continuar.

– Na verdade, achei muito inteligente da parte dele, embora um pouco...

– *Insano?*

– Bem, não. Só seria insano se não houvesse nenhum raciocínio por trás disso, e não acho que lorde Hugh faça nada sem raciocinar.

– Ele disse que *se mataria*, Honoria. Sinto muito, não posso... Meu Deus, e as pessoas dizem que *eu* sou dramática.

Honoria conteve um pequeno sorriso.

– Isso é... um pouco... irônico.

Sarah olhou para a prima.

– Não estou dizendo que seja engraçado – apressou-se a explicar Honoria.

– Eu achava que o amava.

– Achava?

– Não sei se ainda amo.

Sarah lhe deu as costas, deixando a cabeça cair outra vez na cama. Olhar para a prima doía. Honoria estava muito feliz e *merecia* estar, mas Sarah nunca seria suficientemente pura de coração para não odiá-la apenas um pouquinho. Apenas naquele momento.

Honoria ficou calada por alguns segundos e depois perguntou em voz baixa:

– É possível deixar de amar tão rápido?

– Eu me apaixonei rápido – rebateu Sarah e engoliu em seco. – Talvez nunca tenha sido amor verdadeiro. Talvez eu só quisesse que fosse. Com todos esses casamentos e você, Marcus, Daniel e Anne parecendo tão felizes, talvez eu só quisesse isso para mim também. Talvez fosse só isso.

– Você realmente acha isso?

– Como eu poderia estar apaixonada por alguém que fez tal ameaça? – perguntou Sarah em uma voz entrecortada.

– Ele a fez para garantir a felicidade de outra pessoa – lembrou-lhe Honoria. – Meu irmão.

– Eu sei – respondeu Sarah. – E poderia admirá-lo por isso. Sinceramente poderia, mas, quando lhe perguntei se era apenas uma ameaça vazia, ele não respondeu que era.

Ela engoliu em seco convulsivamente, tentando acalmar a respiração.

– Ele não me disse que… se isso fosse *necessário* – engasgou com a palavra –, não o faria. Perguntei olhando nos olhos dele, mas Hugh não respondeu.

– Sarah – começou Honoria –, você precisa…

– Você ao menos entende como esta conversa é horrível? – gritou Sarah. – Estamos discutindo algo que só aconteceria se seu irmão fosse *assassinado*. Como se… como se… o que Hugh poderia ter feito de *pior*?

Com cuidado, Honoria pôs uma das mãos no ombro da prima.

– Eu sei – disse Sarah, a voz sufocada, como se o gesto de Honoria tivesse sido uma pergunta. – Você vai me dizer que preciso perguntar de novo. Mas e se eu perguntar e ele responder que realmente falou sério e que, se o pai mudar de ideia e algo acontecer com Daniel, pegará uma pistola e a enfiará na boca?

Houve um terrível momento de silêncio. Em seguida, Sarah tentou conter um soluço.

– Respire fundo – disse Honoria de forma tranquilizadora, mas com os olhos cheios de pavor.

– Como posso ao menos falar sobre isso? – lamentou-se Sarah. – Sobre quanto eu me sentiria péssima em relação a Hugh e quanto ficaria com raiva dele, quando obviamente isso significaria que Daniel já estaria morto? E não deveria ser *isso* a me arrasar? E… Deus do céu, Honoria, isso é contra a natureza humana. Não posso… não posso…

Ela caiu nos braços da prima, chorando e ofegando.

– Não é justo – soluçou no ombro de Honoria. – Simplesmente não é justo.

– Não. Não é.

– Eu o amo.

Honoria não parou de esfregar as costas da prima.

– Eu sei.

– E me sinto um monstro, ficando perturbada porque ele falou… – Sarah arfou, os pulmões inspirando uma golfada inesperada de ar. – Porque ele falou que se mataria e então eu lhe implorei que me dissesse que não faria isso, mas na verdade deveria ficar devastada mesmo com o fato de isso significar que algo teria acontecido com Daniel.

– Mas você entende por que lorde Hugh fez esse acordo, não entende?

Sarah assentiu. Seus pulmões doíam. O corpo inteiro doía.

– Mas agora deveria ser diferente – sussurrou. – Ele deveria se sentir diferente. *Eu* deveria significar alguma coisa para ele.

– E significa – afirmou Honoria. – Sei que sim. Vi o modo como vocês olham um para o outro quando acham que ninguém está vendo.

Sarah se afastou apenas o suficiente para fitar o rosto da prima. Honoria a encarava com um sorriso tímido, e seus maravilhosos olhos cor de lavanda, que Sarah sempre invejara, estavam límpidos.

Qual era a diferença entre elas? Honoria vivia cada dia como se o mundo fosse feito de mares verdes e brisas oceânicas. O mundo de Sarah era uma tempestade após a outra. Ela nunca tivera um dia sereno na vida.

– Eu vi o modo como ele olha para você – disse Honoria. – Está apaixonado.

– Ele não disse isso.

– Você disse?

Sarah deixou o silêncio responder. Honoria segurou a mão dela.

– Talvez você tenha que ser corajosa e se abrir primeiro.

– É fácil para você falar – contestou Sarah, pensando em Marcus, sempre tão honrado e reservado. – Apaixonou-se pelo homem mais tranquilo, adorável e menos complicado da Inglaterra.

Honoria encolheu os ombros.

– Não podemos escolher por quem nos apaixonamos. E você não é a mulher mais tranquila e menos complicada da Inglaterra, sabe?

– Você deixou de fora o "adorável".

– Bem, você poderia ser a mais adorável – disse Honoria com um sorriso torto, antes de cutucar Sarah com o cotovelo e emendar: – Ouso dizer que lorde Hugh a considera a mulher mais adorável.

Sarah enterrou o rosto nas mãos.

– O que vou fazer?

– Acho que deveria ir falar com ele.

Sarah sabia que Honoria tinha razão, mas não podia impedir sua mente de pensar em tudo o que aquela conversa poderia causar.

– E se ele disser que manterá o acordo? – finalmente indagou em uma voz baixa e assustada.

Vários segundos se passaram até que Honoria falou:

– Então pelo menos você terá alguma certeza. Mas, se não perguntar, nunca saberá o que ele poderia ter dito. Apenas pense: e se Romeu e Julieta realmente tivessem *falado* um com o outro?

Sarah olhou para cima, momentaneamente pasma.

– Essa é uma comparação terrível.

– Sinto muito. Você tem razão.

Honoria pareceu envergonhada, mas, logo em seguida, mudou de ideia e, animada, apontou um dedo para Sarah.

– No entanto, fez você parar de chorar – ressaltou.

– Apenas para repreendê-la.

– Pode me repreender quanto quiser se isso trouxer um sorriso de volta ao seu rosto. Mas deve me prometer que falará com ele. Não quer que um terrível mal-entendido estrague sua chance de felicidade.

– Quer dizer que, já que minha vida está prestes a ser arruinada, eu mesma tenho que fazer isso? – perguntou Sarah com uma voz seca.

– Não foi bem o que eu disse, mas sim.

Sarah ficou calada por um longo momento e então perguntou, quase distraidamente:

– Você sabia que ele consegue multiplicar números muito grandes de cabeça?

Honoria sorriu.

– Não, mas isso não me surpreende.

– E faz isso muito rápido. Uma vez Hugh tentou me explicar como a cabeça dele funciona quando faz isso, mas não consegui entender nada.

– A aritmética funciona de modos misteriosos.

Sarah revirou os olhos.

– Ao contrário do amor?

– O amor é totalmente incompreensível – afirmou Honoria. – A aritmética é apenas misteriosa.

Ela deu de ombros, levantou-se e estendeu a mão para Sarah.

– Ou talvez seja o contrário. Vamos descobrir?

– Você vai comigo?

– Apenas para ajudá-la a encontrar Hugh. A casa é grande.

Sarah ergueu uma sobrancelha, desconfiada.

– Está com medo de que eu perca a coragem.

– Sem dúvida – confirmou Honoria.

– Não vou perder – garantiu Sarah.

Apesar do frio na barriga e do medo no coração, sabia que isso era verdade. Não era do tipo que se deixava vencer pelo medo. E nunca poderia viver em paz consigo mesma se não fizesse tudo ao seu alcance para garantir a própria felicidade.

E a de Hugh. Porque, se alguém no mundo merecia um final feliz, era ele.

– Mas não agora – disse. – Preciso me arrumar. Não quero que ele perceba que andei chorando.

– Ele deveria saber que a fez chorar.

– Honoria Smythe-Smith, essa talvez seja a coisa mais dura que já a ouvi dizer.

– Agora é Honoria Holroyd – anunciou a prima, contente. – E é verdade. A única coisa pior do que um homem fazer uma mulher chorar é fazê-la chorar e não se sentir culpado por isso.

Sarah olhou para a prima com respeito renovado.

– A vida de casada lhe faz bem.

O sorriso de Honoria foi levemente presunçoso.

– Faz mesmo, não é?

Sarah se arrastou para fora da cama. Suas pernas estavam rígidas e ela as alongou, uma de cada vez, curvando-se e esticando-se.

– Ele já sabe que me fez chorar.

– Ótimo.

Sarah se encostou na lateral da cama e olhou para as próprias mãos. Os dedos estavam inchados. Como isso havia acontecido? Quem ficava com dedos de linguiça por chorar?

– Algo errado? – perguntou Honoria.

Sarah a olhou tristemente.

– Acho que eu preferiria que lorde Hugh me achasse o tipo de mulher que fica linda chorando, com os olhos brilhantes e tudo o mais.

– Ao contrário da que fica com os olhos vermelhos e inchados?

– Esse é seu modo de dizer que estou desarrumada?

– Vai ter que refazer seu penteado – apontou Honoria, sempre cheia de tato.

Sarah assentiu.

– Sabe onde está Harriet? Estamos dividindo um quarto e não quero que ela me veja assim.

– Ela nunca a julgaria – garantiu-lhe Honoria.

– Eu sei. Mas não estou disposta a ouvir as perguntas dela. E você sabe que ela as fará.

Honoria conteve um sorriso. Conhecia Harriet.

– É o seguinte: vou me certificar de que ela fique distraída para que você possa voltar ao quarto e…

Ela moveu as mãos perto do rosto, no sinal universal para melhorar a aparência.

Sarah fez que sim, concordando.

– Obrigada. E, Honoria…

Ela esperou até que a prima se voltasse para ela.

– Eu amo você.

Honoria deu um sorriso vacilante.

– Também amo você, Sarah – disse, afastando uma lágrima inexistente. – Gostaria que eu mandasse um recado para lorde Hugh pedindo-lhe que a encontrasse daqui a trinta minutos? – ofereceu.

– Talvez uma hora?

Sarah era corajosa, mas nem tanto. Precisava de mais tempo para reforçar sua confiança.

– No conservatório? – sugeriu Honoria, indo na direção da porta. – Lá terão privacidade. Acho que ninguém usou a sala a semana inteira. Imagino que as pessoas temam nos encontrar ensaiando para alguma apresentação.

Sarah não pôde conter o sorriso.

– Está bem. No conservatório, daqui a uma hora. Vou…

Alguém a interrompeu com uma batida forte na porta.

– Que esquisito – comentou Honoria. – Daniel sabe que nós…

Ela deu de ombros, sem se preocupar em concluir a frase.

– Entre!

A porta se abriu e um dos lacaios entrou.

– Milady – disse para Honoria, pestanejando de surpresa. – Eu estava procurando milorde.

– Ele teve a gentileza de nos deixar usar o quarto dele – disse Honoria. – Há algum problema?

– Não, mas trago uma mensagem dos estábulos.

– Dos estábulos? – repetiu Honoria. – Que estranho.

Ela olhou para Sarah, que esperara pacientemente durante toda a conversa.

– O que poderia ser tão importante a ponto de mandarem George vir procurar Daniel no quarto?

Sarah deu de ombros, supondo que George era o lacaio. Honoria havia crescido em Whipple Hill. Claro que sabia o nome dele.

– Muito bem – disse Honoria, voltando-se para o lacaio. Ela estendeu a mão. – Se me entregar a mensagem, farei com que lorde Winstead a receba.

– Desculpe-me, milady. Não está escrita. Só me pediram para transmiti-la.

– Eu a retransmitirei a ele – garantiu Honoria.

O lacaio pareceu indeciso, mas apenas por um instante.

– Obrigado, milady. Pediram-me para dizer a milorde que lorde Hugh pegou uma das carruagens para Thatcham.

Isso imediatamente chamou a atenção de Sarah.

– Lorde Hugh?

– Sim – confirmou George. – Ele é o cavalheiro que manca, não é?

– Por que ele iria para Thatcham?

– Sarah! – repreendeu-a Honoria. – Estou certa de que George não sabe...

– Na verdade... – começou a dizer George. – Isto é, desculpe-me, milady. Não tive a intenção de interrompê-la.

– Por favor, continue – pediu Sarah com certa urgência.

– Disseram-me que ele foi para a Cervo Branco ver o pai.

– O *pai*?

George não chegou a se encolher, mas quase.

– Por que ele iria ver o pai? – perguntou Sarah.

– E-e-eu não sei, milady.

Ele lançou um olhar desesperado para Honoria.

– Não estou gostando disso – declarou Sarah.

George pareceu mortificado.

– Pode ir, George – disse Honoria.

O lacaio fez uma rápida mesura e se apressou a sair.

– Por que o pai dele está em Thatcham? – indagou Sarah no momento em que elas ficaram a sós de novo.

– Não sei – respondeu Honoria, parecendo tão confusa quanto a prima. – O marquês com certeza não foi convidado para o casamento.

– Isso não pode ser bom.

Sarah se virou para a janela. A chuva ainda caía pesadamente.

– Preciso ir ao vilarejo.

– Não pode, não com este tempo – ponderou Honoria.

– Hugh foi.

– É diferente. Ele foi encontrar o pai.

– Que quer *matar* Daniel!

– Ah, meu Deus! – exclamou Honoria, balançando a cabeça. – Isso tudo é uma grande loucura.

Sarah a ignorou, disparando para o corredor e gritando por George, que felizmente ainda não descera.

– Preciso de uma carruagem – disse-lhe. – Agora.

Assim que George se foi, ela se virou para Honoria, que estava em pé à porta.

– Eu a encontrarei na entrada para veículos – declarou Honoria. – Vou com você.

– Não, você não pode – rebateu Sarah. – Marcus nunca me perdoaria.

– Então o levaremos junto. E Daniel também.

– Não!

Sarah agarrou a mão de Honoria e a puxou de volta, embora a prima não tivesse dado mais do que um passo.

– Em nenhuma circunstância Daniel deve se encontrar com lorde Ramsgate.

– Você não pode deixá-lo fora disso – insistiu Honoria. – Ele está tão envolvido quanto...

– Está bem – concordou Sarah, apenas para interrompê-la. – Vá buscar Daniel. Eu não me importo.

Mas se importava. No momento em que Honoria saiu correndo para buscar os dois cavalheiros, Sarah vestiu o casaco e disparou para os estábulos. Podia chegar ao vilarejo mais rápido do que qualquer carruagem, mesmo naquela chuva. *Principalmente* naquela chuva.

Daniel, Marcus e Honoria a seguiriam até a Cervo Branco. Sarah tinha certeza disso. Mas, se conseguisse chegar lá bem antes deles, poderia... bem, para ser sincera, não sabia o que poderia fazer, só que faria alguma coisa. Encontraria um modo de acalmar lorde Ramsgate antes que Daniel aparecesse, irado e ansioso por uma briga.

Talvez não conseguisse traçar um final feliz para todos; na verdade, estava bastante certa de que não conseguiria. Mais de três anos de ódio e amargura não poderiam ser superados em um único dia. Mas se de algum modo pudesse impedir que os ânimos se acirrassem, que socos fossem dados e – Deus do céu! – que alguém fosse morto...

Talvez não houvesse um final totalmente feliz, mas, por Deus, teria que ser feliz o bastante.

CAPÍTULO 18

Uma hora antes
Whipple Hill
Em outro quarto

Se Hugh um dia se tornasse marquês de Ramsgate, a primeira coisa que faria seria mudar o lema da família. Porque *Com o orgulho vem a bravura* não fazia nenhum sentido no contexto das gerações atuais de Prentices do sexo masculino. Não. Se pudesse, mudaria o maldito lema para *As coisas sempre podem piorar*.

Exemplo disso era o bilhete entregue em seu quarto em Whipple Hill enquanto ele estava na pequena sala de estar partindo o coração de Sarah, fazendo-a chorar e revelando-se uma pessoa horrível.

O bilhete enviado por seu pai.

Seu pai.

Já fora ruim o suficiente ver aquela caligrafia familiar. Então Hugh lera o texto e descobrira que lorde Ramsgate estava ali. Em Berkshire, logo adiante na estrada que passava por Whipple Hill, na Cervo Branco, a mais elegante das hospedarias locais.

Hugh não conseguia imaginar como o pai conseguira um quarto quando todas as hospedarias estavam cheias de convidados para o casamento. Mas o marquês sempre dava um jeito de conseguir o que queria. Se quisesse um quarto, teria um, e Hugh só podia lamentar pela sucessão de hóspedes que seriam deslocados para o melhor quarto seguinte, até um pobre coitado parar no celeiro.

O que o bilhete não explicava, porém, era *por que* o pai tinha viajado para Berkshire. Hugh não ficou particularmente surpreso com essa omissão. O marquês nunca fora dado a explicações. Estava na Cervo Branco e queria falar com Hugh imediatamente.

Era tudo o que escrevera.

Geralmente Hugh fazia o possível para evitar qualquer interação com o pai, mas não era estúpido a ponto de ignorar uma intimação direta. Instruiu o criado pessoal a arrumar suas coisas e esperar mais orientações e, então, partiu para o vilarejo. Não achava que Daniel ficaria feliz ao saber que tinha usado uma carruagem dos Winsteads, mas como a chuva ainda caía implacavelmente e ele usava bengala... bem, achou que não tinha escolha.

Sem falar que era com o *pai* que ele tinha sido forçado a ir se encontrar. Por mais que ficasse furioso – e Hugh suspeitava de que ficaria *muito* –, Daniel entenderia a necessidade dele de ver o marquês.

– Meu Deus, como odeio isso! – disse Hugh para si mesmo, entrando desajeitadamente na carruagem.

E então se perguntou se um pouco da propensão de Sarah ao drama fora passada para ele, porque tudo em que conseguia pensar era...

Estou indo ao encontro do meu fatídico destino.

Hospedaria Cervo Branco
Thatcham
Berkshire

– O que está fazendo aqui? – perguntou Hugh, cuspindo as palavras antes de ter dado mais de dois passos para dentro de uma das salas de jantar particulares da hospedaria.

– Não vai me cumprimentar? – disse o marquês, sem se dar ao trabalho de se levantar. – Nem dizer algo afável, como: "Pai, o que o trouxe a Berkshire neste lindo dia?"

– Está chovendo.

– O que renova a terra – comentou lorde Ramsgate em uma voz alegre.

Hugh lançou um olhar frio ao pai. Odiava quando ele fingia ser paternal.

O marquês apontou para uma cadeira do outro lado da mesa.

– Sente-se.

Hugh preferia ficar em pé, nem que fosse só para contrariá-lo, mas a perna doía e o desejo de frustrar lorde Ramsgate não era forte o bastante para que sacrificasse o próprio conforto. Ele se sentou.

– Vinho? – ofereceu o pai.

– Não.

– Não é mesmo dos melhores – comentou o marquês, engolindo o resto do conteúdo de sua taça. – Eu deveria trazer minha própria bebida nas viagens.

Hugh se manteve em silêncio, esperando que o pai fosse direto ao assunto.

– O queijo é tolerável – disse lorde Ramsgate.

Ele pegou uma fatia de pão na tábua de queijo à mesa.

– Pão? – ofereceu também. – Não creio que alguém consiga fazer um pão ruim.

– Do que diabo isso se trata? – explodiu Hugh por fim.

O marquês estivera claramente esperando esse momento. O rosto do velho se esticou em um sorriso presunçoso e ele se recostou na cadeira.

– Não consegue adivinhar?

– Nem ousaria tentar.

– Estou aqui para parabenizá-lo.

Hugh o encarou sem esconder a desconfiança.

– Pelo quê?

O pai apontou para ele.

– Não seja tímido. Ouvi um boato de que ficou noivo.

– *Ouviu de quem?*

Hugh havia beijado Sarah pela primeira vez na noite anterior. Como, em nome de Deus, o pai sabia que ele planejava pedi-la em casamento?

Lorde Ramsgate balançou a mão ao dizer:

– Tenho espiões em toda parte.

Disso Hugh não tinha a menor dúvida. Mas ainda assim... Ele estreitou os olhos.

– A quem estava espionando? – perguntou. – A Winstead ou a mim?

O marquês deu de ombros.

– Isso importa?

– Muito.

– Ambos, eu suponho. Você tornou muito fácil matar dois coelhos com uma cajadada só.

– Seria de bom tom não usar tais metáforas na minha presença – sugeriu Hugh com uma sobrancelha erguida.

– Sempre tão literal! – provocou lorde Ramsgate. – Nunca soube apreciar uma piada, *tsc, tsc*.

Hugh ficou boquiaberto. *Ele* o estava acusando de não ter senso de humor? Inacreditável!

– Não estou noivo – declarou Hugh, cada palavra um dardo rápido e preciso saindo da boca. – E nem ficarei em um futuro próximo. Então pode arrumar suas coisas e voltar para o inferno.

O marquês riu, o que Hugh achou irritante. Lorde Ramsgate nunca era atingido por insultos. Agarrava-os e comprimia até se tornarem pequenas bolas, que ele enchia de espinhos e pregos e atirava de volta na direção de quem os lançara.

E então ria.

– Terminamos? – perguntou Hugh friamente.

– Por que tanta pressa?

Hugh deu um sorriso enojado.

– Porque o detesto.

Mais uma vez, o marquês riu.

– Ah, Hugh, quando você vai aprender?

Hugh não disse nada.

– Não importa que você me deteste. Nunca importará. Sou seu pai – falou, inclinando-se para a frente com um sorriso falso para concluir: – Não pode se livrar de mim.

– Não – disse Hugh, olhando dentro dos olhos do pai. – Mas o senhor pode se livrar de mim.

O maxilar de lorde Ramsgate se contraiu.

– Presumo que se refira àquele documento profano que me forçou a assinar.

– Ninguém o forçou – disse Hugh, dando de ombros de forma insolente.

– Acredita realmente nisso?

– Eu coloquei a pena em sua mão? – retorquiu Hugh. – O contrato era uma formalidade. Sabia disso tão bem quanto eu.

– Não sei de...

– Eu lhe disse o que aconteceria se fizesse algum mal a lorde Winstead – disse Hugh com uma calma mortal. – Isso vale sendo escrito ou não.

Era verdade. Hugh havia redigido o contrato e mostrado ao pai e ao advogado dele porque queria que soubessem que estava falando sério. Queria que o pai o assinasse – com o nome completo e o título que significava tanto para ele –, reconhecendo tudo o que perderia se não desistisse de se vingar de Daniel.

– Eu cumpri minha parte do acordo – rosnou lorde Ramsgate.

– Na medida em que lorde Winstead ainda está vivo, sim.

– Eu...

– Devo ressaltar – interrompeu-o Hugh, tendo grande prazer em fazer isso – que não peço muito do senhor. A maioria das pessoas acharia bastante fácil conduzir a própria vida sem matar outro ser humano.

– Ele o deixou aleijado – sibilou o pai.

– Não – disse Hugh, lembrando-se daquela noite mágica no gramado de Whipple Hill.

Ele tinha valsado. Pela primeira vez desde que a bala de Daniel lhe dilacerara a coxa, havia segurado uma mulher nos braços e dançado.

Sarah o proibira de se referir a si mesmo como aleijado. Tinha sido esse o momento em que se apaixonara por ela? Ou esse fora apenas mais um de uma centena de momentos?

– Prefiro ser chamado de coxo – murmurou Hugh, com um sorriso.

– Qual é a diferença?

– Quando alguém se refere a uma pessoa como aleijado, é como se isso a definisse por completo...

Hugh ergueu os olhos. O rosto do pai estava vermelho, o tipo de vermelho venoso e manchado que provinha de muita raiva ou muita bebida.

– Não importa. O senhor nunca entenderia – concluiu.

Mas antes Hugh também não entendia. Precisara de lady Sarah para saber a diferença.

Sarah. Ela era Sarah agora. Não lady Sarah Pleinsworth, nem mesmo lady Sarah. Apenas Sarah. Ela tinha sido dele, e Hugh a perdera. Ainda não entendia bem por quê.

– Você se subestima, filho.

– Acabou de me chamar de aleijado – disse Hugh –, e está *me* acusando de me subestimar?

– Não me refiro à sua capacidade atlética – retrucou o pai –, embora seja verdade que toda dama deseja um marido capaz de cavalgar, esgrimir e caçar.

– Porque o senhor é ótimo nessas coisas – provocou Hugh, olhando para a pança do pai.

– Eu *era* – respondeu o marquês, aparentemente sem se ofender. – E pude escolher na ninhada quando decidi me casar.

Ninhada. Era realmente assim que seu pai via as mulheres?

Claro que era.

– Duas filhas de duques, três de marqueses e uma de um conde. Eu poderia ter ficado com qualquer uma delas.

– Que sorte da minha mãe! – comentou Hugh.

– De fato – disse lorde Ramsgate, ignorando totalmente o sarcasmo. – O pai dela pode ter sido o duque de Farringdon, mas ela era uma entre seis filhas e não tinha um dote muito grande.

– Maior do que o da filha do outro duque, eu presumo.

– Não. Mas os Farringdons descendem dos barões de Veuveclos, o primeiro dos quais, como você sabe...

Ah, ele sabia. Deus, como sabia.

–... lutou ao lado de Guilherme, o Conquistador.

Hugh fora forçado a decorar as árvores genealógicas da família quando tinha 6 anos. Felizmente era talentoso para essas coisas. Freddie não tivera nem de longe a mesma sorte. Ficara com as mãos inchadas durante semanas depois da surra.

– O outro ducado – completou o marquês com desdém – era relativamente novo.

Hugh apenas balançou a cabeça.

– O senhor realmente eleva o esnobismo a novos níveis.

Seu pai o ignorou.

– Como eu estava dizendo, acho que você se subestima. Pode ser aleijado, mas tem seus encantos.

Hugh quase engasgou.

– Meus encantos?

– Você pode não ser o primeiro na linha de sucessão ao título, porém, por mais que isso me desagrade, qualquer um que se dê ao trabalho de investigar um pouco verá que, mesmo que você nunca se torne o marquês de Ramsgate, seu filho se tornará.

– Freddie é mais discreto do que o senhor pensa – Hugh se sentiu compelido a salientar.

Lorde Ramsgate bufou.

– Fui capaz de descobrir que você deseja a filha de Pleinsworth. Acha que o pai dela não descobrirá a verdade sobre Freddie?

Como lorde Pleinsworth ficava enterrado em Devon com 53 cães de caça, Hugh achava que não, mas entendia o ponto de vista do pai.

– Eu não chegaria ao ponto de dizer que você poderia ter qualquer mulher que quisesse – prosseguiu lorde Ramsgate –, mas não vejo nenhum motivo para não poder ter aquela Pleinsworth atrevida. Especialmente depois de passarem a semana inteira embevecidos um com o outro no café da manhã.

Hugh mordeu a bochecha para não responder.

– Notei que você não me contradisse.

– Seus espiões, como sempre, são ótimos – declarou Hugh.

O pai dele se recostou na cadeira e juntou as pontas dos dedos.

– Lady Sarah Pleinsworth – disse com admiração. – Devo parabenizá-lo.

– Não faça isso.

– Ah, meu caro. Está sendo modesto?

Hugh agarrou a borda da mesa. O que aconteceria se ele pulasse por cima do móvel e agarrasse o pai pelo pescoço? Certamente ninguém choraria pelo velho.

– Eu a conheço, sabe? – continuou o marquês. – Não muito, é claro. Fui apenas apresentado a ela em um baile, vários anos atrás. Mas o pai dela é um conde. Nossos caminhos se cruzam de vez em quando.

– Não fale sobre ela – preveniu-o Hugh.

– Ela é muito bonita, de um modo não convencional. Os cabelos cacheados, aquela adorável boca grande…

Lorde Ramsgate ergueu os olhos e mexeu as sobrancelhas.

– Um homem poderia se acostumar com um rosto daqueles no travesseiro ao lado.

Hugh sentiu o sangue ferver nas veias.

– Cale a boca. *Agora*.

O marquês fingiu compreensão.

– Posso ver que você não quer discutir seus assuntos pessoais.

– Estou tentando me lembrar de quando isso o impediu de fazê-lo.

– Ah, mas se você for se casar, a escolha da noiva também será assunto meu.

Hugh se levantou de um pulo.

– Seu filho da…

– Ah, pare com isso – disse o pai, rindo. – Não estou falando sobre *aquilo*, embora agora eu ache que poderia ter sido um modo de contornar o problema de Freddie.

Ah, meu Deus. Hugh estava enojado. Não duvidava de que seu pai fosse capaz de forçar Freddie a se casar e depois violentasse a esposa dele.

Tudo em nome da dinastia.

Não, isso não funcionaria. Apesar do jeito tranquilo, Freddie nunca se permitiria ser forçado a um falso casamento. E mesmo que de algum modo...

Bem, Hugh sempre poderia impedi-lo. Tudo o que tinha que fazer era se casar. Dar ao pai um motivo para esperar que um herdeiro de Ramsgate estivesse próximo.

O que agora, finalmente, ficaria feliz em fazer.

Só que com uma mulher que já não o queria.

Por causa do pai.

A ironia disso tudo o estava matando.

– O dote dela é respeitável – disse o marquês, comentando a questão casualmente, como se Hugh não tivesse se levantado com um olhar assassino. – Por favor, sente-se. É difícil ter uma conversa racional com você inclinado para um lado dessa maneira.

Hugh respirou fundo, tentando se firmar. Estava poupando a perna. Nem mesmo percebera que fazia isso. Lentamente, sentou-se.

– Como eu estava dizendo – continuou o pai –, pedi ao meu advogado que verificasse essa questão, e é uma situação muito parecida com a minha com sua mãe. Os dotes dos Pleinsworths não são muito grandes, mas são grandes o suficiente, considerando a linhagem e as conexões de lady Sarah.

– Ela não é um cavalo.

Lorde Ramsgate esboçou um sorriso.

– Não?

– Vou matá-lo – rosnou Hugh.

– Não, não vai.

O marquês pegou outra fatia de pão.

– E você realmente deveria comer alguma coisa. Há mais do que eu...

– Quer parar de comer? – rugiu Hugh.

– Você está de mau humor hoje.

Hugh forçou sua voz a voltar a um tom normal.

– Conversas com meu pai geralmente têm esse efeito sobre mim.

– Acho que mereci essa.

Mais uma vez Hugh olhou para o pai, chocado. O velho estava admitindo que o filho o vencera? Nunca fazia isso, nem mesmo com algo tão pequeno, como uma troca de farpas.

– Pelos seus comentários – prosseguiu lorde Ramsgate –, só posso deduzir que ainda não pediu lady Sarah em casamento.

Hugh não disse nada.

– Meus espiões, como gostamos de chamá-los, me garantiram que ela seria receptiva a isso.

Hugh continuou sem dizer nada.

– Então só tenho uma pergunta.

Lorde Ramsgate mudou de posição, apoiando os cotovelos na mesa.

– O que posso fazer para ajudá-lo nisso?

– Fique fora da minha vida.

– Ah, mas eu não posso.

Hugh deixou escapar um suspiro exausto. Detestava demonstrar fraqueza na frente do pai, mas estava muito cansado.

– Por que não me deixa em paz?

– Precisa me fazer essa pergunta? – retorquiu o marquês, embora Hugh tivesse falado para si mesmo.

Hugh pôs uma das mãos na testa e apertou as têmporas.

– Freddie ainda poderia se casar – disse, agora mais por hábito do que qualquer outra coisa.

– Ah, pare com isso – rebateu o pai. – Ele não saberia o que fazer com uma mulher se ela lhe tirasse o pênis para fora e...

– Pare! – rugiu Hugh, quase derrubando a mesa ao se levantar de novo. – Cale a boca! Apenas cale a maldita boca!

O marquês pareceu quase perplexo com a explosão.

– É a mais pura verdade. Uma verdade comprovada, eu poderia acrescentar. Sabe quantas prostitutas eu...

– Sim – disparou Hugh. – Sei exatamente quantas prostitutas o senhor trancou no quarto com ele. Por causa do meu maldito cérebro. Não consigo parar de contar, lembra?

Lorde Ramsgate explodiu em uma gargalhada. Hugh o encarou, perguntando-se o que diabo poderia ser tão engraçado naquele momento.

– Eu também contei – confessou lorde Ramsgate, quase se dobrando de tanto rir.

– Eu sei – disse Hugh sem nenhuma emoção.

230

O quarto dele sempre fora ao lado do de Freddie. Ouvira tudo. Quando lorde Ramsgate levava as prostitutas para Freddie, ficava para assistir.

– Foi inútil – continuou lorde Ramsgate. – Achei que poderia ajudar. Estabelecer um ritmo, sabe?

– Ah, meu Deus! – Hugh quase gemeu. – Chega.

Ainda podia ouvir aquilo. Na maioria das vezes era apenas o pai, mas de vez em quando uma das mulheres entrava no espírito e participava também.

Lorde Ramsgate ainda estava rindo enquanto contava.

– Uma... – disse, fazendo um gesto obsceno para acompanhar a contagem. – Duas...

Hugh recuou. Uma lembrança surgiu em sua mente.

– Três...

O duelo. A contagem. Vinha tentando não se lembrar da voz do pai. Vinha tentando tanto apagar essa lembrança que se encolhera.

E puxara o gatilho.

Nunca tivera a intenção de atirar em Daniel. Apontara para o lado, mas então alguém começara a contar e subitamente Hugh voltara a ser um garoto, encolhido na cama ouvindo Freddie implorar ao pai que o deixasse em paz.

Freddie, que havia ensinado Hugh a nunca interferir.

A contagem não era apenas das prostitutas. Lorde Ramsgate gostava muito de sua bengala de mogno lindamente polida. E não via nenhum motivo para poupá-la quando os filhos o desagradavam.

Freddie sempre o desagradava. Lorde Ramsgate gostava de contar as bengaladas.

Hugh encarou o pai.

– Eu o odeio.

Lorde Ramsgate o encarou também.

– Eu sei.

– Vou embora.

O pai balançou a cabeça.

– Não vai, não.

Hugh se enrijeceu.

– O que...

– Eu não queria ter que fazer isso – disse o pai, quase se desculpando. Quase.

Então ele chutou com a bota a perna lesada de Hugh.

Hugh urrou de dor ao cair. Sentiu o corpo se encolhendo, tentando conter a dor.

– Maldito! – exclamou, ofegante. – Por que fez isso?

Lorde Ramsgate se ajoelhou ao lado dele.

– Precisava que você ficasse.

– Vou matá-lo – murmurou Hugh, ainda ofegante de dor. – Com toda a certeza vou...

– Não – disse o pai, pondo um pano úmido e com cheiro adocicado no rosto dele –, não vai.

CAPÍTULO 19

Suíte do duque de York
Hospedaria Cervo Branco

Quando Hugh abriu os olhos, estava em uma cama. A perna doía muito.

– O que diabo...? – gemeu, estendendo a mão para massagear o músculo dolorido. Só que...

Inferno! O canalha o havia amarrado.

– Ah, você está acordado – falou seu pai. – Um pouco... entediado?

– Vou matá-lo – rosnou Hugh.

Ele se contorceu até ver o marquês sentado em uma cadeira no canto, observando-o por cima de um jornal.

– É possível – disse lorde Ramsgate. – Mas não hoje.

Hugh se contorceu de novo. E de novo, mas tudo o que conseguiu foi um pulso esfolado e uma forte vertigem. Fechou os olhos por um momento, tentando recuperar o equilíbrio.

– Qual é o motivo disso tudo?

Lorde Ramsgate fingiu pensar.

– Estou preocupado.

– Com o quê? – perguntou Hugh por entre os dentes.

– Temo que você esteja indo muito devagar com a adorável lady Sarah. Quem sabe quando encontraremos outra mulher disposta a tolerar – ele franziu o rosto em desagrado – você.

Hugh não registrou o insulto. Estava acostumado com farpas desse tipo e, em algum momento, começara a sentir orgulho delas. Mas o comentário sobre estar indo "muito devagar" o incomodou.

– Conheço lady Sarah – *pelo menos nesta encarnação*, pensou – há apenas duas semanas.

– Só? Pareceu-me um pouco mais. Talvez tenha sido pela ansiedade da espera, eu acho.

233

Hugh afundou na cama. O mundo estava claramente de cabeça para baixo. Seu pai, que em geral vociferava enquanto Hugh mantinha uma atitude distante e desdenhosa, o olhava com nada mais que sobrancelhas erguidas. Hugh, por outro lado, estava pronto para cuspir pregos.

– Eu esperava que a esta altura você tivesse ido mais longe em sua corte – disse lorde Ramsgate, parando para virar uma página do jornal. – Quando foi mesmo que tudo isso começou? Ah, sim, naquela noite em Fensmore. Com lady Danbury. Deus, ela é uma velha coroca.

Hugh se sentiu mal.

– Como sabe disso?

Lorde Ramsgate ergueu a mão e esfregou os dedos.

– Tenho pessoas a meu serviço.

– Quem?

O marquês inclinou a cabeça, como se refletisse sobre a conveniência de fornecer essa informação. Então encolheu os ombros e contou.

– Seu criado pessoal. Posso muito bem lhe dizer. Você iria imaginar mesmo.

Hugh olhou para o teto, pasmo.

– Ele está comigo há dois anos.

– Qualquer um pode ser subornado.

Lorde Ramsgate abaixou o jornal e espiou por cima do papel.

– Não lhe ensinei nada?

Hugh respirou fundo e tentou permanecer calmo.

– Precisa me soltar agora.

– Ainda não.

O marquês ergueu o jornal de novo.

– Ah, maldição, isto não foi passado a ferro!

Ele voltou a abaixar o jornal e examinou, irritado, as mãos, agora manchadas de tinta preta.

– Odeio viajar.

– Preciso voltar para Whipple Hill – disse Hugh com a voz mais moderada possível.

– É mesmo? – falou o marquês, sorrindo. – Porque eu soube que você ia embora de lá.

Hugh cerrou o punho. Seu pai estava bem informado.

– Recebi um bilhete de seu criado pessoal enquanto você estava indisposto – continuou lorde Ramsgate. – Ele escreveu que você tinha lhe pedido que arrumasse suas coisas. Devo dizer que isso me preocupa.

Hugh tentou se soltar das amarras, mas elas não se afrouxaram nem um milímetro. O pai claramente sabia dar nós.

– Espero que isso não demore muito.

Lorde Ramsgate se levantou, andou até uma pequena bacia e mergulhou as mãos. Pegou um pequeno pano branco, olhou para Hugh por cima do ombro e disse:

– Só estamos esperando pela chegada da adorável lady Sarah.

Hugh olhou boquiaberto para o pai.

– O que disse?

O marquês enxugou as mãos com meticulosa precisão e depois pegou o relógio de bolso e o abriu.

– Creio que será em breve.

Ele olhou para Hugh com uma expressão irritantemente calma.

– A esta altura, ela já foi informada de seu paradeiro.

– Por que diabo está tão certo de que ela virá? – rosnou Hugh.

Soou desesperado ao fazer a pergunta. Pôde ouvir isso na própria voz, o que o aterrorizou ainda mais.

– Não estou – respondeu o pai. – Mas é o que espero.

Ele encarou Hugh.

– Você também deveria esperar. Só Deus sabe por quanto tempo ficará preso nesta cama se ela não vier.

Hugh fechou os olhos e gemeu. Como podia ter deixado o pai levar a melhor sobre ele?

– O que havia naquele pano? – perguntou.

Ainda se sentia zonzo. E cansado, como se tivesse corrido quilômetros sem parar. Não, não era isso. Não estava ofegante, só…

Seus pulmões pareciam ocos. Esvaziados. Não sabia como explicar isso de outra forma.

Hugh repetiu a pergunta, a impaciência elevando-lhe a voz.

– O que havia naquele pano?

– Hein? Ah, isso. Óleo doce de vitríolo. Inteligente, não?

Hugh piscou para afastar os pontos que ainda flutuavam diante de seus olhos. *Inteligente* não era bem a palavra que ele teria escolhido.

– Ela não virá à Cervo Branco – disse Hugh, tentando manter a voz desdenhosa. Sarcástica. Qualquer coisa que pudesse levar o pai a duvidar da eficácia do plano.

– É claro que virá – rebateu lorde Ramsgate. – Ela ama você, embora só Deus saiba por quê.

– Sua ternura paternal nunca deixa de me surpreender.

Hugh puxou levemente as amarras para ilustrar o que dizia.

– Você não iria atrás dela se ela tivesse fugido para uma hospedaria?

– Isso é diferente – disparou Hugh.

Lorde Ramsgate apenas sorriu.

– Sabe que há inúmeros motivos para isso não dar certo – insinuou Hugh, tentando parecer razoável.

O pai olhou para ele com ar cético.

– Por exemplo, está chovendo muito – improvisou Hugh, tentando apontar com a cabeça para a janela. – Seria loucura sair com um tempo desses.

– Você saiu.

– O senhor não me deixou muita escolha – falou Hugh com voz firme. – Além disso, Sarah não tem nenhum motivo para se preocupar com o fato de eu ter vindo aqui vê-lo.

– Ora, vamos. Nossa aversão mútua não é nenhum segredo. Ouso dizer que, a esta altura, todos sabem dela.

– De nossa aversão mútua, sim – disse Hugh, consciente de que suas palavras estavam saindo rápido demais dos lábios. – Mas ela não sabe o nível de nossa animosidade.

– Não contou a lady Sarah do nosso – lorde Ramsgate o fitou sarcasticamente – contrato?

– Claro que não – mentiu Hugh. – Acha que ela aceitaria meu pedido se soubesse?

O marquês pensou nisso por um momento e então disse:

– Mais um motivo para eu realizar meu plano.

– Qual?

– Garantir seu casamento, é claro.

– Amarrando-me em uma *cama*?

O pai sorriu, presunçoso.

– E permitindo que seja ela a libertá-lo.

– Está louco – sussurrou Hugh, mas, para seu horror, sentiu algo se mexendo na própria virilha.

A ideia de Sarah curvada, arrastando-se sobre ele para alcançar o nó na coluna da cama...

Ele fechou os olhos com força, tentando pensar em tartarugas, olhos de peixe e no vigário gordo do vilarejo onde havia crescido. Tudo, menos Sarah.

– Pensei que você fosse ficar grato – disse lorde Ramsgate. – Não é ela que você quer?

– Não assim – resmungou Hugh por entre os dentes.

– Deixarei vocês dois trancados aqui por pelo menos uma hora – continuou o pai. – Ela ficará comprometida independentemente de você cometer o ato ou não.

Lorde Ramsgate se inclinou e olhou de soslaio para o filho.

– Tudo ficará bem. Você terá o que quer e eu terei o que quero.

– E quanto ao que *ela* quer?

Lorde Ramsgate arqueou uma sobrancelha, inclinou a cabeça para o lado e depois deu de ombros. Aparentemente, seria o único instante que dedicaria aos sonhos e esperanças de Sarah.

– Ela ficará grata – concluiu.

Ia dizer algo mais, mas então parou e inclinou a cabeça de modo a apontar a orelha para a porta.

– Acho que ela chegou – murmurou.

Hugh não ouviu nada, mas de fato um instante depois houve uma batida insistente à porta.

Ele se debateu furiosamente em suas amarras. Queria Sarah Pleinsworth. Ah, Deus, queria aquela mulher com todo o seu ser. Queria ficar com Sarah diante de Deus e dos homens, deslizar uma aliança pelo dedo dela e lhe jurar devoção eterna. Queria levá-la para a cama e, com seu corpo, mostrar-lhe tudo o que estava em seu coração. E queria acalentá-la quando ela carregasse o peso do filho deles.

Mas somente se Sarah também quisesse tudo isso. Nunca a forçaria a nada.

– Isso é tão empolgante! – disse lorde Ramsgate, seu tom irônico perfeitamente calibrado para irritar Hugh. – Meu caro, sinto-me como um colegial.

– Não toque nela – rosnou Hugh. – Por Deus, se encostar a mão nela...

– Ora, ora – disse o pai. – Lady Sarah será a mãe dos meus netos. Eu nunca ousaria machucá-la.

– Não faça isso! – alertou Hugh, sua voz falhando antes que ele conseguisse acrescentar: – *por favor.*

Não queria implorar. Não achava que tinha estômago para isso, mas *por Sarah* o faria. Ela não queria se casar com ele; isso havia ficado claro depois de tudo o que acontecera com Daniel mais cedo naquela manhã. Se ela entrasse no quarto, lorde Ramsgate a trancaria e selaria seu destino. Hugh obteria a mão da mulher que amava, mas a que custo?

– Pai – disse Hugh, e seus olhos se encontraram, chocados.

Nenhum deles se lembrava da última vez que Hugh o chamara de algo mais que *senhor*.

– Eu lhe imploro, *não faça isso.*

Mas lorde Ramsgate apenas esfregou as mãos alegremente e foi até a porta.

– Quem é? – perguntou.

A voz de Sarah veio através da porta.

Hugh fechou os olhos, angustiado. Aquilo de fato aconteceria. Não tinha como impedi-lo.

– Lady Sarah – disse lorde Ramsgate no momento em que abriu a porta. – Nós a estávamos esperando.

Hugh se virou e se forçou a olhar para a porta, mas o pai ainda bloqueava sua visão.

– Estou aqui para ver lorde Hugh – anunciou Sarah na voz mais fria que Hugh já ouvira. – Seu filho.

– Não entre, Sarah – berrou Hugh.

– Hugh? – disse ela, com pânico na voz.

Hugh se debateu. Sabia que não conseguiria se libertar, mas não podia simplesmente ficar deitado como um inútil.

– Ah, meu Deus. O que fez com ele? – gritou Sarah, empurrando lorde Ramsgate com força suficiente para arremessá-lo contra o batente da porta.

Estava ensopada, com os cabelos colados no rosto e a bainha do vestido enlameada e rasgada.

– Apenas o deixei pronto para você, minha cara – declarou lorde Ramsgate com uma risada.

E então, antes que Sarah conseguisse pronunciar uma palavra, o marquês saiu do quarto batendo a porta.

– Hugh, o que aconteceu? – perguntou Sarah, correndo para o lado dele. – Ah, meu Deus, ele o amarrou na cama. Por que faria uma coisa dessas?

– A porta – Hugh praticamente gritou. – Verifique a porta.

238

– A porta? Mas...

– *Faça isso.*

Ela arregalou os olhos, mas fez o que ele pediu.

– Está trancada – informou Sarah, virando-se para olhar para ele.

Hugh praguejou furiosamente para si mesmo.

– O que está acontecendo?

Sarah correu de volta para a cama, indo imediatamente para as amarras nos tornozelos de Hugh.

– Por que ele o amarrou na cama? Por que você veio vê-lo?

– Quando meu pai faz uma intimação – disse Hugh em uma voz tensa –, não a ignoro.

– Mas você...

– Principalmente na véspera do casamento de seu primo.

– Claro – concluiu ela, os olhos transparecendo compreensão.

– Quanto às amarras – acrescentou Hugh com a voz cheia de raiva –, foram por sua causa.

– O quê? – indagou Sarah, boquiaberta. E depois: – Ah, maldição, ai! – resmungou e enfiou o indicador na boca. – Quebrei minha unha. Esses nós são monstruosos. Como ele conseguiu apertá-los tanto?

– Eu não tive chance de lutar – explicou Hugh, sem conseguir afastar da voz o ódio de si mesmo.

Sarah fitou o rosto dele.

Mas Hugh olhou para o outro lado, incapaz de encará-la ao dizer:

– Ele fez isso enquanto eu estava inconsciente.

Os lábios de Sarah sussurraram algo, mas Hugh não entendeu se eram palavras ou apenas um som.

– Óleo doce de vitríolo – disse ele em uma voz monótona.

Sarah balançou a cabeça.

– Não sei...

– Quando um pano encharcado com esse óleo é pressionado contra o rosto de uma pessoa, pode deixá-la inconsciente – explicou Hugh. – Tinha lido sobre isso, mas foi a primeira vez que tive o prazer de prová-lo.

– Mas por que ele faria uma coisa dessas?

Seria uma pergunta sensata se eles estivessem falando de alguém que não fosse o pai de Hugh. Hugh fechou os olhos por um momento, totalmente mortificado com o que seria forçado a revelar.

239

– Meu pai acredita que, se ficarmos trancados no quarto juntos, você estará comprometida.

Ela ficou em silêncio.

– E, assim, forçada a se casar comigo – acrescentou Hugh, não que achasse que isso não estava claro.

Sarah ficou paralisada, continuando a olhar para o nó que tanto tentara desfazer. Hugh sentiu algo pesado e sombrio se instalar no coração.

– Não sei bem por quê – finalmente disse ela.

A voz dela saiu lenta e muito cautelosa, como se Sarah temesse que a palavra errada pudesse provocar uma avalanche de acontecimentos desagradáveis.

Hugh não tinha a menor ideia de como responder a isso. Ambos conheciam as regras que governavam a sociedade. Eles seriam descobertos juntos em um quarto com uma cama e Sarah teria duas escolhas: casamento ou ruína. E, apesar de tudo o que ela soubera sobre ele naquela manhã, Hugh acreditava ainda ser a melhor opção disponível.

– Você não poderia me comprometer estando amarrado na cama – disse Sarah, ainda sem olhar para ele.

Hugh engoliu em seco. Seus gostos nunca tinham ido nessa direção, mas agora era impossível não pensar em todos os modos pelos quais ela poderia ser comprometida com ele amarrado em uma cama.

Sarah mordeu o lábio inferior e sugeriu:

– Talvez eu simplesmente devesse deixá-lo assim.

– Deixar-me... assim?

– Bem, sim.

Ela franziu a testa, levando uma das mãos à boca em um gesto de preocupação.

– Dessa forma, quando alguém chegar, e chegará... Daniel não deve estar muito longe... ele verá que nada poderia ter acontecido.

– Seu primo sabe que você está aqui?

Sarah assentiu.

– Honoria insistiu em contar a ele. Mas eu pensei... seu pai... eu não queria...

Ela afastou os cabelos molhados dos olhos.

– Pensei que, se eu chegasse aqui primeiro, poderia... sei lá, acalmar tudo.

Hugh gemeu.

– Eu sei – disse ela, a expressão em seus olhos combinando com o sorriso amargo dele. – Não esperava...

– Isto? – completou Hugh para ela.

Teria apontado sarcasticamente para si mesmo se não estivesse com as mãos bem amarradas nas colunas da cama.

– A coisa vai fica feia quando Daniel chegar – sussurrou Sarah.

Hugh não se deu ao trabalho de confirmar.

– Sei que você disse que seu pai não vai machucar meu primo, mas...

Ela se virou abruptamente, os olhos iluminados por uma ideia.

– Adiantaria alguma coisa se eu esmurrasse a porta? Eu poderia gritar por ajuda. Se alguém chegasse antes de Daniel...

Hugh balançou a cabeça.

– Isso dará a ele exatamente o que quer. Uma testemunha de sua suposta ruína.

– Mas você está amarrado na cama!

– Creio que não lhe ocorreu que alguém poderia deduzir que *você* me amarrou.

Sarah ficou boquiaberta.

– Exatamente.

Ela deu um pulo para longe da cama, como se a madeira pudesse queimá-la.

– Mas isso... isso é...

Dessa vez ele decidiu não completar a frase dela.

– Ah, meu Deus!

Hugh tentou não notar o horror na expressão dela. Maldição! Se Sarah não havia ficado totalmente revoltada com ele depois das revelações daquela manhã, certamente agora estava. Hugh deixou escapar um suspiro trêmulo.

– Vou dar um jeito – disse ele, embora não fizesse ideia de como poderia cumprir essa promessa. – Você não terá que... vou dar um jeito.

Sarah olhou para cima. Os olhos dela estavam fixos na parede, e Hugh pôde ver seu rosto de perfil. Ela estava com uma expressão rígida, desconfortável.

– Se explicarmos para Daniel...

Sarah engoliu em seco e Hugh seguiu o leve movimento descendente no pescoço dela. Ele a tinha beijado ali uma vez. Mais de uma vez. Tinha gosto de limão e sal, cheiro de mulher. Ele ficara tão excitado que temera passar vergonha.

E agora ali estava ele, com esse mesmo sonho lhe sendo entregue de bandeja, e tudo em que conseguia pensar era que precisava encontrar um modo de impedir isso. O que mais queria era ser marido de Sarah, mas não conseguiria viver consigo mesmo se ela fosse forçada a se casar.

– Acho que ele entenderá – disse Sarah, hesitante. – E não forçará nada. Não quero...

Ela desviou os olhos totalmente, e Hugh não pôde ver o rosto dela.

– Não quero que ninguém se sinta obrigado... – começou Sarah.

Ela não terminou. Hugh assentiu, pensando em como interpretar as palavras dela. Havia planejado pedi-la em casamento e Sarah sabia disso. Aquele era o modo dela de sugerir que não pedisse? Depois de tudo o que acontecera, ainda tentava poupá-lo da humilhação.

– Claro que não – disse Hugh finalmente.

Três palavras sem sentido, ditas apenas para preencher o silêncio. Não sabia mais o que fazer.

Ela mordeu o lábio de novo e ele observou a língua umedecendo suavemente o ponto onde os dentes haviam estado. Isso bastou para que seu corpo se incendiasse. Era a reação mais imprópria que se poderia imaginar, mas ele não conseguia parar de pensar em deslizar a língua pelo lábio de Sarah no ponto sensível. Então a moveria para baixo, para a curva do pescoço dela e...

– Por favor, solte-me – praticamente gemeu.

– Mas...

– Não consigo sentir minhas mãos – disse ele, usando a primeira desculpa em que pôde pensar.

Isso não era nem de longe verdade, mas seu corpo estava reagindo a Sarah e, caso não se libertasse logo, não haveria como esconder seu desejo.

Sarah hesitou, mas apenas por um momento. Foi na direção da cabeceira da cama e começou a desatar o nó do pulso direito.

– Acha que ele está do lado de fora da porta? – sussurrou ela.

– Sem dúvida.

O rosto de Sarah se contorceu de nojo.

– Isso é...

– Doentio? – completou Hugh. – Bem-vinda à minha infância.

Lamentou as palavras no momento em que as disse. Os olhos de Sarah se encheram de pena e ele sentiu a bile subindo pela garganta. Não queria a compaixão dela, nem da sua perna, nem da sua infância, nem de nenhum dos modos pelos quais não poderia protegê-la. Só queria ser um *homem* e que ela soubesse que era, que o *sentisse*. Queria pairar sobre Sarah na cama sem nada entre eles além de calor e queria que ela soubesse que fora escolhida, que era dele e que nenhum outro homem jamais conheceria sua pele quente e sedosa.

Mas era um tolo. Sarah merecia alguém que pudesse protegê-la, não um homem deficiente que fora tão facilmente vencido. Chutado, drogado e amarrado a uma cama. Como ela poderia respeitá-lo depois disso?

– Acho que consegui soltar este – declarou Sarah, puxando com força a corda. – Espere, espere... Pronto!

– Um quarto do caminho – comentou Hugh, tentando inútil e desesperadamente parecer alegre.

– Hugh – falou Sarah, e ele não soube dizer se isso antecedia uma afirmação ou uma pergunta.

E nunca descobriria. Houve uma comoção terrível no corredor, seguida de um gemido de dor e de uma série de imprecações proferidas em voz alta.

– Daniel – disse Sarah com um leve estremecimento.

E eu estou aqui, pensou Hugh desgraçadamente, *ainda amarrado à maldita cama.*

CAPÍTULO 20

Sarah mal teve tempo de levantar os olhos antes que a porta se abrisse de supetão e o som da madeira se partindo reverberasse no ar, as farpas voando ao redor da fechadura inutilizada.

– Daniel! – gritou ela, sem saber por que soava surpresa.

– Que *diabos...!*

Mas o grito de Daniel foi interrompido pelo marquês de Ramsgate, que surgiu correndo do salão, passou pela porta arrombada e se jogou nas costas de Daniel.

– Saia de cima de mim, seu maldito...

Sarah tentou se colocar entre eles, mas Hugh a puxou de volta com a mão que ela libertara fazia tão pouco tempo. Sarah se soltou dele e correu na direção do primo, mas logo foi derrubada na cama pelo ombro de lorde Ramsgate, enquanto Daniel girava com o homem, tentando arrancá-lo das costas.

– Sarah! – gritou Hugh.

Ele forçava tanto as amarras restantes que a cama começou a se mover pelo piso.

Sarah ficou de pé, cambaleante. Hugh girou o braço em um arco fora do normal e agarrou a saia encharcada dela.

– Solte-me – rosnou Sarah, caindo de volta na cama.

Hugh passou o braço ao redor dela, os dedos ainda segurando a saia como se nunca mais fossem soltá-la.

– Nem morto.

Enquanto isso, Daniel, que não conseguira arrancar lorde Ramsgate das costas, agora batia o corpo do homem contra a parede.

– Seu louco desgraçado – grunhiu. – Solte-me!

Sarah agarrou a saia e começou a puxá-la na direção oposta.

– Ele vai matar o seu pai.

Os olhos de Hugh encontraram os dela com um desdém frio.

– Deixe-o.

– Ah, você gostaria disso, não é mesmo? Daniel seria enforcado!

– Não se houver apenas nós dois como testemunhas – retrucou Hugh.

Sarah arquejou e puxou mais uma vez a saia, mas Hugh a segurava com uma força impressionante. Ela tentou girar para escapar do alcance dele, e foi quando viu o rosto de Daniel ficando assustadoramente roxo.

– Ele está sufocando! – berrou ela.

Hugh deve ter levantado os olhos para conferir, porque soltou a saia dela tão de repente que Sarah saiu escorregando pelo quarto, mal conseguindo manter o equilíbrio.

– Largue-o! – gritou ela, agarrando a camisa de lorde Ramsgate.

Sarah olhou ao redor em busca de alguma coisa – qualquer coisa – com que pudesse bater na cabeça dele. A única cadeira era pesada demais para ser erguida. Assim, depois de uma rápida prece, ela cerrou o punho e bateu com força.

– Ai! – Sarah uivou de dor e balançou o punho.

Ninguém lhe contara que dar um murro no rosto de um homem *doía*.

– Jesus Cristo, Sarah!

Era Daniel, arquejando em busca de ar e com a mão no olho.

Ela socara o homem errado.

– Ah, desculpe! – disse Sarah com um gritinho.

Mas ao menos ela desequilibrara a torre humana. Lorde Ramsgate fora forçado a soltar o pescoço de Daniel, já que os dois homens caíram no chão.

– Vou matá-lo – grunhiu o marquês, arrastando-se de volta para cima de Daniel, que não estava em condições de se defender.

– Pare – ordenou Sarah com a voz ríspida, pisando com força na mão de lorde Ramsgate. – Se matar Daniel, estará matando Hugh.

Lorde Ramsgate a fitou, e ela não soube dizer se ele estava confuso ou furioso.

– Eu menti – veio a voz de Hugh de cima da cama. – Contei a ela sobre a nossa barganha.

– Já parou para pensar sobre isso? – quis saber Sarah. Porque já estava farta daqueles homens. – Parou?

Lorde Ramsgate ergueu a mão – a que não estava sendo esmagada pela bota de Sarah – em um gesto de súplica. Lentamente, Sarah retirou o peso de cima da mão em que pisava, sem tirar os olhos do marquês, até ele ter se afastado vários metros de Daniel.

– Você está bem? – perguntou ela a Daniel retoricamente.

A pele embaixo do olho dele estava ficando roxa. O primo não estaria com a melhor das aparências no próprio casamento.

Ele grunhiu em resposta.

– Ótimo – disse Sarah, decidindo que o grunhido parecia saudável o bastante. Até que lhe ocorreu: – Onde estão Marcus e Honoria?

– Em algum lugar atrás de mim, em uma carruagem – respondeu ele, furioso. – Vim a cavalo.

É claro, pensou Sarah. Não sabia por que não lhe ocorrera que ele insistiria em ir a cavalo atrás dela depois que descobrisse que ela partira sem eles.

– Acho que você quebrou a minha mão – resmungou lorde Ramsgate em um gemido.

– Não está quebrada – disse Sarah, hesitante. – Eu teria ouvido o estalo.

De cima da cama, Hugh deixou escapar uma risada abafada. Sarah o encarou, carrancuda. Aquilo não era engraçado. Nada daquilo era engraçado. E, se não conseguia perceber isso, ele não era o homem que pensara ser. Humor mórbido só é aceitável quando a pessoa *não* está em uma situação mórbida.

Sarah se virou rapidamente para o primo.

– Tem uma faca?

Daniel arregalou os olhos.

– Para as amarras dele – esclareceu ela.

– Ah.

Daniel enfiou a mão na bota e pegou uma pequena adaga. Sarah a pegou com certa surpresa.

– Na Itália, adquiri o hábito de andar com uma arma – explicou Daniel em uma voz sem expressão.

Sarah assentiu. Claro que ele teria feito isso. Tinha sido na época em que lorde Ramsgate mandara assassinos para caçá-lo.

– Não se mova – disse ela para o marquês, em tom ríspido, e atravessou o quarto até onde Hugh estava. – Eu recomendaria que você também não se mexesse.

Ela foi até o outro lado da cama, para cortar a corda que imobilizava a mão esquerda dele. Sarah estava no meio do trabalho quando viu lorde Ramsgate começar a se levantar.

– Ei, ei, ei! – gritou, apontando a faca na direção dele. – De volta para o chão.

Ele obedeceu.

– Você está me apavorando – murmurou Hugh. Mas soou como um elogio.

– Você poderia ter sido morto – sibilou ela.

– Não – retrucou ele, os olhos sérios. – Sou o único em quem ele nunca tocaria, lembra-se?

Sarah entreabriu os lábios, mas o que quer que estivesse prestes a dizer evaporou quando a mente dela começou a girar.

– Sarah? – chamou Hugh, preocupado.

Ele não era o único, ela se deu conta. *Ele não era o único.*

A última amarra foi cortada, e Hugh puxou o braço para o lado do corpo, gemendo enquanto massageava os músculos doloridos do ombro.

– Você mesmo pode soltar seus tornozelos – disse Sarah, mal se lembrando de entregar a faca pelo punho quando a passou para ele.

Ela voltou para onde estava lorde Ramsgate.

– Levante-se – ordenou.

– Você acabou de me mandar sentar – retrucou ele em um tom arrastado.

A voz de Sarah se transformou em um grunhido ameaçador.

– O senhor não vai querer discutir comigo agora.

– Sarah – arriscou Hugh.

– Quieto! – disse Sarah, ainda ríspida, sem nem sequer se dar ao trabalho de se virar.

Lorde Ramsgate ficou de pé e Sarah caminhou na direção dele, obrigando-o a colar as costas na parede.

– Quero que me escute com muita atenção, lorde Ramsgate, porque só vou falar uma vez. Vou me casar com seu filho e, em troca, o senhor vai jurar que deixará meu primo em paz.

Lorde Ramsgate abriu a boca para falar, mas Sarah ainda não havia terminado.

– Além disso, o senhor não vai tentar entrar em contato comigo nem com qualquer membro da minha família... e isso inclui lorde Hugh e os filhos que possamos vir a ter.

– Agora, veja bem...

– O senhor *quer* que eu me case com ele? – interrompeu-o Sarah em um tom de voz alto.

O rosto de lorde Ramsgate ficou vermelho de raiva.

– O que a senhorita acha...

– Hugh? – chamou Sarah, estendendo a mão atrás do corpo. – A faca.

Ele provavelmente já libertara os pés, porque, quando falou, estava bem mais perto, e não na cama. Ela se virou para olhar e o viu parado alguns metros às suas costas.

– Não acho que seja uma boa ideia, Sarah – disse Hugh.

Ele provavelmente estava certo, maldição. Ela não tinha ideia de que diabos a possuíra, mas estava com tanta raiva naquele momento que quase poderia esganar lorde Ramsgate com as próprias mãos.

– O senhor quer um herdeiro? – grunhiu Sarah. – Ótimo. Eu lhe darei um ou morrerei tentando.

Hugh pigarreou, provavelmente numa tentativa de lembrar a ela que toda a confusão daquele dia começara com a ameaça de morte *dele*.

– Também não quero ouvir nem uma palavra da sua parte – disse ela, furiosa, virando-se para apontar um dedo irritado na direção de Hugh.

Ele permanecia a apenas alguns metros de distância, segurando frouxamente a bengala.

– Estou cansada de você, de você e dele... – Sarah virou a cabeça na direção de Daniel, que ainda estava sentado com as costas apoiadas na parede e, a mão protegendo o olho que rapidamente ficava preto –... tentarem resolver as coisas. Vocês são uns inúteis, todos vocês. Já se passaram três anos, e o único modo como *você* conseguiu manter a paz foi ameaçando se matar.

Ela virou o corpo para voltar a encarar Hugh, os olhos perigosamente semicerrados.

– O que não fará – ressaltou.

Hugh ficou encarando-a até perceber que deveria falar alguma coisa.

– Não farei.

– Lady Sarah – disse lorde Ramsgate –, preciso lhe dizer...

– Cale-se – ordenou ela. – Disseram-me, lorde Ramsgate, que o senhor deseja um herdeiro. Ou melhor: um herdeiro além dos dois que já tem.

O marquês assentiu brevemente.

– E, na verdade, está tão ansioso por esse herdeiro que lorde Hugh conseguiu barganhar pela segurança do meu primo com a própria vida.

– Foi uma barganha profana – retrucou lorde Ramsgate, com raiva.

– Nisso estamos de acordo – afirmou Sarah –, mas acho que o senhor se esqueceu de um detalhe importante. Se, na verdade, tudo o que lhe importa é a procriação, a vida de lorde Hugh não vale nada sem a minha.

– Ah, então agora a senhorita me dirá que também vai ameaçar se suicidar.

– Nem pensar – retrucou Sarah, com um risinho de desprezo. – Mas pense no seguinte, lorde Ramsgate. O único modo de o senhor conseguir seu precioso neto é se eu e seu filho permanecermos saudáveis e felizes. E, veja bem, se o senhor me fizer infeliz de qualquer maneira, manterei seu filho longe da minha cama.

Houve um longo momento de silêncio, para a satisfação de Sarah.

Lorde Ramsgate falou, por fim, em um tom zombeteiro.

– Ele será seu senhor e mestre. Não vai poder mantê-lo longe de lugar algum.

Hugh pigarreou.

– Eu não sonharia em contrariar os desejos dela – murmurou.

– Seu inútil...

– O senhor está me deixando infeliz, lorde Ramsgate – avisou Sarah.

O marquês bufou, furioso, e Sarah percebeu que levara a melhor sobre o futuro sogro.

– Se meu primo vier a sofrer qualquer prejuízo físico permanente – alertou ela –, eu juro que caçarei o senhor onde estiver e o destruirei com as minhas próprias mãos.

– Eu acreditaria na palavra dela – ressaltou Daniel, ainda apalpando com cuidado a área ao redor do olho.

Sarah cruzou os braços.

– Todos nós estamos de acordo com esses termos?

– Eu com certeza estou – declarou Daniel.

Sarah o ignorou e se aproximou mais de lorde Ramsgate.

– Estou certa de que o senhor vai chegar à conclusão de que é a solução mais benéfica para todas as partes envolvidas. O senhor conseguirá o que deseja, um eventual herdeiro para Ramsgate. E eu conseguirei o que quero, paz para a minha família. E Hugh...

Ela se interrompeu bruscamente, enquanto se forçava a engolir a bile que ameaçava subir pela garganta.

– Ora, Hugh não terá que se matar.

Lorde Ramsgate se manteve anormalmente imóvel. Por fim, disse:

– Se a senhorita concordar em se casar com o meu filho e em não expulsá-lo de sua cama… e espero que acredite em mim quando digo que terei espiões em sua casa e *saberei* se não está cumprindo a sua parte do trato… então deixarei seu primo em paz.

– Para sempre – acrescentou Sarah.

Lorde Ramsgate deu um aceno de concordância rápido e mal-humorado.

– E não tentará entrar em contato com os meus filhos.

– Não posso concordar com isso.

– Muito bem – aquiesceu Sarah, já que nunca esperara vencer nesse ponto. – Permitirei que os veja, mas apenas na minha presença ou na do pai das crianças, em hora e local da nossa escolha.

Lorde Ramsgate balançou a cabeça com raiva, mas declarou:

– A senhorita tem a minha palavra.

Sarah se virou e olhou para Hugh em busca de confirmação.

– Nisso, você pode confiar nele – disse Hugh em voz baixa. – Apesar de toda a crueldade, ele não quebra promessas.

Então, Daniel acrescentou:

– Por tudo o que sei, ele não mente.

Sarah encarou o primo horrorizada.

– Ele disse que iria tentar me matar e foi o que fez – continuou ele.

– Esse é o seu endosso? – indagou ela, pasma.

Daniel deu de ombros.

– E depois ele disse que *não iria* tentar me matar e, até onde eu sei, não tentou.

– Com quanta força você bateu nele? – perguntou Hugh.

Sarah abaixou os olhos para as próprias mãos. Os nós dos dedos estavam ficando roxos. Santo Deus, o casamento do primo seria dali a dois dias. Anne nunca a perdoaria.

– Valeu a pena – afirmou Daniel, balançando a mão perto do rosto.

A cabeça dele pendeu como a de um bêbado para o lado e ele levantou a sobrancelha na direção de Hugh.

– Ela conseguiu o que você e eu nunca conseguimos.

– E tudo o que ela teve que fazer foi se sacrificar – comentou lorde Ramsgate com um sorriso falso.

– Vou matá-lo – rosnou Hugh, e Sarah teve que se colocar na frente dele e forçá-lo a recuar.

– Volte para Londres – ordenou Sarah ao marquês. – Eu o verei no batizado de nosso primeiro filho, e nem um momento antes.

Lorde Ramsgate deu apenas uma risadinha.

– Está tudo claro? – quis saber ela.

– Como água, minha querida dama.

O marquês caminhou na direção da porta e se virou.

– Se tivesse nascido mais cedo – disse ele –, eu teria me casado com a senhorita.

– Seu *desgraçado*!

Sarah foi empurrada para o lado e Hugh se jogou na direção do pai. O punho dele acertou o rosto do marquês com um barulho terrível.

– Você não é digno de falar o nome dela! – sibilou Hugh enquanto permanecia parado ameaçadoramente sobre o pai, que caíra no chão com o nariz sangrando, provavelmente quebrado.

– E você é o melhor dos dois… – comentou lorde Ramsgate com um ligeiro estremecimento de repulsa. – Deus do céu, não sei o que fiz para merecer filhos assim.

– Nem eu – retrucou Hugh com amargura.

– Hugh – disse Sarah, pousando a mão no braço dele. – Afaste-se. Ele não vale o esforço.

Mas Hugh estava fora de si. Ele não afastou o braço, nem deu qualquer indicação de tê-la escutado. Inclinou-se, recuperou a bengala que havia caído no chão durante a briga, mas não tirou os olhos do rosto do pai.

– Se tocar nela – disse Hugh, a voz terrivelmente serena –, eu o matarei. Se disser uma palavra inconveniente, eu o matarei. Se ao menos *respirar* na direção errada, eu…

– Você me matará – completou o pai em um tom zombeteiro. E indicou a perna ruim de Hugh com a cabeça. – Continua achando que é capaz, seu aleijadinho estú…

Hugh se moveu como um raio, a bengala erguida à sua frente como uma espada. Ele era lindo em movimento, pensou Sarah. Era assim que havia sido… antes?

251

– Se incomodaria de repetir? – vociferou Hugh, pressionando a ponta da bengala contra a garganta do pai.

Sarah parou de respirar.

– Por favor – disse Hugh, em um tom que era ainda mais devastador por sua calma. – Fale mais.

Ele moveu a bengala pelo pescoço de lorde Ramsgate, diminuindo a pressão, mas sem perder o contato.

– Alguma coisa? – murmurou.

Sarah umedeceu os lábios enquanto o observava com cautela. Não saberia dizer se Hugh estava absolutamente controlado ou a um passo de ficar fora de si. Ela observou o peito dele subir e descer com as batidas do coração e ficou hipnotizada. Hugh Prentice era mais do que um homem naquele momento, era uma força da natureza.

– Solte-o – disse Daniel em um tom cauteloso, finalmente ficando de pé. – Ele não vale um passeio à forca.

Sarah fitou a ponta da bengala, ainda colada ao pescoço de lorde Ramsgate. Parecia estar pressionando com mais força, pensou ela. *Não, ele não iria...* Então, com um movimento muito rápido, a bengala foi jogada para o alto, saindo da mão de Hugh por um instante antes que ele voltasse a pegá-la e se afastasse. Ele estava poupando a perna lesionada, mas havia um toque de elegância em sua forma irregular de caminhar... era quase gracioso.

Ele ainda era belo em movimento. Bastava prestar atenção.

Sarah sentiu que finalmente soltava o ar. Não sabia quando fora a última vez que respirara. Observou em silêncio enquanto lorde Ramsgate ficava de pé e deixava o quarto. Então ficou encarando a porta aberta, como se à espera de que o marquês retornasse.

– Sarah?

Ao longe, ela pôde ouvir a voz de Hugh. Mas não conseguia afastar os olhos da porta. Além disso, suas mãos tremiam. Talvez seu corpo inteiro tremesse.

– Sarah, você está bem?

Não. Ela não estava.

– Deixe-me ajudá-la.

Sarah sentiu o braço de Hugh ao redor do seu ombro, e subitamente o tremor se intensificou, e suas pernas... O que estava acontecendo com as pernas dela? Escutou um som terrível, agudo e, quando tentou respirar, percebeu que fora ela que deixara escapar aquele gemido. Então, de repente, se viu nos braços de Hugh, e ele a carregava para a cama.

– Está tudo bem – disse ele. – Vai ficar tudo bem.

Mas Sarah não era tola. E não se sentia bem.

CAPÍTULO 21

Whipple Hill
Mais tarde, naquela noite

A mão de Hugh pairou no ar por um longo momento antes de dar uma batida rápida na porta. Ele não sabia que tipo de reorganização fora feita entre os hóspedes, mas Sarah tinha sido transferida para um quarto só para ela depois da volta deles a Whipple Hill. Honoria, que chegara à Cervo Branco com Marcus pouco após a partida de lorde Ramsgate, dera a desculpa de que Sarah havia machucado o tornozelo e precisava repousar. Se alguém se perguntou por que ela não poderia fazer isso no quarto que antes dividia com Harriet, a pessoa preferiu não se manifestar. Provavelmente, ninguém sequer percebera.

Hugh só não tinha ideia de como Daniel explicaria o olho roxo.

– Entre!

Era a voz de Honoria. Aquilo não foi surpresa, já que ela não saíra de perto de Sarah desde que retornaram.

– Estou atrapalhando? – perguntou Hugh, dando apenas dois passos para dentro do quarto.

– Não – respondeu Honoria, mas não se virou para fitá-lo.

Hugh só conseguia olhar para Sarah, que estava sentada na cama com uma montanha de travesseiros empilhados às costas. Ela usava a mesma camisola branca que... santo Deus, aquilo tudo tinha acontecido na noite anterior?

– Você não deveria estar aqui – comentou Honoria.

– Eu sei – retrucou ele, mas não fez menção de sair.

Sarah passou a língua nos lábios para umedecê-los.

– Estamos noivos agora, Honoria.

Honoria ergueu as sobrancelhas.

– Sei tão bem quanto qualquer um que isso não significa que ele deva vir ao seu quarto.

Hugh sustentou o olhar de Sarah. Aquela deveria ser uma decisão dela. Ele não a forçaria.

– Hoje foi um dia bastante incomum – comentou Sarah, em voz baixa. – E este momento dificilmente seria o mais escandaloso dele.

Ela parecia exausta. Hugh a abraçara durante todo o caminho para casa, até os soluços dela darem lugar a uma imobilidade que apavorara. Quando ele olhara nos olhos dela, estavam sem expressão.

Choque. Ele conhecia muito bem.

Mas Sarah parecia mais recuperada agora. Se não melhor, ao menos melhorando.

– Por favor – disse ele, dirigindo essa única expressão à prima dela.

Honoria hesitou por um momento, então se levantou.

– Muito bem – aquiesceu –, mas voltarei em dez minutos.

– Uma hora – disse Sarah.

– Mas...

– O que de pior pode acontecer? – indagou Sarah com uma expressão incrédula. – Poderíamos ser forçados a nos casar? Isso já está resolvido.

– Não é essa a questão.

– Então qual é a questão?

Honoria abriu a boca e logo voltou a fechá-la enquanto olhava de Sarah para Hugh e novamente para Sarah.

– Eu deveria ser sua acompanhante.

– Não acredito que essa tenha sido a palavra exata que saiu da boca de minha mãe quando ela esteve aqui mais cedo.

– Onde está sua mãe? – perguntou Hugh.

Não que ele estivesse planejando fazer qualquer avanço inconveniente, mas, como iria passar a hora seguinte sozinho com Sarah, era melhor saber onde estava a futura sogra.

– Jantando – respondeu Sarah.

Hugh passou os dedos pelo nariz.

– Nossa, já é tão tarde?

– Daniel contou que você também tirou um cochilo – revelou Honoria com um sorriso gentil.

Hugh assentiu com um movimento breve de cabeça. Ou talvez fosse um tremor. Ou mesmo um revirar de olhos. Ele se sentia tão abalado que nem conseguia ter certeza. Quisera permanecer com Sarah quando haviam chegado de volta a Whipple Hill, mas até ele compreendera que tamanha liberdade não seria tolerada pelos primos dela. E, para ser mais preciso, estava tão exausto que tudo o que conseguiu fazer foi subir as escadas e se arrastar para a própria cama.

– Não o estão aguardando para o jantar – acrescentou Honoria. – Daniel disse... ahn, não sei o que ele disse, mas Daniel sempre foi ótimo em arrumar boas desculpas para essas coisas.

– E o olho dele? – quis saber Hugh.

– Ele disse que estava com o olho roxo quando conheceu Anne, portanto combinava perfeitamente que estivesse da mesma forma quando se casasse com ela.

Hugh piscou, confuso.

– E Anne aceitou bem isso?

– Posso lhe dizer honestamente que não tenho a menor ideia – respondeu Honoria em um tom prudente.

Sarah bufou e revirou os olhos.

– Mas – continuou Honoria, o sorriso voltando ao rosto enquanto ela ficava de pé – também posso lhe dizer honestamente que estou muito feliz por não estar presente quando ela o viu daquele jeito.

Hugh se afastou para o lado quando Honoria caminhou até a porta.

– Uma hora – disse ela, caminhando em direção ao corredor antes de completar: – É melhor trancar a porta.

Hugh a encarou, surpreso.

– O quê?

Honoria engoliu em seco, parecendo desconfortável, e o rosto dela mostrou um rubor revelador.

– Irão presumir que Sarah está descansando e que não deseja ser perturbada.

Hugh permaneceu encarando-a, agora em choque. Honoria estava lhe dando permissão para violar a prima?

Honoria levou apenas um instante para perceber o rumo que os pensamentos dele haviam tomado.

– Não quis dizer... Ah, pelo amor de Deus. Não imagino que nenhum de vocês esteja *em condições* de fazer alguma coisa.

Hugh relanceou o olhar para Sarah, que estava boquiaberta.

– Ora, vocês não vão querer que ninguém entre enquanto estiverem

256

sozinhos – explicou Honoria, a pele agora da cor de um morango quase maduro.

Ela estreitou os olhos para Hugh.

– Você ficará apenas sentado na cadeira. Mas imóvel.

Hugh pigarreou.

– Imóvel.

– Ou seria altamente impróprio – declarou ela. E logo completou: – Estou indo agora.

E saiu apressada do quarto.

Hugh se virou novamente para Sarah.

– Isso foi constrangedor.

– É melhor você trancar a porta – lembrou Sarah. – Depois de tudo.

Ele estendeu a mão e virou a chave.

– Realmente.

No entanto, sem Honoria no quarto, eles não tinham um intermediário em que se apoiar para manter uma impressão de normalidade, portanto Hugh se viu parado perto da porta, como uma estátua em pose ruim, incapaz de se decidir para onde ir.

– O que quis dizer – perguntou Sarah de repente – quando falou que "existem homens que machucam mulheres"?

Hugh franziu o cenho.

– Desculpe, não sei…

– Na noite passada – interrompeu-o Sarah –, quando me encontrou, você estava muito aborrecido e disse algo sobre homens que machucam pessoas, homens que machucam *mulheres*.

Ele entreabriu os lábios, mas foi como se sua garganta se fechasse, impedindo a passagem de qualquer palavra. Como ela poderia não ter compreendido o que ele quisera dizer? Com certeza não era tão inocente assim. Sarah levara uma vida protegida, mas sabia o que acontecia entre um homem e uma mulher.

– Às vezes… – começou a falar Hugh lentamente, já que não previra aquela conversa – um homem pode…

– Por favor – interrompeu Sarah. – Sei que homens machucam mulheres, que fazem isso todo dia.

Hugh sentiu vontade de se encolher. Gostaria de ter ficado chocado com a declaração dela, mas não ficou. Era apenas a verdade.

– Você não estava falando de forma generalizada – continuou Sarah. – Pode ter pensado que estava, mas não estava. A quem se referia?

Hugh ficou muito quieto e, quando finalmente falou, não olhou para Sarah.

– A minha mãe. Sem dúvida você percebeu que meu pai não é um homem bom.

– Sinto muito.

– Ele a machucava *na cama* – disse Hugh e, subitamente, não se sentiu bem.

Percebeu o pescoço muito rígido e o inclinou para o lado, tentando se livrar do peso das lembranças.

– Ele nunca a machucou fora da cama. Só lá.

Hugh engoliu em seco. E respirou fundo.

– À noite, eu ouvia os gritos dela.

Sarah não disse nada. Hugh ficou muito grato por isso.

– Eu nunca vi nada – prosseguiu ele. – Se meu pai deixava alguma marca nela, sempre teve o cuidado de fazer isso em uma parte do corpo que não ficasse exposta. Ela nunca mancava, nunca tinha hematomas. Mas... – Hugh levantou os olhos para Sarah... finalmente levantou os olhos para Sarah – eu podia ver nos olhos dela.

– Sinto muito – repetiu Sarah, mas havia cautela em sua expressão e, depois de um instante, ela desviou os olhos.

Hugh a observou encostar o queixo no ombro, sombras brincando em seu pescoço, mostrando que também ela engolia em seco. Nunca a vira tão desconfortável.

– Sarah – começou a dizer, então se amaldiçoou por ser tão idiota...

Porque, quando ela levantou os olhos, esperando que ele continuasse, Hugh não tinha ideia do que deveria dizer. Ficou encarando-a, mudo, até ela finalmente abaixar os olhos de novo para o colo, onde as mãos brincavam nervosamente com as cobertas.

– Sarah, eu... – recomeçou Hugh.

E então? *Então?* Por que ele não conseguia terminar a frase?

Ela levantou os olhos, esperando novamente que ele prosseguisse.

– Eu nunca... faria isso.

As palavras saíram engasgadas, mas Hugh precisava dizê-las. Tinha que se certificar de que ela compreendera. Ele não era igual ao pai. Jamais seria um homem daqueles.

Sarah balançou a cabeça, o movimento tão discreto que Hugh quase não o percebeu.

– Nunca machucaria você – explicou ele. – Jamais poderia...

– Eu sei – disse ela, felizmente interrompendo o desabafo constrangido dele. – Você nunca... Nem precisa dizer isso.

Hugh assentiu e se virou de costas quando ouviu o suspiro curto e torturado que não conseguira controlar. Era o tipo de som que se fazia pouco antes de se perder completamente o controle, e ele não poderia ceder, não... depois de tudo o que acontecera naquele dia.

Não seguiria por esse caminho. Não naquele momento. Assim, Hugh deu de ombros, como se um movimento despreocupado pudesse afastar o que sentia. Mas isso só fez intensificar o silêncio. E ele acabou se vendo na mesma posição em que se encontrava antes de Sarah perguntar sobre a mãe dele, paralisado perto da porta, sem saber como agir.

– Você dormiu? – perguntou Sarah por fim.

Hugh assentiu e encontrou força para se adiantar e se sentar na cadeira que Honoria ocupara. Pendurou a bengala no braço da cadeira e se virou para encará-la.

– E você?

– Dormi. Estava exausta. Não, estava destruída.

Ela tentou sorrir, e Hugh percebeu que estava constrangida.

– Está tudo bem – começou ele a dizer.

– Não – Sarah se apressou a falar –, na verdade não está. Quero dizer, vai ficar, mas...

Ela piscou muito rápido, como um coelho acuado, então continuou:

– Estava tão cansada... Acho que nunca me senti tão cansada.

– É compreensível.

Ela o encarou por um longo momento.

– Não sei o que deu em mim – justificou-se.

– Eu também não – admitiu ele –, mas estou feliz por ter acontecido.

Sarah ficou em silêncio por um longo tempo.

– Agora você tem que se casar comigo.

– Eu planejava pedi-la em casamento – lembrou Hugh.

– Eu sei...

Ela ainda segurava a barra da coberta.

– Mas ninguém gosta de ser forçado.

Ele estendeu a mão e pegou a dela.

– Eu sei.

– Eu...

– *Você* foi forçada – disse Hugh com veemência. – Não é justo, e se você quiser desistir...

– Não!

Ela levantou a cabeça, parecendo surpresa com a própria reação.

– Quero dizer, não, não quero desistir. Não posso, na verdade.

– Você não pode – ecoou ele, a voz sem expressão.

– Bem, *não* – disse Sarah, os olhos cintilando com impaciência. – Você ouviu tudo o que foi dito hoje?

– O que eu ouvi – retrucou Hugh com o que esperou ser a paciência adequada – foi uma mulher se sacrificando.

– E não foi isso o que você fez? – devolveu ela. – Quando foi até o seu pai e ameaçou se matar?

– Não pode comparar as duas situações. Eu causei toda aquela confusão. Cabia a mim consertá-la.

– Você está zangado porque não foi você?

– Não! Pelo amor de...

Ele passou a mão pelos cabelos.

– Não coloque palavras na minha boca – pediu.

– Eu nem sonharia com isso – garantiu ela. – Você vem fazendo um ótimo trabalho sozinho.

– Você jamais deveria ter ido à Cervo Branco – falou Hugh em uma voz muito baixa.

– Não vou nem me dignar a responder.

– Você não sabia que tipo de perigos a aguardavam.

Sarah deu um risinho sem humor.

– Ao que parece, nem você!

– Meu Deus, mulher, precisa ser tão teimosa? Não compreende? Não posso protegê-la!

– Eu não lhe pedi que fizesse isso.

– Vou ser seu marido – retrucou Hugh, cada palavra arranhando a garganta a caminho dos lábios. – É meu dever.

Os dentes de Sarah estavam cerrados com tanta força que o queixo dela tremia.

– Sabia – comentou ela – que desde a última tarde ninguém, nem você, nem seu pai, nem mesmo meu primo, me *agradeceu*?

Hugh levantou rapidamente os olhos para encontrar os dela.

– Não, não faça isso agora – disse Sarah, irritada. – Acha que há alguma possibilidade de eu acreditar em você? Fui até a hospedaria porque estava muito assustada, porque você e Daniel haviam pintado a imagem de um louco, e tudo em que conseguia pensar era que ele ia machucar você...

– Mas...

– Não diga que ele nunca o machucaria. Aquele homem é completamente insano, desvairado. Ele cortaria seu braço fora desde que tivesse a garantia de que você ainda permaneceria capaz de fazer filhos.

Hugh ficou pálido. Ele sabia que isso era verdade, mas odiava que ela tivesse pensado a respeito.

– Sarah, eu...

– Não – interrompeu-o, apontando um dedo para ele. – Agora é minha vez. Estou falando. Você vai ficar em silêncio.

– Perdoe-me – disse Hugh, as palavras tão baixas que saíram dos lábios dele como um sussurro.

– Não – voltou a falar Sarah, balançando a cabeça como se houvesse acabado de ver um fantasma. – Você não vai ser gentil agora. Não pode implorar meu perdão e esperar que eu... que eu...

Ela tentou reprimir um soluço engasgado.

– Tem consciência do que me fez passar? – falou. – Em um único dia?

As lágrimas agora escorriam livremente pelo rosto dela, e Hugh precisou de todas as suas forças para não se inclinar e secá-las com beijos. Queria implorar que ela não chorasse, queria se desculpar por aquele momento e pelo futuro, porque ele sabia que aquilo aconteceria de novo. Poderia devotar a vida a conseguir um dos sorrisos dela, mas em algum momento fracassaria e a faria chorar de novo, e isso o arrasaria.

Hugh pegou a mão de Sarah e a levou aos lábios.

– Por favor, não chore – pediu.

– Não estou chorando – arquejou ela, secando as lágrimas com a manga da camisola.

– Sarah...

– Não estou chorando!

Ele não discutiu. Em vez disso, sentou-se ao lado dela na cama, abraçou-a, acariciou seus cabelos e murmurou sons sem sentido para confortá-la, até sentir o corpo dela frouxo contra o dele. Ela estava absolutamente exausta.

– Não consigo imaginar o que você pensa de mim – sussurrou Sarah.

– Acho você magnífica – declarou Hugh com todo o empenho de sua alma.

E também achava que não a merecia...

Ela aparecera e salvara a todos. Resolvera de maneira perfeita o que ele e Daniel não haviam conseguido sanar em quase quatro anos, e fizera isso enquanto Hugh estava amarrado àquela maldita cama. Talvez a libertação de Hugh nem fosse o maior triunfo dela, mas, se ele fora libertado, fora apenas porque *ela* fizera isso.

Sarah o salvara. E, apesar de ter consciência de que as circunstâncias daquela situação em particular eram únicas, Hugh ficava dilacerado só de pensar que jamais seria capaz de proteger Sarah como um marido deveria proteger a esposa.

Era nesse momento de absoluta consciência que qualquer homem de valor se afastaria e permitiria que ela se casasse com outra pessoa, com alguém melhor.

Alguém inteiro.

No entanto, nenhum homem de valor estaria naquela situação, para começo de conversa. Hugh tinha sido a causa de todo aquele desastre. Fora ele que ficara bêbado e desafiara um homem inocente para um duelo. Era ele que tinha um pai tão louco que Hugh julgara que a ameaça de suicídio seria a única saída para que deixasse Daniel em paz. Mas era Sarah que estava pagando o preço. E Hugh – mesmo se fosse aquele homem de valor – não poderia se afastar. Porque fazer isso seria colocar Daniel em perigo. E Sarah ficaria mortificada.

E Hugh a amava demais para deixá-la.

Sou um desgraçado egoísta.

– O quê? – murmurou Sarah, sem afastar a cabeça do peito dele.

Ele falara em voz alta?

– Hugh? – Ela mudou de posição, erguendo o queixo para poder ver o rosto dele.

– Não posso deixá-la – sussurrou ele.

– Do que está falando?

Ela voltou a se mexer, afastando-se apenas o bastante para poder olhar nos olhos dele.

Sarah estava com o cenho franzido de preocupação. Hugh não queria lhe causar preocupação.

– Não posso deixá-la – repetiu ele, balançando a cabeça em um movimento lento, quase imperceptível.

– Vamos nos casar – disse Sarah, cautelosa, como se não estivesse certa de por que dizia aquilo. – Você não precisa me deixar.

– Eu deveria. Não posso ser o homem de que você necessita.

Ela tocou o rosto dele.

– Não sou eu que devo decidir isso?

Hugh respirou fundo, trêmulo, e fechou os olhos tentando apagar a lembrança que a atormentava.

– Odeio que você tenha tido que ver meu pai.

– Eu também, mas acabou.

Ele a encarou, perplexo. Quando ela se tornara tão calma? Afinal, cinco minutos antes, Sarah estava soluçando e ele a acalmava, e agora ela estava com os olhos muito enxutos, observando-o com uma expressão de tanta serenidade e sabedoria que ele quase conseguia acreditar que o futuro deles seria iluminado e sem complicações.

– Obrigado – disse Hugh.

Sarah inclinou a cabeça para o lado.

– Por hoje. Por muito mais do que hoje. Mas por agora vou me ater a este dia.

– Eu...

Ela o encarou boquiaberta, a expressão hesitante, e então prosseguiu:

– Parece muito estranho responder a isso com um *de nada*.

Hugh examinou a expressão dela, embora não soubesse dizer o que buscava ali. Talvez quisesse apenas olhar para Sarah, para os olhos cálidos cor de chocolate, para a boca larga e sensual que sabia sorrir de um jeito simplesmente maravilhoso. Ele a encarou, fascinado, encantado, enquanto se lembrava de como fora guerreira naquela tarde. Se Sarah o defendera tão bem, Hugh não conseguia imaginar como ela seria como mãe, tendo a própria prole para proteger.

– Amo você – disse Hugh, as palavras escapando-lhe dos lábios.

Ele não estava certo de que pretendera dizê-las, mas não conseguiria parar agora.

– Eu não a mereço, mas amo você. Sei que nunca pensou em se casar com alguém sob essas circunstâncias, mas juro que dedicarei o resto da minha vida a fazê-la feliz.

Ele levou as mãos dela aos lábios e as beijou com ardor, quase sucumbindo à força das próprias emoções.

– Sarah Pleinsworth – disse Hugh –, aceita se casar comigo?

As lágrimas cintilavam nos cílios dela e seus lábios tremiam quando ela disse:

– Nós já…

– Mas eu não a pedi em casamento – interrompeu ele. – E você merece ser pedida em casamento. Não tenho um anel de noivado comigo, mas posso conseguir um mais tarde e…

– Não preciso de anel – disse ela em um rompante. – Só preciso de você.

Hugh tocou o rosto dela, a mão acariciando suavemente a pele macia, então…

Beijou-a. Aconteceu sem que ele se desse conta… aquela urgência, aquela voracidade. Hugh afundou a mão nos cabelos cheios de Sarah enquanto seus lábios devoravam os dela.

– Espere! – pediu ela em um arquejo.

Ele se afastou, mas só um pouquinho.

– Eu também amo você – sussurrou Sarah. – Você não me deu oportunidade de dizer isso.

Se tinha qualquer esperança de controlar o próprio desejo, ele a abandonou naquele instante. Hugh beijou a boca de Sarah, a orelha, o pescoço. De repente ela estava deitada e ele, acima dela, segurando entre os dentes o laço delicado que mantinha a camisola fechada, depois desfazendo-o.

Sarah riu, uma risada rouca e maravilhosa, que ainda assim o surpreendeu, mesmo em um momento tão ardente.

– O laço se desfez com tanta facilidade… – comentou ela, com um sorrisinho. – Acabei me lembrando dos nós do seu pai esta manhã. E também estamos na cama!

Hugh não pôde deixar de sorrir, embora a cama fosse o último lugar em que desejaria pensar no pai.

– Desculpe – pediu Sarah com uma risadinha. – Não consegui evitar.

– Eu não a amaria tanto se você conseguisse – provocou ele.

– O que quer dizer com isso?

– Apenas que você tem a maravilhosa habilidade de encontrar humor nos lugares mais inesperados.

Ela tocou o nariz dele.

– Encontro humor em *você*.

– Exatamente.

Ela abriu um sorriso muito satisfeito.

– Eu acho… Oh!

Ela acabara de notar a mão de Hugh subindo por sua perna.

– Você estava dizendo… – murmurou ele.

Sarah deixou escapar um som baixo de prazer quando ele chegou à carne macia da coxa, e ela então falou, em uma voz arquejante:

– Eu ia dizer que acho que não deveríamos ter um noivado muito longo.

A mão dele subiu mais.

– É mesmo?

– Pelo bem de… Daniel… é claro, e… Hugh!

– Pelo *meu* bem, sem dúvida – disse ele, tomando o lóbulo da orelha dela com delicadeza entre os dentes.

Mas Hugh achou que a exclamação de Sarah tinha mais a ver com o calor suave que ele acabara de descobrir entre as pernas dela.

– Precisamos mostrar que temos a intenção de manter o nosso lado do trato – disse Sarah, as palavras interrompidas por gritinhos e gemidos.

– Aham… Aham.

Hugh deixou os lábios correrem suavemente pelo pescoço dela enquanto ponderava sobre o bom senso de permitir ou não que seu dedo deslizasse para o interior do corpo úmido. Ele teve presença de espírito o bastante para estimar que os dois tinham cerca de trinta minutos antes que a prima dela retornasse, o que com certeza não era tempo bastante para fazer amor de forma adequada com Sarah.

Mas era tempo de sobra para dar prazer a ela.

– Sarah? – murmurou Hugh.

– Sim?

Ele tocou com os dedos o centro do prazer dela.

– Hugh!

Ele sorriu contra a pele dela enquanto deslizava os dedos para o interior quente. Sarah arqueou o corpo, mas não para longe dele, e, quando Hugh começou a mover os dedos dentro dela, seu polegar encontrou o ponto mais sensível e pressionou de leve a protuberância existente ali, antes de começar a levá-la em uma espiral crescente de prazer.

– O que é isso... Eu não...

Ela já não estava sendo coerente, e Hugh também não queria que fosse. Queria que Sarah sentisse o prazer do toque dele, que soubesse quanto ele a *venerava*.

– Relaxe – murmurou Hugh.

– Impossível.

Ele riu. Sarah não tinha ideia de quanto ele estava controlando as próprias necessidades. Seu membro estava rígido como uma rocha, mas permaneceria nos calções. Hugh sabia que aquela não era a hora ou o lugar para que ele saísse dali.

Mas ele achava... Não, ele tinha consciência de que o motivo real era outro: ele só queria dar prazer a *ela*.

Sarah.

Sua Sarah.

Hugh queria observar o rosto de Sarah quando ela atingisse o clímax. Queria abraçá-la conforme ela retornasse do paraíso. Qualquer alívio que desejasse para si mesmo poderia esperar. Aquele momento era para Sarah.

Mas, quando isso aconteceu, quando observou o rosto dela e a abraçou no momento em que o corpo dela se entregou ao prazer, Hugh se deu conta de que aquele momento também fora para ele.

– Sua prima logo estará de volta – disse Hugh, assim que a respiração dela voltou ao normal.

– Mas você trancou a porta – argumentou Sarah, sem se incomodar em abrir os olhos.

Hugh sorriu para ela. Sarah era adorável quando estava sonolenta.

– Você sabe que preciso ir embora.

– Eu sei – falou ela, abrindo um dos olhos. – Mas não tenho que ficar feliz por isso.

– Eu me sentiria terrivelmente magoado se você ficasse.

Hugh saiu da cama, grato por ainda estar completamente vestido, e recuperou a bengala.

– Eu a verei amanhã – disse, inclinando-se para dar um último beijo no rosto dela.

Então, antes que voltasse a cair em tentação, atravessou o quarto em direção à porta.

– Ah, Hugh?

Ele se virou e a viu sorrindo para ele com uma expressão travessa.

– Sim, meu amor.

– Eu disse que não precisava de um anel de noivado.

Hugh arqueou uma sobrancelha.

– Mas preciso.

Ela balançou os dedos.

– Preciso de um anel de noivado. Só para você saber.

Ele jogou a cabeça para trás e riu.

CAPÍTULO 22

Ainda mais tarde naquela noite
Tecnicamente, no dia seguinte
Mas por muito pouco

A casa estava em total silêncio quando Sarah atravessou na ponta dos pés os corredores escuros. Ela não crescera em Whipple Hill, mas, se somasse todos os dias que passara ali em suas visitas, com certeza o resultado seria mais de um ano.

Não seria exagero dizer que Sarah Pleinsworth conhecia aquela casa como a palma da própria mão.

Quando alguém brinca numa casa durante toda a sua infância, jamais se esquece dela. Graças à brincadeira de esconde-esconde, Sarah sabia onde ficavam todas as portas de ligação e todas as escadas dos fundos. No entanto, o mais importante, isso significava que, quando alguém mencionara, vários dias antes, que lorde Hugh Prentice ficaria no quarto verde da ala norte, ela sabia exatamente onde se localizava.

E qual a melhor maneira de chegar lá.

Quando Hugh deixara o quarto dela naquela noite, apenas cinco minutos antes de Honoria retornar, Sarah achou que cairia em um sono lânguido e delicioso. Ela nem compreendia direito o que ele fizera com seu corpo, mas achara quase impossível erguer até mesmo um dedo por algum tempo depois que ele partira. Sentia-se tão... saciada!

Mas, apesar da absoluta satisfação física, Sarah não conseguiu dormir. Talvez porque já houvesse cochilado bastante mais cedo, talvez como consequência da mente muito acelerada (afinal, ela de fato tinha muito em que pensar), mas, quando o relógio acima do console da lareira marcou uma da manhã, Sarah se viu obrigada a aceitar que passaria aquela noite em claro.

Essa constatação deveria tê-la deixado frustrada – ela não era do tipo que mantinha o bom humor quando estava cansada demais, e não queria estar irritadiça na hora do café da manhã. Mas, em vez de se frustrar, Sarah só conseguia pensar naquele tempo extra acordada como um presente, ou ao menos que devia considerá-lo assim.

E presentes não podiam ser desperdiçados.

E foi por isso que, à uma e nove da manhã, ela pousou os dedos ao redor da maçaneta da porta do quarto verde, na ala norte, e girou-a com o máximo de cuidado até ouvir o clique que indicava que a porta se abrira – e, por sorte, as dobradiças estavam muito bem lubrificadas e garantiram o silêncio.

Com movimentos muito cuidadosos, Sarah entrou e fechou a porta, então a trancou e seguiu na ponta dos pés em direção à cama. O luar projetava uma faixa pálida de luz no carpete, garantindo iluminação suficiente para que ela conseguisse divisar a silhueta do corpo de Hugh adormecido.

Sarah sorriu. Não era uma cama grande, mas era grande o bastante.

Ele estava espalhado mais para o lado direito do colchão. Assim, ela deu a volta até o lado esquerdo, respirou fundo para ganhar coragem e subiu. Lenta e cuidadosamente, Sarah foi se aproximando de Hugh, até estar perto o bastante para sentir o calor que emanava do corpo dele. Ela se aproximou ainda mais e pousou a mão de leve nas costas de Hugh. Ficou encantada ao descobrir que estavam nuas...

Ele acordou em um sobressalto e deixou escapar um som tão engraçado que Sarah não conseguiu conter uma risadinha.

– Sarah?

Ela sorriu de um jeito sedutor, embora Hugh provavelmente não pudesse vê-la na escuridão.

– Boa noite.

– O que você está fazendo aqui? – perguntou ele, ainda grogue.

– Está reclamando?

Houve um instante de silêncio. Então, no mesmo tom rouco que Sarah reconheceu de mais cedo, Hugh disse:

– Não.

– Senti saudade de você – sussurrou ela.

– É o que parece.

Ela fincou o indicador no peito de Hugh, embora tivesse ouvido o sorriso na voz dele.

– Você deveria dizer que também sentiu saudade de mim.

Hugh passou os braços ao redor dela e, antes que Sarah pudesse pronunciar mais uma palavra, puxou-a para cima do seu corpo, as mãos segurando-lhe de leve o traseiro por cima da camisola.

– Também senti saudade de você – disse ele.

Sarah beijou suavemente os lábios dele.

– Vou me casar com você – afirmou ela, com um sorriso bobo.

Ele também ficou com uma expressão boba, então fez os dois rolarem na cama, de modo que ficassem de lado, encarando-se.

– Vou me casar com você – repetiu Sarah. – Gosto mesmo de dizer isso, sabe?

– Eu poderia ouvir isso o dia todo.

– Mas a questão é que... – ela apoiou a cabeça nos braços e, lentamente, esticou o pé, deixando os dedos correrem suavemente pela perna dele, que, para seu grande prazer, também estava nua –... parece que não consigo incorporar a retidão moral exigida de uma mulher na minha posição.

– Uma escolha interessante de palavras, considerando sua atual posição na minha cama.

– Como eu estava dizendo, eu *vou* me casar com você.

A mão de Hugh encontrou a curva do quadril de Sarah, e a bainha da camisola começou a subir pela perna, enquanto os dedos dele lentamente erguiam o tecido.

– Será um noivado curto.

– Muito curto – concordou ele.

– Tão curto, na verdade, que...

Sarah arquejou.

Hugh conseguira erguer a camisola dela até a cintura, e agora a mão dele apertava seu traseiro de uma forma deliciosa.

– Você estava dizendo...? – murmurou Hugh, um dos dedos desviando-se maliciosamente para o exato ponto que dera tanto prazer a Sarah mais cedo naquela noite.

– É só que... talvez...

Ela tentou respirar, mas, com tudo o que Hugh estava fazendo, teve dificuldade de se lembrar como.

– Que não seria assim tão impróprio se nos adiantássemos um pouco em relação aos nossos votos.

Ele a puxou mais para perto.

270

– Ah, seria impróprio. Seria muito impróprio.

Ela sorriu.

– Você é terrível.

– Posso lembrá-la de que foi a senhorita que se esgueirou para a minha cama?

– Posso lembrá-lo de que sou o monstro que *você* criou?

– Um monstro, é?

– É uma forma de dizer.

Ela o beijou suavemente no canto da boca.

– Eu não sabia que poderia me sentir assim.

– Nem eu – admitiu ele.

Sarah ficou imóvel. Certamente ele não estava dizendo que nunca fizera aquilo antes.

– Hugh? Essa não é… É a sua primeira vez?

Ele sorriu enquanto a tomava nos braços e a deitava de costas.

– Não – respondeu ele, baixinho –, mas poderia muito bem ser. Com você, é tudo novo.

Então, enquanto Sarah ainda estava se deleitando com a beleza daquela declaração, Hugh a beijou com intensidade.

– Amo você – disse ele, as palavras quase se perdendo dentro da boca de Sarah. – Amo muito você.

Ela quis devolver as palavras, quis sussurrar o próprio amor contra a pele dele, mas sua camisola parecia ter simplesmente desaparecido e, no momento em que o corpo dele tocou o dela, as peles unidas, Sarah não conseguiu pensar em mais nada.

– Consegue sentir quanto quero você? – indagou Hugh, os lábios dele se movendo pelo rosto dela até as têmporas.

Ele pressionou o quadril contra o dela, o membro duro avolumando-se no ventre de Sarah.

– Toda noite – grunhiu ele. – Sonhava com você toda noite e toda noite eu me via neste estado, sem alívio. Mas esta noite… – a boca de Hugh desceu em uma trilha lenta e enlouquecedora pelo pescoço dela – será diferente.

– Sim – concordou Sarah em um suspiro, arqueando o corpo contra o dele.

Hugh segurava os seios dela nas mãos, então os ergueu. Ele umedeceu os lábios…

Sarah quase caiu da cama quando Hugh os tomou na boca.

– Ah, Deus, ah, Deus, ah, Deus, ah, Deus – arquejou ela, agarrando os lençóis para se manter firme.

Sarah mal prestara atenção naquela parte do próprio corpo antes. Pareciam bonitos em um vestido, e ela fora alertada de que os homens gostavam de olhar para eles, mas... Santo Deus... ninguém lhe contara que seus seios poderiam lhe proporcionar tanto prazer.

– Tenho a impressão de que você gostou disso – comentou Hugh com um sorriso satisfeito.

– Por que tenho essa sensação... por toda parte?

– Por toda parte? – murmurou ele, os dedos se movendo entre as pernas dela. – Ou aqui?

– Ah, sim, por toda parte – respondeu Sarah, ofegante –, mas principalmente aí.

– Sinceramente, não sei bem... – disse Hugh em uma voz provocante. – Devemos investigar o assunto, não acha?

– Espere – pediu ela, pousando a mão no braço dele.

Hugh abaixou os olhos para ela, as sobrancelhas erguidas em uma pergunta silenciosa.

– Quero tocá-lo – disse Sarah, timidamente.

Ela viu o momento em que ele compreendeu o que aquilo significava.

– Sarah – murmurou Hugh com a voz rouca –, essa talvez não seja uma boa ideia.

– Por favor.

Ele respirou fundo, pegou a mão dela e guiou lentamente para baixo. Sarah observou o rosto dele enquanto deixava os dedos deslizarem pelas suas costelas, por seu abdômen... Hugh quase parecia estar sentindo dor. Os olhos dele estavam fechados e, quando os dedos de Sarah chegaram à pele rígida e macia do membro dele, gemeu alto, a respiração saindo em arquejos curtos e ardentes.

– Estou machucando você? – perguntou ela em um sussurro.

Aquilo não era de forma alguma o que Sarah imaginara. Ela sabia o que acontecia entre um homem e uma mulher, tinha uma quantidade maior de primas mais velhas do que conseguiria contar, e várias delas eram bastante indiscretas. Mas não esperava que ele fosse tão... tão sólido. A pele era macia e suave como veludo, mas debaixo dela...

Sarah o envolveu com a mão, tão concentrada na exploração que fazia que nem percebeu o suspiro trêmulo que abalou o corpo dele.

Sob a pele, Hugh era rígido como pedra.

– É sempre assim? – perguntou.

Porque não parecia confortável, e ela não conseguia imaginar como os homens cabiam nos calções.

– Não – arquejou ele. – Muda... Com o desejo.

Ela pensou a respeito enquanto os dedos continuavam a acariciá-lo até Hugh fechar a mão ao redor da dela e afastá-la de seu membro.

Sarah levantou os olhos para ele, apreensiva. Será que o desagradara?

– É bom demais – explicou Hugh, arquejante. – Não consigo controlar...

– Então não controle – sussurrou ela.

Ele estremeceu e voltou a colar os lábios aos dela, mordiscando, provocante. Os movimentos dele, antes lânguidos e sedutores, se tornaram mais ardentes e ansiosos, e Sarah arquejou quando Hugh espalmou as mãos sobre as coxas dela e as afastou.

– Não consigo esperar mais – grunhiu ele.

Sarah o sentiu na entrada do corpo dela.

– Por favor, diga que está pronta.

– E-eu acho que sim – respondeu ela.

Sabia que queria alguma coisa. Quando ele introduzira os dedos nela mais cedo, fora a sensação íntima mais incrível que Sarah já tivera, mas o membro dele era tão grande...

Hugh deslizou a mão entre os corpos dos dois e tocou-a da mesma forma que fizera antes, embora não tão profundamente.

– Meu Deus, você está tão úmida – disse ele em um gemido.

Hugh afastou a mão e se ergueu acima dela.

– Tentarei ser gentil – prometeu ele, então seu membro voltou à entrada de Sarah, pressionando lentamente.

Sarah prendeu a respiração e ficou tensa conforme a fricção aumentava. Doía. Não muito, mas o bastante para enfraquecer o fogo que queimava dentro dela.

– Você está bem? – perguntou Hugh, ansioso.

Ela assentiu.

– Não minta.

– Estou quase bem.

Ela deu um sorrisinho fraco.

– Sério.

Hugh começou a sair de dentro dela.

– Talvez seja melhor...

– Não! – pediu Sarah e passou os braços com força ao redor dele. – Não saia.

– Mas você...

– Todo mundo me disse que dói na primeira vez – garantiu ela, para tranquilizá-lo.

– Todo mundo?

Hugh conseguiu dar um sorriso trêmulo.

– Com quem você andou conversando?

Uma risada nervosa escapou dos lábios dela.

– Tenho muitas primas. *Não* Honoria – acrescentou ela rapidamente, porque podia perceber que era o que ele estava pensando. – Algumas das mais velhas gostam de falar. Bastante.

Ainda acima dela, Hugh se apoiou nos braços, para não esmagá-la com seu peso. Mas não disse nada. Pela intensa expressão de concentração em seu rosto, Sarah não tinha certeza de que ele conseguiria falar.

– Mas depois fica melhor – murmurou ela. – É o que elas dizem. Que, se o marido é gentil, fica muito melhor.

– Não sou seu marido – disse Hugh em uma voz rouca.

Ela enfiou uma das mãos nos cabelos cheios dele e puxou-o para que seus lábios se encontrassem. Então, sussurrou:

– Mas será.

Foi demais para Hugh. Qualquer ideia de parar foi colocada de lado enquanto ele a beijava com ardor renovado. Hugh se moveu lentamente, mas com grande determinação, até que, de algum modo – Sarah não saberia explicar bem como eles conseguiram fazer aquilo –, os quadris dos dois se encontraram e Hugh ficou todo dentro dela.

– Amo você – disse Sarah, antes que Hugh pudesse perguntar se ela estava bem.

Ela não queria mais perguntas, apenas paixão.

Hugh começou a se mover de novo, e os dois alcançaram um ritmo que os levou à beira do precipício.

Então, em um momento de pura beleza, Sarah estremeceu e seu corpo se contraiu ao redor do dele. Hugh enfiou o rosto no pescoço dela para abafar o grito que soltou e arremeteu uma última vez, derramando-se dentro dela.

Os dois respiraram. Foi tudo o que conseguiram fazer. Respiraram... e dormiram.

Hugh acordou primeiro e, quando se certificou de que ainda faltavam horas para o amanhecer, permitiu-se o luxo singelo de ficar deitado de lado, observando Sarah dormir. No entanto, depois de um tempo, não conseguiu mais ignorar a cãibra na perna. Já fazia um bom tempo que não usava os músculos daquela maneira e, apesar de o esforço ter sido prazeroso, as consequências não eram.

Ele se moveu lentamente para não acordar Sarah e sentou-se, esticando a perna machucada à frente do corpo. Começou a massagear o músculo com os dedos, tentando diminuir a rigidez. Ele fizera isso vezes sem conta; sabia exatamente como localizar o nó de tensão e apertá-lo com o polegar – *com força* – até o músculo estremecer e relaxar. Doía como o diabo, mas era uma dor estranhamente boa.

Quando os dedos de Hugh se cansaram, ele passou a fazer a massagem com a base do punho, forçando-a contra a perna em um movimento firme e circular, que era seguido por outro movimento rápido e também firme, então...

– Hugh?

Ele se virou na direção da voz sonolenta de Sarah.

– Está tudo bem – disse com um sorriso. – Pode voltar a dormir.

– Mas...

Ela bocejou.

– Ainda vai demorar a amanhecer.

Hugh se abaixou e beijou o topo da cabeça dela, então voltou a massagear o músculo, tentando desfazer os nós de tensão.

– O que você está fazendo?

Sarah voltou a bocejar e ergueu ligeiramente o corpo.

– Nada.

– Sua perna está doendo?

– Só um pouco – mentiu Hugh. – Mas já está muito melhor agora.

O que não era mentira. A perna estava quase boa o bastante para que ele considerasse até a possibilidade de voltar a exercitá-la da exata maneira que o levara àquele estado.

– Posso tentar? – perguntou ela em voz baixa.

Ele se virou, surpreso. Nunca ocorrera a Hugh que Sarah pudesse desejar cuidar dele daquela forma. A perna dele não era bonita – entre a fratura e a bala (e a intervenção nada delicada do médico para remover a bala), o que sobrara fora a pele franzida, cheia de cicatrizes, esticada sobre um músculo que já não tinha a forma longa e suave com que ele havia nascido.

– Talvez eu possa ajudá-lo – disse Sarah em um tom suave.

Hugh entreabriu os lábios, mas as palavras não saíram. As mãos dele estavam cobrindo o pior das cicatrizes, e ele parecia não conseguir afastá--las da perna. Estava escuro, sabia que Sarah não conseguiria ver as marcas mais traumáticas. Ao menos não muito bem.

Mas eram marcas feias. E eram uma lembrança do erro mais egoísta que Hugh já cometera na vida.

– Diga-me o que fazer – pediu ela, pousando as mãos perto das dele.

Hugh assentiu em um movimento brusco de cabeça e cobriu uma das mãos dela com a dele.

– Aqui – disse, guiando-a na direção do nó mais difícil.

Sarah pressionou os dedos no lugar, mas com muito menos intensidade do que o necessário.

– Assim?

Ele usou a mão para empurrar a dela para baixo com mais força.

– Assim.

Sarah mordeu o lábio inferior e tentou de novo, dessa vez alcançando aquele ponto terrível, fundo, no que restara do músculo. Hugh gemeu e ela parou imediatamente.

– Eu...

– Não – disse ele –, é bom.

– Está bem.

Sarah o encarou com certa hesitação e voltou a trabalhar, parando de vez em quando para esticar os dedos.

– Às vezes uso meu cotovelo – falou Hugh, ainda se sentindo um pouco constrangido.

Ela o encarou com curiosidade, encolheu os ombros e tentou o que ele sugeria.

– Ai, meu Deus – gemeu Hugh, deixando o corpo cair nos travesseiros. Por que era tão melhor quando outra pessoa fazia?

– Tenho uma ideia – disse Sarah. – Deite-se de lado.

Sinceramente, Hugh achou que não conseguiria se mover. Ele foi capaz de erguer uma das mãos, mas só por um segundo. Estava sem forças, era a única explicação.

Sarah riu e ela mesma rolou o corpo dele, virando-o de costas para ela, de modo que a perna machucada dele ficasse para cima.

– Você precisa alongá-la – disse Sarah.

Segurou o joelho de Hugh enquanto puxava o tornozelo dele na direção do traseiro. Ou ao menos a meio caminho disso.

– Você está bem? – perguntou ela.

Hugh assentiu, estremecendo de dor. Mas era... ora, talvez não uma dor boa, mas uma dor útil. Ele podia sentir alguma coisa afrouxando na perna, e quando voltou a ficar de costas, com Sarah massageando gentilmente o músculo dolorido, foi quase como se alguma coisa furiosa o estivesse abandonando, erguendo-se através da pele e saindo de sua alma. A perna latejava, mas o coração de Hugh parecia mais leve. E, pela primeira vez em anos, o mundo lhe pareceu cheio de possibilidades.

– Amo você – disse ele.

E pensou consigo mesmo: *com essa, são cinco*. Cinco vezes que ele dissera aquilo. Não era nem de perto o bastante.

– E eu amo você.

Ela se inclinou e beijou a perna dele. Hugh tocou o próprio rosto e sentiu as lágrimas. Não percebera que estava chorando.

– Amo você – disse Hugh de novo.

Seis.

– Amo você.

Sete.

Sarah levantou os olhos com um sorriso perplexo.

Hugh tocou o nariz dela.

– Amo você.

– O que está fazendo?

– Oito – disse ele em voz alta.

– O quê?

– Já foram oito vezes que eu disse isso. Eu amo você.

– Está contando?

– São nove agora, e… – ele deu de ombros – sempre conto. Você já deveria saber disso a esta altura.

– Você não acha que deveria terminar a noite arredondando para dez?

– Era manhã antes de você chegar aqui, mas, sim, está certa. E amo você.

– Você já disse isso dez vezes – falou Sarah, aproximando-se mais para um beijo lento e suave. – Mas o que eu quero saber é… quantas vezes *pensou* isso?

– É impossível contar – respondeu Hugh contra os lábios dela.

– Até mesmo para você?

– Infinitas – murmurou ele, puxando o corpo dela para o colchão. – Ou talvez…

Infinitas mais um.

EPÍLOGO

Casa Pleinsworth
Londres
Na primavera seguinte

Casamento ou morte: as únicas maneiras de evitar a participação obrigatória no Quarteto Smythe-Smith. Ou talvez, mais precisamente, as únicas maneiras de escapar das garras dele.

E foi por isso que ninguém conseguia entender (a não ser Iris, mas isso será esclarecido mais tarde) como dali a três horas o Quarteto Smythe-Smith ocuparia o "palco" para seu número musical anual, tendo lady Sarah Prentice, recém-casada e muito viva, sentada diante do piano, com os dentes cerrados e pronta para tocar.

A ironia, comentara Honoria com Sarah, era requintada.

Não, dissera Sarah a Hugh, a ironia não era requintada. A ironia deveria ter sido derrubada com um bastão de críquete e pisoteada no chão com vigor.

Se a ironia tivesse uma forma física, é claro. O que não tinha, para absoluto desapontamento de Sarah. A ânsia de pegar um bastão de críquete e acertar alguma coisa (que certamente não seria uma bola) era monumental.

Mas não havia bastões disponíveis no salão de música dos Pleinsworths, portanto ela se apropriara do arco do violino de Harriet e o estava usando do modo como Deus certamente pretendera.

Para ameaçar Daisy.

– Sarah! – gritou Daisy.

Sarah rosnou. Realmente rosnou.

Daisy correu para se proteger sob o piano.

– Iris, faça-a parar!

Iris ergueu a sobrancelha como se quisesse dizer: *Você realmente acha que vou me levantar desta cadeira para ajudá-la, minha insuportavelmente irritante irmã mais nova, e logo hoje?*

E, sim, Iris sabia como dizer tudo isso com um erguer de sobrancelhas. Era um incrível talento, na verdade.

– Tudo o que eu fiz – resmungou Daisy – foi dizer que ela poderia se comportar um pouco melhor. Quero dizer, sinceramente!

– Olhando em retrospecto – comentou Iris em uma voz muito sarcástica –, talvez não tenha sido a melhor escolha de palavras.

– Ela vai passar uma má impressão sobre nós!

– *Ela* – disse Sarah de forma ameaçadora – é o único motivo por que você tem um quarteto.

– Ainda acho difícil acreditar que realmente não tenhamos ninguém disponível para ocupar o lugar de Sarah ao piano – comentou Daisy.

Iris a encarou, boquiaberta.

– Você diz isso como se Sarah fosse suspeita de algum crime.

– Ah, ela tem boas razões para pensar em crime – disse Sarah, avançando com o arco do violino.

– Estamos ficando sem primas – declarou Harriet, levantando brevemente os olhos de suas anotações.

Ela passara a discussão inteira anotando tudo.

– Depois de mim, há apenas Elizabeth e Frances antes de precisarmos passar a uma nova geração.

Sarah encarou Daisy com fúria uma última vez antes de devolver o arco de Harriet.

– Não vou fazer isso de novo – avisou. – Não me importo se tiverem que se transformar em um trio. A única razão para eu tocar este ano é…

– Porque se sente culpada – completou Iris. – Ora, você se sente – acrescentou ela quando seu comentário encontrou apenas o silêncio como resposta. – Ainda se sente culpada por ter nos abandonado no último ano.

Sarah abriu a boca. Sua tendência natural era discutir sempre que era acusada de alguma coisa, tivesse razão ou não. (E, naquele caso, não tinha.) Mas, quando viu o marido parado na porta com um sorriso no rosto e uma rosa na mão, acabou dizendo:

– Sim. Sim, eu me sinto.

– É mesmo? – perguntou Iris.

– Sim. Peço desculpas a você e a você… – ela acenou com a cabeça na direção de Daisy – e provavelmente a você também, Harriet.

– Ela nem tocou no ano passado – reclamou Daisy.

– Sou a irmã mais velha de Harriet. Estou certa de que lhe devo um pedido de desculpas por *alguma* coisa. E, se todas vocês me derem licença, estou indo embora com Hugh.

– Mas estamos ensaiando! – protestou Daisy.

Sarah deu um aceno alegre.

– Adeusinho!

– "Adeusinho?" – murmurou Hugh no ouvido dela enquanto saíam do salão de música. – Você diz "adeusinho"?

– Só para Daisy.

– Você é mesmo uma boa pessoa – comentou ele. – Não precisava tocar este ano.

– É, acho que não.

Ela jamais admitiria em voz alta, mas, quando percebera que era a única pessoa capaz de salvar o musical anual... Ora, ela não poderia deixar aquele evento *morrer*.

– A tradição é importante – disse Sarah.

Quase nem acreditava que aquelas palavras estivessem saindo de sua boca. Mas ela mudara desde que se apaixonara. E, além do mais...

Ela pegou a mão de Hugh e pousou-a sobre a barriga.

– Pode ser uma menina.

Ele demorou um instante para entender. Então:

– Sarah?

Ela assentiu.

– Um bebê?

Sarah assentiu de novo.

– Para quando?

– Para novembro, imagino.

– Um bebê – repetiu Hugh, como se não conseguisse acreditar.

– Você não deveria ficar tão surpreso – provocou ela. – Afinal...

– Ela vai precisar tocar um instrumento – interrompeu ele.

– *Ela* pode ser um menino.

Hugh abaixou os olhos para a esposa com um humor sarcástico.

– Isso seria muito fora do comum.

Ela riu. Só Hugh faria uma piada daquelas.

– Amo você, Hugh Prentice.

– E eu amo você, Sarah Prentice.

Eles voltaram a caminhar na direção da porta da frente, mas, depois de apenas dois passos, Hugh abaixou a cabeça e murmurou no ouvido dela:

– Duas mil.

E Sarah, porque era Sarah, riu e disse:

– Só?

As formações do Quarteto Smythe-Smith

1807

Anne ▷ VIOLONCELO
Margaret ▷ VIOLINO
Henrietta ▷ VIOLINO
Catherine ▷ VIOLA DE ARCO

1808

Anne ▷ VIOLONCELO
Carolyn ▷ PIANO
Henrietta ▷ VIOLINO
Catherine ▷ VIOLA DE ARCO

1809

Anne ▷ VIOLONCELO
Carolyn ▷ PIANO
Henrietta ▷ VIOLINO
Lydia ▷ VIOLINO

1810

Genevieve ▷ VIOLONCELO
Carolyn ▷ PIANO
Eleanor ▷ VIOLINO
Lydia ▷ VIOLINO

1811

Genevieve ▷ VIOLONCELO
Carolyn ▷ PIANO
Eleanor ▷ VIOLINO
Lydia ▷ VIOLINO

1812

Mary ▷ VIOLONCELO
Carolyn ▷ PIANO
Eleanor ▷ VIOLINO
Constance ▷ VIOLINO

1813

Mary ▷ VIOLONCELO
Carolyn ▷ PIANO
Eleanor ▷ VIOLINO
Constance ▷ VIOLINO

1814

Mary ▷ VIOLONCELO
Philippa ▷ PIANO
Eleanor ▷ VIOLINO
Constance ▷ VIOLINO

1815

Mary ▷ VIOLONCELO
Philippa ▷ PIANO
Eleanor ▷ VIOLINO
Constance ▷ VIOLINO

1816

Mary ▷ VIOLONCELO
Philippa ▷ PIANO
Eleanor ▷ VIOLINO
Charlotte ▷ VIOLINO

1817

Mary ▷ VIOLONCELO
Susan ▷ VIOLA DE ARCO
Rose ▷ VIOLINO
Charlotte ▷ VIOLINO

1818

Mary ▷ VIOLONCELO
Marianne ▷ VIOLA DE ARCO
Rose ▷ VIOLINO
Viola ▷ VIOLINO

1819

Marigold ▷ VIOLONCELO
Marianne ▷ VIOLA DE ARCO
Rose ▷ VIOLINO
Viola ▷ VIOLINO

1820

Marigold ▷ VIOLONCELO
Diana ▷ VIOLA DE ARCO
Rose ▷ VIOLINO
Viola ▷ VIOLINO

1821

Marigold ▷ VIOLONCELO
Diana ▷ VIOLA DE ARCO
Lavender ▷ VIOLINO
Viola ▷ VIOLINO

1822

Marigold ▷ VIOLONCELO
Diana ▷ VIOLA DE ARCO
Lavender ▷ VIOLINO
Viola ▷ VIOLINO

1823

Marigold ▷ VIOLONCELO
Sarah ▷ PIANO
Honoria ▷ VIOLINO
Viola ▷ VIOLINO

1824

Iris ▷ VIOLONCELO
Anne ▷ PIANO
Honoria ▷ VIOLINO
Daisy ▷ VIOLINO

1825

Iris ▷ VIOLONCELO
Sarah ▷ PIANO
Harriet ▷ VIOLINO
Daisy ▷ VIOLINO

CONHEÇA OS LIVROS DE JULIA QUINN

OS BRIDGERTONS
O duque e eu
O visconde que me amava
Um perfeito cavalheiro
Os segredos de Colin Bridgerton
Para Sir Phillip, com amor
O conde enfeitiçado
Um beijo inesquecível
A caminho do altar
E viveram felizes para sempre

Os Bridgertons, um amor de família

Rainha Charlotte

QUARTETO SMYTHE-SMITH
Simplesmente o paraíso
Uma noite como esta
A soma de todos os beijos
Os mistérios de sir Richard

AGENTES DA COROA
Como agarrar uma herdeira
Como se casar com um marquês

IRMÃS LYNDON
Mais lindo que a lua
Mais forte que o sol

OS ROKESBYS
Uma dama fora dos padrões
Um marido de faz de conta
Um cavalheiro a bordo
Uma noiva rebelde

TRILOGIA BEVELSTOKE
História de um grande amor
O que acontece em Londres
Dez coisas que eu amo em você

DAMAS REBELDES
Esplêndida – A história de Emma
Brilhante – A história de Belle
Indomável – A história de Henry

Os dois duques de Wyndham – O fora da lei / O aristocrata

A Srta. Butterworth e o barão louco

editoraarqueiro.com.br

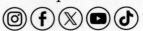